魅丽文化 花火工作室

# 失火

佩奇酱
著

江苏凤凰文艺出版社
JIANGSU PHOENIX LITERATURE AND ART PUBLISHING

图书在版编目（CIP）数据

失火 / 佩奇酱著．-- 南京：江苏凤凰文艺出版社，2023.11

ISBN 978-7-5594-7283-0

Ⅰ．①失… Ⅱ．①佩… Ⅲ．①言情小说－中国－当代 Ⅳ．① I247.5

中国国家版本馆 CIP 数据核字 (2023) 第 216718 号

# 失火

佩奇酱 著

出版统筹　曾英姿
责任编辑　张　倩
特约编辑　夏　沅　余叮咚
封面设计　苏　荼
出版发行　江苏凤凰文艺出版社
　　　　　南京市中央路 165 号，邮编：210009
网　　址　http://www.jswenyi.com
印　　刷　湖南天闻新华印务有限公司
开　　本　880mm × 1230mm　1/32
印　　张　9
字　　数　251 千字
版　　次　2023 年 11 月第 1 版
印　　次　2023 年 11 月第 1 次印刷
书　　号　ISBN 978-7-5594-7283-0
定　　价　45.00 元

CONTENTS

# 目录

C O N T E N T S

# 第一章

## 行至朝雾里，坠入暮云间

靳司郁——白夜乐队主唱，酒吧老板，叛逆冷漠，全校闻名。

李烟对这人的印象有两个：长得帅，有钱。

他对于她而言，是八辈子都不会有交集的存在，以至于误听到他弹钢琴，她猫着身子躲在座椅后，忘了系鞋带，吓得一声不吭。

从这个角度，她只能看见男人的侧颜，下颌到喉结的线条流畅，气质疏离、懒散。

一开始，他只随意按了几下琴键，停顿几秒后，流畅的音符缓缓流淌。

《克罗地亚狂想曲》，据说弹奏这首曲子需要高超的技术，况且他还没看乐谱。

——断壁残垣，硝烟四起，刺眼的血泊融合着夕阳的余晖在遐想中弥漫。

李烟忍不住移动发麻的脚，歪着身子看他。

暖风卷起纱帘轻飘，琴声低沉、激烈，手指用力按压，暴起青筋，男人面无表情。

只是下一秒，琴音戛然而止。

从前门跑进来一个女生，靳司郁放下手起身，李烟也看清了他的模样。

——五官凌厉、清冷，眉眼所含的情绪很淡，和刚才的气场完全不同。

由于过于紧张，李烟的身子不小心撞到旁边的凳子，发出不重不轻的摩擦声，她屏住呼吸，收回视线。

耳边是语气轻快的女声："等会儿吃完饭我们去私人影院看电影吧。"

男人轻笑一瞬，语气轻佻、寡淡："那是去看电影吗？"

"你干吗呀？"

"急了？"

"不要理你了。"

……

细小的害羞撒娇声渐行渐远，直至消失。

李烟慢吞吞地将鞋带系好才走出去，她在二楼，看到楼下停着的那辆黑色库里南 SUV 尾灯闪了下。

女生先上车，靳司郁站在车边，也没着急上车。他个子很高，得有一米八五，宽阔的肩部将黑色 T 恤撑起，难掩肌肉的线条，手搭在开着的车门上。似乎是感觉到视线，他抬起眼，精准无误地对上李烟的目光。

这人长了张很招姑娘喜欢的脸，看着很痞，极具侵略感。

尽管隔着一些距离，李烟的心还是猛地一跳，一股热意从掌心蔓延开，她不动声色地躲开视线，慌乱地与刚好走过来的闺密打招呼。

“烟烟，你干吗去了，我找你好久。”

听着引擎发动的声音，他离开了，李烟神态随意：“去了趟卫生间。”

云诗点头，眼睛看向楼下，有些惊讶：“音乐学院的靳司郁啊。”

“你怎么知道是他？”

“这个年纪就开上库里南的男人，谁不知道？你刚刚看到他了？帅吗？我只在论坛上瞧过照片。”

李烟的脑海跳出男人弹钢琴的模样：“还行。”

“还行？”云诗皱眉，“只是还行就有那么多女生上赶着了？哦，对了，听说他女朋友是金融系的。”

李烟很少逛论坛，却准确地捕捉到一个信息——靳司郁有女朋友。

学校对面有家鑫诚烧烤，是李烟的姑姑开的。

李烟很小的时候，父母发生车祸离世，是姑姑一家把她拉扯大。如今虽然店里人手够，但她有空也会去帮忙。

初冬了，气温骤降，倾盆大雨过后，空气中都是潮湿的气息。

她正拿着竹签穿蔬菜，门突然被打开，云诗风风火火地跑进来：“大新闻，靳司郁分手了，分手好几天了，今天有女的在表白墙和他告白，这个消息才被放出来。”

李烟思绪一顿，上次还看到他女朋友对他撒娇，如今却分手了：“这么快？”

“正常，这是他公开的第一个女朋友呢，不会是初恋吧。”

李烟被逗笑了，以前总听闻靳司郁的花边消息，只当八卦听听，如今心弦却被勾起一瞬：“他开的酒吧叫什么？”

“DVIS。”云诗眼眸一亮，“对了，周锦不是约我们去玩吗，今晚就去 DVIS！”

说风就是雨，卡座已经预订好了，今天店里不忙，李烟刚准备离开，就被叫住。姑父个子不高，一脸老实：“这么晚了，去哪儿啊？”

李烟笑道：“和朋友去玩一会儿，周锦也在呢。”

周锦是她发小，他们两家很熟。姑父说：“早点回学校，让你姑姑晓得，又得说你。”

“知道啦。”

……

一路上，李烟后知后觉身上的卫衣长裤似乎有些另类，但也来不及回去换了。

酒吧街，DVIS 坐落在十字路口，也是门口车辆最多的一家酒吧。

她一眼看到了熟悉的车牌——京 A622×5，他在里面。

光线交杂，蓝色的射灯投下一道道明亮暧昧的光影，让夜晚躁动难安。

李烟没碰酒，从坐下到现在，目光来回扫视。

可惜，直到聚会尾声，她都没看到靳司郁的影子。

待她回过神，卡座就剩自己一个人——周锦陪云诗去卫生间了。

周遭一片混乱的喧嚣。

李烟有点不习惯，刚准备打电话，没想到卡座上来了几个男人，为首的手里拎着个酒瓶，嬉笑着看她：“小姑娘，一个人不害怕吗？喝了这杯，哥哥罩着你。”

她起身，电话还没拨出去，一股力量把她的手机打落在沙发上，醉汉又凑近她几分：“怎么不尊重人呢。”

李烟没和他废话，拿上挎包，指尖刚要碰到手机，手腕直接被拉了过去，鼻间都是酒气，她皱眉挣扎：“放开。”

对方明显不耐烦了：“非要来硬的，是吧。”

李烟也生气了，故作冷静，但内心早就怕得要死。

而后，手腕上的力道忽地一松，面前醉汉的手被人扭到身后，瞬间疼得龇牙咧嘴：“知道我是谁吗？”

呵，比他靳司郁还能装，靳司郁笑了，手上力道加重，眼神漫不经心：“在我的场子闹事，我管你是谁。”

他的声音很淡，带着笑意，肤色冷白，在迷离的光线下，模样很是好看。

李烟莫名心里有了底，下意识地往他身边靠。

可惜，闻昊已经喝得上了头，嘴里骂骂咧咧，还是旁边的兄弟提醒：“靳哥来了，我们还是……”

“什么玩意？女人而已，你也看上了？不然我……啊！”

靳司郁的动作干净利索。

靳司郁始终漫不经心的，压迫感十足：“继续说。”

周围好多人看到骚动都围了过来，包括保安。

闻昊疼得手指头都在抖：“我看今天谁敢把她带走！”话落，膝盖传来刺痛，磕到地上，他的模样要多狼狈就有多狼狈。

靳司郁嘴角勾起弧度，嚣张、冷漠：“跪着看，当是给姑娘道歉了。”

李烟的心跳漏了一拍，她都没想过要这个醉汉道歉。

靳司郁说完，扫了她一眼，四目相对，她的心脏怦怦跳，乖乖地跟着他往外走。

事情没闹大，保安直接把人弄走了，酒吧再次恢复正常。

夜晚路灯的光线昏黄，她站在街边，看着靳司郁从药店出来。

他穿了件黑色冲锋衣，挡不住一身的桀骜、矜贵。他手里夹着没点燃的烟，将袋子递过去：“不疼吧。”

他姿态随意，说话时眼眸垂着，无意的温柔很迷人。

李烟没说话，愣怔地看着袋子里的碘酒、创可贴，刚刚场面混乱，酒瓶被砸碎，碎片划过她的手背，留下一道血口，现在已经干了。

“等我给你弄？”

她思绪归位，对面那人目光深沉，脸上还带着她从未见过的痞笑。她的脸颊烧起来，三两下消完毒，贴上创可贴：“谢谢。”

靳司郁看一眼时间，不想久留：“一个人别来夜店。”

“我叫李烟。”

对话完全不在一个频道上，世界安静了，好像有什么心思被抓包。

靳司郁本来移开的视线又回到她脸上，语气多了几分戏谑，似笑非笑的：“美术学院民谣女神？”

美术学院去年有次举办晚会，她唱了首民谣，没想到同学们便开始这样称呼她。她没有多开心，反而是尴尬：“你认识我？”

“听说过。”

然后再无下文，气氛有些尴尬，冷风吹久了，她有点凉。

“烟烟，你没事吧，有没有伤到哪儿？”周锦隔着条马路就喊，身边还有满脸焦急的云诗。

周锦刚说完，他们的身影被几辆路过的车挡住，一时间过不来。

靳司郁抬眼，指尖慢条斯理地捻着烟嘴：“男朋友？”

李烟摇头，随着动作，绑着的丸子头突然松开，风吹过，发丝落下，黑夜都变得温柔。

突发状况，她的第一反应是觉得丢人，慌乱转身的同时留下一句：“改天请你吃饭。”

空气中女孩身上的淡香还没散去，靳司郁站在原地，笑了一会儿，垂眸，目光落在脚边的黑色头绳上。

酒吧门口。

“靳哥！我可看到了啊，我女神漂亮吧，你们站在一起说什么了？”江越在这里等很久了，他最近天天把“喜欢美术学院民谣女神”挂在嘴边，刚刚又不敢上前打招呼，只能在这儿“质问”他哥。

“一般。”靳司郁咬着烟，没摸到打火机。

旁边有个观察了很久的女人，连忙凑上前：“帅哥，今晚一起玩？”

靳司郁顺势借了个火，烟雾腾起：“玩什么？”

女人红唇、包臀裙，眼含暧昧：“什么都可以，比如去你家？”

“可惜了，我是妈宝男，我妈不让我带女人回家。”

“……”

靳司郁这种人，光凭一张脸，异性缘就已经很好，拒绝女人也是用各种奇葩理由。

江越顾不上调侃，拦在他面前：“哥，你不能挖我的墙脚啊。”

靳司郁听后笑了，想到什么，将手里的头绳扔给他，敷衍地“嗯”了声。

偏偏这模样在江越眼里就是不屑和嘲讽，眼看着靳司郁上车，他对着车身气急败坏道：“别瞧不起人，我一定能追到她。”

没有回应，面前的库里南驾驶位车窗降下，靳司郁懒洋洋地将手臂搭在窗沿，弹了弹烟灰。

——不屑，却挑衅。

待江越反应过来，人已经开车走了，他气得无处发泄，只能对着空气骂几句。

靳司郁太狂了，又帅得让他自卑。

李烟其实没走远，又忍不住回头，看到有女人去给靳司郁递打火机，而他也自然地接过，像是对这事早已习惯。

他刚分手没多久，立刻又有另外一个女人往上凑，果真十足的招蜂引蝶。

直到他开车离去，她才收回视线，云诗还在她耳边叽叽喳喳。

“21世纪了，还有人在大庭广众之下借酒闹事，我还是第一次见，不过刚刚路边那个男人……”她顿住几秒，瞳孔放大，“是靳……靳司郁？！”

李烟没说话，算是默认，旁边的周锦眼里闪过复杂之色：“烟烟，那人很‘浑’的，你不要和他多接触。”

她望着潮湿的地面，轻轻地应了声：“知道。”

这一夜，李烟失眠了，好不容易睡着，一大早就被辅导员的电话吵醒。

李烟睡眼惺忪："蒋老师。"

"上次和你说的那个兼职的事情有消息了，那边让你今天去熟悉一下环境。"

李烟睡意全无，通话结束立马下床洗漱，又看了会儿介绍先天性智力低下人群的相关书籍。

下午两点，她按照地址走到一栋别墅前，院子很大，绿意盎然。

进入客厅，李烟算是开了眼界，精致、宽敞，每一个地方，她都不敢碰。

她终于看到了女主人，对方也在打量她，姣好的面容露出疏离的笑意。

"我叫韩慧，喊我韩阿姨就行，我对蒋老师的学生很放心，我就不深入了解了。你的任务就是照顾好我儿子，相当于伴读吧，这里是合同，你看一下。"

如果没记错，眼前这人似乎是娱乐圈很有名的导演及制片人。

安静的空间里，李烟专心看合同。孩子名叫靳牧子，十七岁了，智商不过六十，每天课程很多，都是帮助开发智力的游戏课。

再看薪资，李烟浅浅地吸了口气，很是满意。

视线又停留在名字上，这个姓不常见，她突然就想起昨晚那男人打架的模样，心思乱了。

她签好字，楼上突然跑下来一个男生，身后跟着保姆。

李烟一时愣住，怎么说呢，有点眼熟。

韩慧招了招手，原本神情疏离的脸上添了一丝温柔："牧子，来和李老师问个好。"

男生个子不算高，身形偏瘦，五官却很精致："李……李老……师好……"

反应迟钝，咬字吃力，是先天性智力低下的表现，他笑起来脸上出现浅淡的梨涡，天真得让人怜悯。

李烟轻声回应完，韩慧接了个电话，好像有急事：“今天周日，李老师没什么事的话，可以留下来玩会儿，顺便熟悉环境。牧子，等会儿把你哥喊起来，他一天天的，没个正经样子。”

干练的女强人，刚刚是温柔的慈母，现在走得头也不回。

牧子像是习惯了，一蹦一跳地跑到茶几那儿坐下，拿着油画棒在纸上乱涂。

李烟顺势坐在他身边。

男孩嘴巴微动，不知道说什么：“伏、地……罗大战……哈，你……”

她听了很久，眨眨眼试探道：“你画的是伏地魔和哈利·波特？”

牧子放下笔，抬头看她，他的眼眸很黑，稚气地笑了，露出一排整齐的牙。

这要是在学校，不知会俘获多少少女心。

“老、老师……棒……”

她忍俊不禁，看着纸上的涂鸦：“还挺像的。”

她刚说完，楼上传来了开关门的声音，而后又恢复安静，她问：“牧子，你听到了吗？”

男孩看着她，视线又移到她身后的楼梯上，直接站了起来：“哥……哥哥……”说着，他拿起画纸跑过去，“哥哥……画。”

李烟下意识地转头，愣在原地。

世界上真的有魔法吧，千方百计地让他们相遇。

她终于知道为什么看牧子那么眼熟，原来他们是亲兄弟。

男人刚洗完澡，没穿上衣，腹肌紧实，手臂肌肉还沾着水珠。此刻他正垂眸看画，嗓音有点哑：“这是什么？”

“伏地……罗……”牧子努力地解释，可惜说不清。

“真丑。”

这人嘴是真的坏。

李烟心里暗暗地想，而后便与他对视上。她连忙站起来，眼睛不知道该往哪儿看：“我是牧子的老师。”

靳司郁没太惊讶，拿了件卫衣套上，站在桌边倒水。

黑色无帽卫衣松松垮垮，手指骨节分明，莫名养眼。

牧子明白丑是什么意思，眼睛瞬间湿了，就要哭出来，还是一旁的保姆出来救场："哥哥欺负人，阿姨带牧子出去看花好不好？"

两人走后，客厅恢复安静，靳司郁重新上楼，再下来，手里拎着一件外套。

李烟回过神："那个……我先走了。"

"送你？"

"不用，我还不回学校。"她说着去开门，可惜打不开，估计是怕牧子独自开门出去，在里面也设置了指纹锁。

她尴尬地看向身后的靳司郁。

男人神色闲散，走到她身边，随之而来的还有他身上薄荷冷杉味沐浴露的味道。

啪嗒，门开了，李烟脸颊发烫，下意识地往旁边站，这局促的举动被旁边的人看在眼里，耳边传来微不可闻的轻笑。

靳司郁的手依然放在指纹锁上，恰好将姑娘困在门后一片小天地里，居高临下地看她："我们以前见过？"

李烟没料到他会这样问："昨晚应该是第一次见。"对你来说。

靳司郁点头，眼里没什么情绪："所以……至于这么怕吗？"

李烟是慢热型，但绝不是小家子气，也不知道为什么，在靳司郁面前，期待他的目光投过来，又害怕与他的目光相对。

那天，她落荒而逃，之后几次去陪牧子上课，便再也没见过靳司郁。

他在，她会紧张，他不在，她又想，像是被下了蛊似的。

自己似乎说过要请他吃饭，可惜现在两人连对方的联系方式都没有。

"死丫头，发什么呆，你那个兼职确定不是骗人的？"李春红拿着鸡毛掸子，原本在打扫卫生，现在就这样站在她对面，威慑感十足。

李烟解释："当然了，我老师推荐的。姑姑，你就放心吧。"

"那就行，你年纪小，要是被骗了，你爸在天之灵知道了，又要托梦说我没照顾好你。"

眼看着姑姑要潸然泪下，她想安慰几句，手机响了。

李烟起身出去接电话，是顾阮学姐打来的，她已经毕业了，今天生日约李烟去玩。

“把云诗也叫上，这里有不认识的人，怕你一个人来DVIS会尴尬。”

今天是平安夜，街边的商铺都贴上圣诞老人的头像，时不时传来音乐声。李烟盯着地面，冷风灌进衣领里都浑然不觉，脚尖踢了下石子，喃喃道：“靳司郁的店啊。”

“你认识？他今晚也在呢。”

“……”

晚高峰，路上堵车。顾阮来接她们，女人穿着大衣，里面是一条雪纺裙，一颦一笑都是妩媚，路上和她们聊了许多实习的趣事。

李烟第二次步入DIVS，包厢里人还没到齐，光影扫过，靳司郁坐在沙发上，神情冷淡，跟这里的气氛显得格格不入。

他与李烟对视半秒又移开眼睛，好像在看一个陌生人，而后慢条斯理地把手里的烟灭掉。

“哟，来了两位美女，快来玩游戏，已经没人治得住靳哥了。”

于是推推搡搡中，李烟便这样坐到了靳司郁的身边。

是个单人对决的射击游戏，看谁先找到对方，然后一枪毙命。

李烟还没反应过来，手机屏幕上已经显示Game Over（游戏结束）。

她刚上场就“死”了。

靳司郁关掉手机：“你输了。”

李烟有些懊恼，脱口而出：“我第一次玩。”

靳司郁动作微顿，轻笑道：“怪我欺负人了？”

她敛眉：“有点。”

这两人跟调情似的。

唐宋听着都笑了，调侃一句：“靳哥的字典里是没有‘怜香惜玉’这几个字吗？”

靳司郁勾了一下嘴角，透着一抹坦荡的坏：“有啊，那得看对方是谁。”

明明是玩笑话，在一片起哄声中，李烟耳根微烫，起身找了个角落重新坐下。

包厢里又来了几个人，靳司郁被叫去喝酒。

光影中，他玩着酒杯，恢复吊儿郎当的模样，像是电影里的角色，什么都不在乎。

可他一举一动，又有教养，比如李烟刚进门时他自然的灭烟动作。

比如，撞见她被灌酒，他会出手帮忙。

但也仅此而已了，更多的时候，他还是懒散又淡漠的。

这种性格不算恶劣，偏偏就吸引异性的目光，比如现在凑过来坐在他身边的这个。

“那女的就差贴在人家身上了，生怕靳司郁不明白她的意思。”云诗观察很久了，说着，下巴对着唐宋的方向扬了扬，“那人是不是白夜乐队的键盘手，果然是颜值乐队啊。”

李烟的注意力都在前一句上，下意识地看过去。

女人正在给靳司郁倒酒，他没接，靠着椅背懒洋洋地和朋友说话。

直到顾阮坐过来挡住李烟的视线：“一群小年轻，说话一句比一句大胆。学妹，你别和他们计较。”

李烟没明白：“什么意思？”

“你不知道吗？白夜乐队去年解散是因为鼓手发生车祸，手臂断了。为了安慰他，让他好好治疗，他们几个人约定，两年内，谁碰女人，谁一辈子当和尚，靳司郁分手也是这个原因。”

以靳司郁的个性，提出分手，无非是对那女的不感兴趣。李烟听着八卦，整个人都活跃了：“他前女友介意这个约定？”

顾阮笑得后仰，拍了拍她的肩：“谁知道呢，听说是家里安排的，恋爱一周没到，对方就要求靳司郁关掉DVIS，陪她出国留学，可能吗？”

后半场，性格外向的云诗早已和他们打成一片。李烟找了个机会去卫生间。

走廊上没什么人，她回来时手刚搭上包厢的门，视线落在走廊尽头。

靳司郁对面站着个女人，就是刚刚坐在他旁边的那位。

不知他们在说什么，他转身要走，却被拉住手腕，女人踮起脚尖。

李烟脚步定在原地。

靳司郁也在这时偏头躲开，眉眼里充满不耐烦，原本垂着的眼皮抬起，目光与不远处的她对上——深沉，冷冽。

李烟像是被什么东西堵住喉咙，稳住呼吸，当作没看到，自然地推门进去。

耳边的音乐抒情，她的情绪也跟着低迷下去，脑海中都是刚刚女人踮脚的画面。

李烟比同龄人要早熟，此刻没办法欺骗自己——有好感就是有好感，喜欢就是喜欢，就算再克制，也改变不了目光都偏爱他。

对面有道炙热的视线太过明显，李烟抬头，那男生立马转开眼。

“民谣女神不唱首歌吗？”顾阮说完，看到她包里露出来的东西，“这是什么，挺好看的。”

李烟终于想起这茬：“学姐，生日快乐，我自己临时做的，你不要嫌弃。”

顾阮看着手里粉色的包装盒，里面的糖果形状可爱，颜色粉粉嫩嫩的：“好漂亮，我还是第一次收到手工糖果呢。”

因为这边的动静，其他几个朋友凑过来。

“你们别想了，这是学妹给我的礼物。”

“我第一次见，尝尝嘛，就一颗。”

“……”

李烟低眉笑了笑，拿出包里几颗多出来的糖果，分享了出去。

包厢门再次被打开，靳司郁刚进来就被江越拉住了：“哥，你看，糖。”

靳司郁刚刚去了趟朋友所在的包厢，染了一身酒味回来。他脱下外套，看都没看：“不吃。”

“谁说让你吃了，这是我女神给我的。”

靳司郁闻言，垂眸扫了眼，再看江越一脸痴笑的样子：“傻子。”

江越的整颗心都在荡漾，他是最后到包厢的，看到李烟也在，别提多激动：“哥，你能不能帮我去要个联系方式？”

“自己去。”

“我不敢，求你了，舅妈不是还逼着你跟那女的在一起吗？我帮你劝劝，求你了，哥。”

“……”

从靳司郁进来那一刻起，李烟的余光就在注意他。

男人正在和旁边的人说话，而后起身朝自己走来，她的心跳也随着加快。

音乐声突然变大，他坐到她身边说了句话，李烟没听清。

她侧头靠近些：“你说什么？”

靳司郁没着急重复刚刚的话，想起走廊上这个姑娘故作镇静的模样，忍不住牵了嘴角，缓缓凑近。

“我说，加个微信。”

热气似有似无地落在耳尖，李烟的所有感官被无限放大。他的面容轮廓分明，波光在他瞳孔里跳跃，眸色很深，好像谁都走不进这双眼里。

没想到靳司郁会主动过来要联系方式，李烟怔住半秒，突然看到对面那个男生，他几乎把头埋进了手机里。

她瞬间就明白了。

李烟不好意思拒绝，添加完微信好友，环视一周：“刚刚走廊上那个女生呢？”

靳司郁玩着手机：“跟男朋友走了。”

李烟一愣，下意识地看他有没有受伤：“那你……”

“关我什么事。”

“你勾引人家啊。”

“……”

靳司郁最擅长的就是和女人逢场作戏，现在真的装不下去了：“敢情我往这一坐就是勾引你了？”

他靠了过来看她，她身上瞬间起了层鸡皮疙瘩，眼下自己不知道该怎么接话：“好像是有些。”

对面的江越眼神哀怨，在催靳司郁回来。

靳司郁没在意，目光扫过李烟面前的酒，语气含笑，又痞里痞气的：“妹妹，少喝点。”

十二月末，南城最近多雨，枯叶落在地上，夜空只露出一两颗疏散的星。

李烟裹紧外套，身边顾阮在安排人送她们回学校。大家可能都喝了酒，只有靳司郁这个酒吧老板要做生意，滴酒未沾。

男人正站在风口，指尖有一点猩红的亮光。不知是谁开了个玩笑，大家都笑了起来。他扬唇抬手吸了口烟，灰白的烟雾漫过眉骨，慵懒又恣意。

“行了，行了，几位大哥别在这儿吹牛了，我学妹都快冻僵了。”

“要不妹子坐靳哥的车？”

靳司郁没什么反应，倒是其他人纷纷看向他。

这么晚了，对女孩子来讲确实不安全，靳司郁摁灭烟：“走吧。”

云诗临时去了卫生间，李烟先上车，朋友还在不怕死地调侃：“安全送到学校啊，有人别打什么坏主意。”

“瞎说什么，我靳哥是好男人。”

靳司郁开门的动作停下，笑得无奈。

车门关上，周围的声音骤然变小，只听到他系安全带的摩挲声。

“等我给你系？”

这人总是吊儿郎当的腔调，喜欢把主导权抛给对方，实则自己才是游刃有余的那位。

酒意散去，李烟回忆起来，才惊觉刚刚在包厢里她都说了什么，好在靳司郁没多想。

她自我懊恼着，就连系安全带都带了点情绪。

靳司郁侧眸，不知道哪里惹到她了，啧了声：“你闹什么？”

她在闹吗？

李烟回神，抬头撞进他的黑眸里，手一松，安全带缩回到原位，还缠住了她的头发。

疼痛传来，她皱眉，差点就骂脏话。她还没反应过来，男人已关掉引擎，俯身凑了过来，手腕似有似无地擦过她的脸颊，感觉有点酥麻。

没几秒，被缠住的头发被解救出来，靳司郁看女孩还皱着眉，帮她揉了揉头上被拉扯到的地方："我还是第一次见到这么笨的。"

"……"

这人嘴里就吐不出好话。

车门再次打开，云诗冻得直搓手，不断地喊冷。她坐进来，头从后排伸到前面，跟靳司郁打了个招呼："这天气，烟烟，你不冷吧？"

李烟还沉浸在刚刚的思绪中，说了没事。云诗思维跳跃，很快转移话题。

"对了，你做的那个糖真好吃。模具和材料是不是在网上买的？改天教教我呗。"

车内的气氛缓和很多，下一秒——

"我的呢？"

李烟转头："什么？"

靳司郁启动引擎，掉头，等车平稳地驶上马路，他才慢悠悠地看她一眼："我没有。"

他在外面差点和别的女人接吻，还被她撞见了，现在还好意思找她要糖？！

李烟低下头："你仔细回想一下……你说的……是人话吗？"

不知哪里戳中了靳司郁的笑点，他抬起搭在方向盘上的手，扶额笑了一瞬，无辜道："我虽然不是什么好东西，但确实是人。"

云诗在后面听得一愣一愣的，这两人确定不是在调情？

平安夜，学校门口有几家卖平安果的小摊，这么晚了，还有学生逗留。

李烟下车前，犹豫一瞬，嗓音软糯："你要不要吃苹果？"

夜渐深，摊主的吆喝声给冷清的气氛增了几分烟火气。

李烟停下脚步："大爷，这个怎么卖？"

老人佝偻着腰，眼睛笑着，瞳孔却浑浊，被风吹得有些湿润："五块钱一个，包甜，你要不要拿个尝尝？"

这老人也太实诚了，相比之下，他家的苹果包装比较简朴。但李烟有个习惯，就是在路边买东西时，更喜欢在年迈的人那里买。她仰头问旁边的人："可以吗？"

靳司郁沉默几秒，眼睛瞥到那双满是皱纹的手上的冻疮："都买了吧。"

就这样，在老人的感谢声中，他们买走了摊位上的全部苹果，足足一大袋，是靳司郁付的钱。

因为买得太多，李烟也没办法拎回宿舍，只好放到靳司郁的车上。

男人拿了个粉色包装纸包着的平安果塞到她的手里："还愣着，不知道冷？"

李烟当然冷，更多的是某些情愫不停地往上冒："那个……平安夜快乐。"

她说完，拉着正在看戏的云诗匆匆跑走。

刚进校园门，云诗就不行了："慢点，慢点，这风呛得嗓子疼。"

"靳司郁这人真有传闻中那么冷漠吗？我看还挺善良的。"云诗提到靳司郁。

李烟压着上扬的嘴角："了解一个人不能只靠耳朵听嘛。"

耳边的说话声还在继续，她的思绪忽然回到去年这个时候。

大一下学期出去聚餐，她在回来的路上不知怎的就绕到一条老街上。

旁边停了几辆车，还有混混站在墙角聊天。

她独自一人，下意识地收紧指尖往前走。

视野里出现一个男人，他靠着车身点烟。她看不清他的脸，只记得打火机熄灭的瞬间，看到他的手腕上有一块黑表。

她潜意识里感觉他不是什么好人，加快脚步路过。

没走多远，她被几双眼睛盯上，眼看着几个混混要上前搭讪，眼前的路突然大亮。

身后有一辆车开了远光灯，本以为车子会一驶而过，没想到一直缓慢地跟着她，直到她走出这条老街。

她松了口气的同时还没来得及转身，那辆车直接拐了弯离开，她只看到一晃而过的男人的侧颜。

她站在原地，眼睛盯着搭在车窗上的那只夹着烟的手，手腕上是刚刚见过的黑表。

李烟也记住了车牌号。

她想过找他，只是茫茫人海，人家说不定都不记得这个事了。

直到那天在二楼，她看到了靳司郁的车。

素未谋面也能出手相助，他骨子里一定是个很正直的人。

……

“喂，喂，发什么呆，人家才走多远你就开始想了？”云诗凑到她面前，笑容很坏。

李烟像是被猜到心思，红着脸否认：“你刚刚说什么？”

云诗白她一眼，重复道：“我说，现在网上都喜欢把男生称为‘犬系’。靳哥嘛，感觉有点像杜宾犬，又帅又凶又能温柔，是不是？”

李烟指尖摩擦着平安果，低声：“像金毛，可爱。”

想到靳司郁那张脸，反差感太大，云诗吓得拍了拍李烟的肩，叹气：“美色让人精神错乱。”

她们刚到宿舍，就见室友正对着手机尖叫。

孙晴晴是白夜乐队的狂热粉丝，就算乐队已经解散快一年，她还每天在看乐队以前的视频。

“太可惜了，太可惜了，我的靳司郁啊，什么时候才能再开麦！”

云诗说：“靳司郁都大三了，估计不想靠音乐吃饭吧，况且家里那么有钱，自己又开酒吧，也不需要去当明星。”

确实，在李烟的印象里，白夜乐队能轻易解散，大概率是因为靳司郁的心思不在上面。

孙晴晴又抱怨几句，直接拉着李烟一起围着手机欣赏。

其实，当初李烟没太关注乐队，甚至连与靳司郁相关的消息，她都是从听别人的谈论得来的。她有些刺猬心理，毕竟他们不是同一个世界的人。

手机里播放的是两年前莓果音乐节上白夜乐队单独上台表演的视频。

一首《沉迷》燃爆全场。

靳司郁站在舞台中央，水滴从他的额角流经下颌、喉结，直到钻进领口里，白色T恤被浸湿，贴着皮肤，显出有力的肌肉线条，很有魅力又带着野性。

这一镜头是特写，底下的尖叫声震耳欲聋。

摇滚，热情，浪漫，至死不渝。

黑夜，所有的灯光、目光、月光都落在他的身上。

行至朝雾里，坠入暮云间，与星辉一同为他沉迷。

云诗洗完澡出来，那两人依然盯着手机，她以为是什么好东西，悄悄凑过去："看什么呢？妈呀，帅啊。"

李烟猛地回神，脸突然红了。

"这脸怎么这么红，想歪了？"

李烟不理云诗，转身去收拾东西，刚刚确实在浮想联翩，她什么时候变得这么爱幻想了？

孙晴晴是学校学生会文艺部部长，想起什么："对了，烟烟，下个月校庆晚会我缺个节目，你能不能帮我献唱一首，可以拉个帮唱。"

"帮唱？什么意思？"云诗问。

"哎呀，就是双人表演，现场效果热闹一些。怎么样，烟烟？"

李烟本来没什么兴趣，听到此，脚步在浴室门口顿了下。

第二天白天满课，放学后李烟直接去店里帮忙，而后被姑姑说了一顿。

"我这里人手够了，你一个女孩子家家的，天天沾染了一身烧烤味，回学校像什么话。"

姑姑一家对她很好，即使没有父母，她也不会觉得自卑，她撒娇般拉着姑姑的手臂："这不是怕你累嘛。"

李春红早就不吃这一套，拿了袋子给她："帮我去送个外卖，老地方，还是熙梁街那家服装店，送完赶快回学校。"

深冬了，冷风吹来，瞬间卷走身体的温度。李烟整理了一下围巾，冻得指尖发抖，心想着这还不如在烧烤店帮忙呢。

下一秒，天空飘起了雪。

这是今年的初雪，李烟驻足，心一下子柔软了，忍不住抬手接雪花。

街上车水马龙，霓虹闪烁。

雪花在指尖融化，她扬着嘴角随意地抬起眼皮，就这样看见了站在不远处便利店门口的靳司郁。

而他也在看她。

她想，宇宙一定爆炸过，银河一定断裂过。

可惜一切如初，雪花不断，悸动持续，行人模糊，世界安静。

靳司郁孑然一身，眉眼间都是疏离。和她对视几秒后，他收回视线，慢条斯理地灭掉烟，向她走来。

"回学校？"

李烟盯着他的眼："不是，我去帮家里送个外卖。"

靳司郁没多问，视线落在她头顶沾到的雪花上："冷吗？"

"有点。"

李烟不知道自己是怎么坐上靳司郁的车的，只知道他问，她便答，他说走，她便跟着他走。

她本能地相信他。

送外卖的地方不是很远，靳司郁上车前去便利店买了盒热牛奶："不过敏吧。"

李烟摇头，暖意熨在掌心。不动声色的温柔最容易让人沦陷。

大概，往后每一年初雪那天，她都会想喝热牛奶。

车厢安静，浓烈的烧烤味在空气中蔓延，李烟心里过意不去，但旁边的男人眉头都没皱一下。

“你不住家里吗？”她继续道，“上次去陪牧子上课，我没看到你。”

“回去得晚。”

“这样啊。”

红灯，他停下车，手撑着窗沿，神色慵懒：“不是怕我吗？找我干什么。”

李烟被这道目光灼烧得神情紧绷：“谁说我怕你了。

“我只是……只是有点不好意思。”

靳司郁扬唇笑了，倒也没再逗她，望向窗外：“这一家？”

雪下大了，隐约看清了招牌，李烟应声的同时，手覆上安全带，腿上的外卖却被拿走，他淡声道：“待着。”

漫长的几分钟过后，靳司郁回到车里，皱眉骂了句：“没见过男人送外卖似的。”

李烟没听懂，后来才知道，靳司郁被年轻店主问东问西，甚至还要了联系方式。

引擎重新启动，她看着旁边的人，犹豫间已经抬手，轻轻给他拍了拍肩膀：“这里，有雪。”

靳司郁瞥了她一眼，她的小半张脸躲在围巾下，目光躲闪，肤色白里透红，像只迷失的兔子。他扯唇道：“现在好意思了？”

李烟指尖收紧，暧昧的气息在彼此间流转。莫名的热意从心底往上蔓延，她现在确实不怕他了，甚至想接近。

“嗯，你是好人。”

他无声地笑了，这还是第一次有姑娘说他是好人。

“前面的路口停车吧，我自己回学校。”

“没事，好人做到底。”

男人把她送到学校门口后驱车离开，雪也差不多停了。

李烟站在风里，思绪渐渐回笼，垂眸看着手里冷了的牛奶，心想着他们或许应该可以从朋友做起。

“李烟？”

嗓音熟悉，她转身，看到自己分手快两年的前男友。

“那是靳司郁的车？”成雨泽穿得很厚，不屑地笑道，“可以啊，李烟，和我分手后，钓到有钱人了，可惜被人耍了都不知道。”

李烟最烦的就是这人一副高高在上的模样。

他们是军训时认识的，当时看他态度诚恳，她便答应试试交往，只是在一起一个月不到，他就开始不断地贬低她。

他嫌她什么事都做不好。她穿短裙，他说是不正经，甚至在得知她没有父母后，说她没人教育，怪不得养成这种性格，而且后面还加一句：“恐怕只有我要你了。”

偏见就是很奇怪——家庭不完整，孩子就一定有缺陷。

她是瞎了眼，才会被说到自我怀疑。

爱从不是枷锁，也不是条件，为什么她的性格、她的穿着要看男人的脸色来决定。

还好这段恋情持续一个半月就终止了，她至今想到就感觉厌恶。

“和你有什么关系。”她没给他好脸色，说完，头也不回，跟他擦肩而过。

“你买包烟，怎么这么久？我都快等得睡着了。”唐宋靠坐在沙发上，望向门口的人。

靳司郁扔下车钥匙，揉了揉眉心：“管了件闲事。”

唐宋诧异，印象里，他前女友哭得梨花带雨说不分手，这人跟没听到似的，连张纸巾都没给递过去，冷漠到让人看不下去：“哟，这不是你的作风，谁啊？男的女的？”

靳司郁没回答——那确实不是他的作风：“文件看了？”

唐宋点头：“确定创业？这不是明摆着和你妈对着干吗？”

韩慧是导演，一心想把儿子送进娱乐圈，这是大家都知道的事。

再加上靳家在南城有头有脸，韩慧指望不上牧子，只能严格要求靳司郁。他从小就在规划好的人生里长大，连女朋友都是安排好的，还被规划着两人一起出国留学。

可惜，靳司郁这人越是被压着，越是想反抗。

他脱下外套，侧头点了根烟。

他大学去读了音乐学院，已经是最大的让步。他低声反问：“她管得了我？”

唐宋笑了，从同意解散乐队那天起，他就想过会有这一天：“行啊，娱乐圈到底还是供人娱乐的，我也不凑这热闹了。”

唐宋又说了什么，靳司郁没注意听，指间的烟缓缓燃烧，他的视线落在刚脱下的那件外套上。

雪花融化，肩膀处有一块暗色的湿润。

他眯着眼吸烟，喉结微动，神色晦暗不明。

# 第二章

## 你要如何，我们就如何

昨晚遇到前男友这事，李烟告诉了云诗。

云诗一听，直接骂了几分钟："什么人啊，还好意思找你说话，就他也能跟靳司郁相提并论？他也配？"

李烟读的是工艺美术专业，上课的老师还没来。

她听到靳司郁的名字，想到自己还欠他一顿饭呢。

她又突然想起来，上次在酒吧包厢里，靳司郁帮朋友向自己要了微信。

因为他们从没聊过天，对话框已经被各种群聊压到最下面。

她好不容易找到那个对话框——头像一片漆黑，细看左上角有个月牙，昵称更是敷衍，一条下画线。

李烟点进他的朋友圈，显示一条杠，这是把她拉黑了，还是这个人没有动态？

"你好，请问能不能给我靳司郁的联系方式？"

李烟发送完这条消息，感觉有点唐突，语气也有点生硬。

她想了想，又加了句："上次他帮了我，今天想请他吃饭的，麻烦了。"

十分钟过去，直到老师进来上课。过了半个小时，她点开手机，对方依然没有回信息。

终于在两个小时后，他回了个问号。

好冷淡，难道冷淡的人都一起玩吗？

"想什么呢，去吃饭，周锦已经在饭馆等了。"云诗跟李烟说话。

李烟从手机上抬眸，疑惑道："我们约了吗？"

"你怎么回事，有了靳司郁，忘了青梅竹马？人家可是对你痴心一片啊。"云诗故作失望，但后一句的语气有些不自然。

李烟倒是表情平淡："别乱说，小心周锦知道了，把你十岁还尿床的事散播出去。"

果然，她说完后，对方瞬间闭嘴。

对话框里还躺着那个问号，李烟抿唇想了想，还是先算了。她又快速打字。

“没事了，我改天碰到他再说吧。”

这次对方的消息倒是回复得挺快。

——是一个句号。

什么人啊。

李烟气得关掉手机。

半路上，云诗被一个学姐叫走了，其实她可以拒绝，但她没有，离开前还对着李烟眨眨眼。

这点坏心思，懂的人都懂。

李烟刚到韩料店，周锦朝她身后看：“云诗没和你一起？”

她话到嘴边，停顿几秒：“她最近好像在追人，不和我们一起吃饭。”

周锦没什么反应，“哦”了声，坐下来继续看菜单。

李烟的指尖点着桌面，心里默数。

她才数到三，对面的人又问：“那男的是谁啊？”

她扑哧笑了起来，还没说话，门口进来了几个男生。

她一抬头，整个人都不好了。

——是靳司郁，他正在打电话，身边跟着的男生有点眼熟，猝不及防地与李烟对视上，于是低下了头。

李烟想起来了，他们刚刚还在手机上聊天——他是那个只回她两个标点符号的人。

现在他俩走在一起，那自己要联系方式的事，是不是已经传到靳司郁的耳朵里了？

如果真是这样，她还说今天要请靳司郁吃饭，然后又说算了，现在却单独和别的男生坐在一桌吃饭。

靳司郁会不会觉得她不简单，或者说觉得她在“钓鱼”？

都怪云诗半路离开，眼下李烟手心全是汗，尴尬至极。

靳司郁在他们的斜对角坐下，他放下手机，随意地脱了外套。他明明什么都没做，已经有女生偷瞄，然后交头接耳了。

“发什么呆，问你话呢！云诗在追谁啊？”周锦不依不饶。

“不知道……”

地方就这么大，靳司郁看到她并不难，况且旁边还有个痴心汉不停地推他的肩膀，挤眉弄眼的。

他靠着椅背，朝那个方向抬起眼皮，姑娘正襟危坐，脸色微红，时不时地看着对面的人说话。

仅仅几秒，他收回视线，指尖漫不经心地转了下手机，不知在想些什么，嘴角露出浅淡的弧度，满是嘲弄之意。

这一顿饭吃得格外漫长，李烟看到斜对角的那两人已经离开了。

周锦去结账，李烟收拾好东西，去门口等他。

冬日正午的阳光温暖，她握着手机走神。

“那个……你好，我叫江越。”

李烟抬头，男生的目光躲闪，碎发乖巧地耷拉在眉毛上，看着年纪不大。她问：“怎么了？”

江越已经快紧张死了，索性眼一闭：“我能和你要个联系方式吗？”

她疑惑道：“……我们不是有微信吗？”

你还敷衍地回了我两个标点符号呢。

江越眨眨眼，顾不上羞红的脸——提到这个，他就来气，他哥要了微信，竟然不给他。

原因是——他没有成功劝动舅妈。

“哦，那是我又坏又不讲理的哥哥靳司郁，不是我加的你。”

江越解释完，生怕她拒绝自己，继续道：“姐姐，我听过你唱歌，能不能给我留个联系方式，放心，我不是黑粉。”

搞了这么大的乌龙，李烟也没空去想理由推脱。

回学校的路上，她沉默着，终于理清了这件事的来龙去脉。

现在不用怕信息会不会被靳司郁看到了，因为和她聊天的就是他本人。

“一定是个骗子，死丫头肯定被男人的外表迷惑了。”周锦蹙眉说了一路。

李烟喃喃地附和一句："是啊，骗子。"

周锦顿住，探究似的看向她："你和靳司郁在一起了？那你可要管住他，他被很多人惦记的。"

李烟摇头，没有恋爱名义，何来道德束缚。

周锦和她从小一起长大，把她当作亲妹妹，不放心道："况且他是开酒吧的，人品另说，他混的圈子可能都不太干净。"

他们赤裸着来到世上，因为家世、身份，身上的标签就一个个出现了。

李烟不想过多地为靳司郁解释什么，她只信自己看到的。

她敷衍几句，跑回宿舍又打开手机。

她删删改改发消息，下一秒，指尖不小心碰到了语音通话。

她还没反应过来，已经接通。

一阵沉默后，李烟硬着头皮说："我不知道那是你。"

电话里传来打火机的声音，他的嗓音低沉、好听："你想说什么？"

她指甲抠着桌面："你干吗不解释？"

"你跑得太快了。"

确实是在这人发完问号后，她没过多久就说不约了："那下次……"

靳司郁的语气带了笑意，打断道："妹妹，中午吃饱了？"

她整个人热了起来，一句话让她联想到刚刚餐厅里的尴尬："我等下有课，想睡一会儿，再见。"

关掉手机，她努力平复心跳，身后的孙晴晴拍了下她的肩膀："表格发你QQ了，你确定好校庆节目有几个人唱和要唱的曲目，填进去就行。"

李烟若有所思："好。"

另一边，靳司郁的车停在路边，看着手机屏幕上显示通话结束，牵唇嗤笑一声，抬手慢悠悠地伸出窗外弹了弹烟灰。

车门被打开，江越从便利店买完水回来，得意扬扬地将手机伸到靳司郁的面前："看，厉害吧，我自己也能要到女神的微信。"

“但十分钟已经过去了，她还没有回我消息，是不是不喜欢我啊？哥，你教教我该怎么办。”

靳老板吊儿郎当地咬着烟，垂眸扫了眼聊天记录，淡声道：“这个称呼不好。”

第二天是周末，靳牧子上午休息了半天，下午有课。

李烟吃完午饭后，时间来得及，便选择了坐公交车。

路上，她的手机弹出消息。

“美女下午好。”

这个江越从昨天开始就不停地找她聊天，他看上去年纪小，却动不动来句“美女”。

今天韩慧在家，正在客厅里陪牧子玩积木，脸上的笑意温婉：“你来了。”

韩慧看了眼李烟的打扮——淡色毛呢套装裙，很显白。

明明是学生，李烟身上却有一些和同龄人不一样的气质——大概是学美术的人审美更独特些吧。

“我下午有事，阿姨回老家了，晚上才能回来。牧子今天的课程四点半结束，李老师能不能留下来陪他一会儿？算加班吧，有工资。”

学期末了，专业课程都接近尾声，李烟没什么事，姑姑又不让她到店里帮忙，眼下当然不会拒绝：“好啊。”

靳牧子面前的积木倒了，他没在意，反倒开心地拍手：“李……李……老师漂亮……”

韩慧弯着眼摸了摸他的头。

门口出现动静，靳司郁无声地瞥了眼李烟，然后换了鞋便要上楼。

“昨晚在哪儿睡的？”明明刚刚还一脸温婉，韩慧看到靳司郁，眼神直接变了，语气冷硬、严厉。

“店里。”

“能不能干点正事，我让你读音乐学院，是让你去开酒吧的？”

靳司郁路过身边，李烟下意识地看他，他面无表情的时候，眉眼更为淡漠。

他声音很轻："不也是和音乐有关吗？"

韩慧明显被他的态度惹怒了："明明有音乐天赋，多的是机会摆在你面前，却不知道把握。牧子这辈子都不会得到你拥有的这些。"说着，她看向李烟，厉声继续，"李老师比你小一岁，都知道做家教，做有意义的事。而你呢，天天游手好闲，无所事事。"

李烟后退几步，试探着开口："阿姨，酒吧老板要做的事情可多……了。"

靳司郁嘲讽一笑，问："所以我就该'接'过他的人生来活吗？"

"他"指的是靳牧子。

一句话让周围寂静。

韩慧确实把所有期望都放在大儿子身上，眼下也不好再说什么，压着怒意转移话题："你最好给我上点心，还有乔家那女儿哪里配不上你靳大少爷，你随便就把人甩了？"

靳司郁重新抬脚上楼梯："谈了，不合适。"

韩慧看了眼时间，拎包走了，客厅里剩下靳牧子，李烟悄悄坐到他身边。

她想着刚刚母子俩对峙的场面——有的人生来就在金字塔顶。

说她不嫉妒是骗人的。

她那么努力才考上美院，而靳司郁却对国内顶尖的音乐学院不屑一顾。都说只有少数人才能幸运地过上锦衣玉食的生活，大多数人为了生活而吃苦、奔波。

可是，温室里不仅有花朵，还有野蛮生长的蓬勃野草。

靳司郁这样的人，就算没有家世的加持，也能很耀眼。

而后，李烟就后悔夸他了。

冬天天黑得快，牧子上完课看了会儿动画片，又开始画画。

"画的什么？"李烟有些不忍心吵到他。

靳牧子笑了，有点憨："李老……师……"

她来了兴致，看完画，有点觉得一言难尽。

"牧子，你饿不饿？"

男孩摇头。

李烟看他几秒，起身大胆地上楼去找靳司郁。

二楼依旧宽敞，第一间卧室的门开着，安静得只听到李烟自己的呼吸声。

李烟朝里面望去，装修简约，墙上挂着把红色吉他，书桌离门近，她一眼看到了躺在桌上的《风险投资周期》。

他在研究风投？

李烟没多想，轻轻叫了声他的名字，几秒后，听到了脚步声。

靳司郁好像刚睡醒，眯着眼看她：“怎么了？”

“那个……阿姨什么时候回来？”

他沉默片刻，转身去拿手机，李烟也顺势进入了卧室。

男人站在窗边打电话，她的视线又回到书桌上——基本上是有关风投的书，其中有本覆着塑料膜没开封的书——《养生静气》。

他确实该养生静气。

“在路上，十分钟到。”靳司郁转身就看到姑娘嘴角的弧度，“笑什么？”

李烟笑容一僵，被逮个正着，连忙说出找他的真正目的：“我想请你帮个忙。”

见他不说话，等待下文，李烟咽了下口水：“下个月十四号美院校庆，我想请你做我的帮唱，可以吗？”

头顶的灯光柔和，两人就这样对视着。

靳司郁先移开视线，身子闲适地靠着窗子：“你玩我呢，妹妹。”

此话一出，李烟就明白这人确实误会了她和周锦的关系。

“周锦是我发小。”

靳司郁的目光意味不明，笑着问：“那我凭什么帮你？”

“你帮我，我以后也会帮你，礼尚往来，不亏……”她总是吃不消他的视线——很撩人。

“给亲吗？”他神色懒散、肆意，空气暧昧缱绻。

李烟愣住，当然不！

靳司郁将她的表情尽收眼底——他什么时候有心思逗姑娘玩了。

他收了收笑容："忙，没空。"

楼下传来开门声，阿姨回来了，李烟落荒而逃。

她在门口一边穿鞋，一边道别："不用了，阿姨，我还不饿。牧子，明天见。"

阿姨见李烟执意不留下来吃晚饭，便说："那让司郁送你回学校吧。"她转头看见正下楼的靳司郁，"送送人家，小姑娘一个人不安全。"

李烟系鞋带的手一滞，低头说了句"不用"，红着脸慌乱地离开。

靳司郁没什么表情，他走到沙发边，牧子还沉浸在自己的小世界里，开心地画画，嘴里含混地念着："李……李老……师漂亮……"

画得跟个火柴人似的，哪里漂亮。

逗一句，她就生气，他还不乐意送了。

他坐在沙发上看了会儿手机，几秒后，啧了声，拎了车钥匙起身。

道路宽阔，独栋别墅区绿植葱郁，树影在路灯下张牙舞爪。

冷风卷起枯叶。

李烟将手放在口袋里，试图寻求一点暖意。她回忆起刚刚的事情，烦躁地抿了抿唇，又对他多了一些印象。

——玩世不恭，还坏。

她正走神时，身后突然亮起一束光，空气中粒粒灰尘被照得清晰无比。

她缓缓转身。

黑夜中，灯光把他的五官照得立体，如果第一次她也能这样大胆地转身看他，他们会不会早已经认识。

李烟几秒便收回视线，回身继续往前走。

她的反应在靳司郁的意料之中，他轻笑着缓缓开车到她身边。

"坐末班车？"

李烟点头，照旧不理他。

"末班车的故事，想听吗？"

她脚步微滞，猜到这人葫芦里卖的什么药，抢先道："我不怕。"

靳司郁心里叹气，车速配合着她的脚步，即使面子上过不去，但他还是开口问她："就不能给个台阶？"

李烟的嘴角不易察觉地勾了一下，停住脚步："那帮唱……"

原来在这儿等着他呢。

"先上车。"

车内，李烟搓搓手，嘴角快要压不住了："你答应了？"

靳司郁没说话，调了下空调风向，隔了几秒，说："但我有条件。"

果真，研究风投的人，做事注重得失。

"什么条件？"

"往后再说。"

李烟的手交缠在一起，直到到了学校门口，才挤出一句："亲……不行……"

靳司郁刚开始没听懂，女孩低着头，脸都红透了。

到底是个好姑娘。

他笑出声，肩膀微颤，肩颈处的肌肉线条在衣服下若隐若现，恶劣的心思蠢蠢欲动，他的语气又痞又坏："抱一下也不行？"

低沉的声音在夜色中缓缓流淌，她一愣，反应过来："不行！"

靳司郁扬眉，一副浑蛋样。他终于放过她："准备的什么歌？"

"《你要如何，我们就如何》。"

话落，车厢里安静无声，暧昧又尴尬。她的脸又红了一点，慌乱地解释："这是歌名。"

靳司郁收敛笑意，抬手揉了揉她的头顶："回去吧。"

车离开，李烟立在原地，整个人有些像是飘浮在云里。她还记得他掌心的温度，关键是刚刚他又在调戏她。

她气得拿起手机，点进男人的对话框，将备注改成：讨厌的人。

不解气，她又改成：最讨厌的靳司郁。

看着别扭，她继续改——

全世界最讨厌的靳司郁。

李烟到宿舍，孙晴晴问她填好表格没。

“帮唱已经确定了，歌曲等我今晚想好再填，争取明天告诉你。”

孙晴晴点头，追问了句：“帮唱是谁啊？”

李烟没打算藏着：“靳司郁。”

她们宿舍有个女生大二休学去部队当兵了，现在还没有新室友搬进来，目前连李烟在内，只有三个人住。

李烟想，她们的尖叫声是不是能让整层楼听到了？

孙晴晴不敢相信：“什么靳，什么司，什么郁？是我想的那个靳司郁？”

李烟慢条斯理地坐到桌前，开始挑选歌曲，应声：“音乐学院的那个。”

“天哪！你俩怎么认识的？”

还能怎么认识的？云诗知道李烟兼职的事，孙晴晴又是白夜乐队的狂热粉丝，万一打听人家的住址，不好说。云诗说：“那个啊，靳司郁去烟烟家的店里吃饭，然后就认识了。”

孙晴晴半信半疑——光认识就能答应帮唱了，那一定是使了什么手段。她猛地攀上李烟的肩：“你开个班吧，我跪着听。”

“……”

深夜，孙晴晴闹腾够了，终于睡下。

李烟把排练时间发给靳司郁。

十分钟后，屏幕亮起，靳司郁回了个“好”。

她的指尖在屏幕上往上滑了滑，看着聊天记录忍不住笑。

少女时代的喜欢总是这样容易满足。

就像一场失火，怀着即使满身灼烧也要冲出去的孤勇。

可惜后来她在火光中迷路，原地驻足，而他隔岸观火。

朋友问她，遗憾吗？

人生中的一些选择题，怎么选都会有遗憾。

她宁愿在水中捞月，也不愿放任错过。

周日，李烟去陪牧子上课，靳司郁不在。

她打听了才得知DVIS在准备店庆，他最近很忙。

周四下午，她提前去音乐教室，孙晴晴偏要跟着，可惜没几分钟便被文艺部叫去开会。

李烟一个人玩了会儿吉他，她才自学没多久，弹得断断续续，总是弹错。

冬天的下午，阳光一照，总容易犯困，她就这样搂着吉他，手撑着脑袋打瞌睡。

她梦见了好多年前，在医院里，好多警察、医生，哭声，一幕幕在眼前闪过。

她没有害怕，只是觉得很难受，像是银针插进心脏，提醒自己，到底失去的是什么。

下一秒，快磕到桌面的脸颊被一个干燥温热的掌心托起。

这不是梦。李烟睁眼，发现靳司郁正坐在身边。

她揉了揉眼睛，有些湿润，笑道："你来啦。"

靳司郁看她几秒，嗯了一声，抬手拿过她怀里的吉他："我好久没碰了。"

李烟没说话，看着男人拨了几下琴弦。他的手很好看，骨节分明，微凸的淡青色脉络一路往手腕蔓延。

"会双人吉他吗？"他问。

"不太会，你试过？"

靳司郁调整好弦："没有，第一次给你了。"

这人……说话总让人浮想联翩的。

光线透过稠密的树叶间隙洒进教室，成了点点金色光斑。

两人挨着坐，肩膀靠在一起，他的指腹在琴颈处按压，而她垂着头拨琴弦，清晰的乐声传来。

没想到真的成功了，李烟眼睛一亮，猛地抬头看他，只差一点，就能撞到他的鼻尖。

可她忘记拉开距离，而靳司郁也没有。

他垂眸，瞳孔很黑，视线下移，似乎扫过她的眉眼和唇瓣，嘴角忽然染上笑意："看什么？"

"我看了吗？"

"你脸红了。"

李烟下意识地摸脸，有些烫。她心虚地移开视线，靳司郁没什么心情再逗她。

排练没多久，中途他出去接电话，回来时脸色不太好，靠着椅背，眼睛一瞥，目光沉沉地看着正在背歌词的姑娘。

"妹妹，帮我个忙？"

这么快就要还人情了？

李烟跟着他去了商场，捂着胸口从试衣间出来——她第一次穿晚礼服，还是这样的御姐风。

一字肩黑色修身长裙将女孩的身材勾勒得玲珑有致，柜员小姐眼睛一亮："这是我们今年春季的限定款，直接把你的身材优势展现出来了，穿着简直是仙女啊。你老公觉得呢？"

她心猛地一跳："他不是……"

靳司郁抬眼："就这条吧。"

李烟这才注意到，他换了西装，身形修长，气质清冷。

直到步入宴会现场，李烟的心还不上不下地被吊在那儿，原本在扎堆攀谈的男男女女纷纷扭头看过来，目光有好奇，有不屑。

李烟紧张地扯了扯旁边人的袖口："我要做什么？"

靳司郁慢条斯理地抿了口鸡尾酒，迎着旁人探究的视线，低声回答："当作看戏，站着就行。"

这么简单？

李烟知道这是富二代的聚会，还带点"相亲"的意味，是韩慧逼着他来的。

而靳司郁之所以带着她，不过是怕麻烦，毕竟不远处几个女生对他虎视眈眈的。

"和我分了，这就是你新交的女朋友？"乔柔妆容精致，目光不善地审视着李烟。

没等靳司郁开口，唐宋过来喊了声“嫂子”，身后的江越快要气疯了。

乔柔一开始不信——靳司郁这种人怎么可能轻易谈恋爱，听到唐宋这个称呼，再不甘也认了李烟的身份，气得直接走了。

唐宋感叹自己救场及时，与靳司郁碰了杯：“你答应你妈来这儿，她确定说以后不会干涉你做风投？”

靳司郁的目光平静，拿了杯度数低的果酒递给李烟：“信她一回。”

看着他的动作，唐宋笑了：“靳哥，兄弟几个这次投了不少钱啊，万一……你得养我。”

靳司郁扬唇：“行啊。”

唐宋的目光落在对面安静的姑娘身上：“我看你俩挺般配的，不如……”

“哥！你抢我女神！”江越从他们一进场就看到了，虽然两人的关系不是真的，但他还是嫉妒，声音也大了点，引人侧目。

李烟看了眼江越，跟他在手机上聊过天，她回得不及时，也敷衍，拒绝的意思很明显，现在听他这么一说，她有点尴尬。

靳司郁没被影响，淡淡地斜了江越一眼：“你声音再大点，我抢给你看。”

“……”当她不存在是吧。

李烟赌气轻拍了下靳司郁的肩膀，撒娇似的。

而靳司郁不但没皱眉，还回她一个散漫的笑。

这一幕落在旁人眼里，就是小情侣打闹，甜得要命。

没等到宴会结束，他们便离开了，宴会厅门口没什么人，天色昏暗，下雨了。

车在停车场，走过去也得五分钟，李烟穿的高跟鞋，犹豫着要不要进入雨中。

靳司郁撑开伞，见她不动，问她：“怎么了？”

她指了指鞋：“很贵，脚还会弄湿。”

女人是真的事多。靳司郁没办法，发了条信息给代驾到门口来接。

“可以到对面那个路口，我们过去。”

靳司郁：“你怎么过去？”

还能怎么过去。李烟抬眸，期待地看着他。

“……”

可能吗？靳司郁在心里冷嗤。他垂眸，女孩的瞳仁晶亮，涂了口红，脸颊白得发光。他啧了声，移开视线：“可以，但有条件。”

又谈条件！李烟不乐意了，而后手里被塞了伞。

“逗你的。”

李烟看着他理了理衣服，作势下蹲，她笑着开了句玩笑：“我这样像不像女总裁？”

靳司郁闻声看她披着件黑大衣的模样：“像女流氓。”

李烟已经习惯这人的冷嘲热讽，索性不理他。车已经停在马路对面，直到被背着走入雨中，她还有点恍惚。

她趴在他的后背上，几乎感受着他每一下呼吸：“靳司郁，我重吗？”

“还好。”他答。

声音低沉、沙哑。

“你背过女孩子吗？”

“没有。”

“怪不得，其实我挺重的，姑姑说我是猪。”

“嗯。”

“嗯？！我是猪？”

“不是，你是我祖宗。”

他的语气好凶啊，听着却不让人恼火。

李烟不说话了，身体悄悄放松下来，气息洒落在他的脖颈。

她垂着眼，鬼使神差地慢慢靠近。

空气潮湿，雨丝不断，声声入耳。

心跳一下一下加快。

下一瞬，靳司郁停下脚步，李烟的动作也一僵。

“今晚不想回去了？”

她局促地离开，目光躲闪："我又不是故意的。"

靳司郁没应，到车里脱下外套，眼里情绪不明。他烦躁地扯开领带，嗓子干涩，想抽烟。

雨水打在车窗上发出闷响，李烟身上的温度渐渐回笼。

她暗自感叹刚刚真是昏了头。安静片刻，她问："你做风投，酒吧兼顾得过来吗？"

靳司郁看着窗外，领带凌乱地挂在脖子上，声音慵懒："会转给其他股东。"

李烟哦了声，扬眉，玩笑道："我以后想做室内艺术画设计师，靳老板认识的人多，可要照顾我生意。"

人之间是平等的，在爱情中也是，她虽然刚开始有点怕他，但态度始终不卑不亢。

她有自己的人生，靳司郁也有自己的人生。

她的语气带着俏皮以及坦荡，靳司郁侧头忍不住牵唇，目光扫过她没被大衣遮住的腿，将手里的外套扔过去："我有什么好处？"

李烟想了下："给你提成？"说完，她才想到，人家可能不需要这点提成。

"那往后像刚刚那种相亲局，我再帮你一次？"

靳司郁笑了，视线重新回到窗外。

"再说。"

人在二十多岁时，尚且无法窥见不可知的命运。

创业、压力、低谷、荣耀，世间万物变换不断。

可他的后半生，唯独一样东西没变。

——一生，只钟情于一人。

之后他们又约时间排练了两次。李烟刚打算关灯走人，手机弹出消息，是江越约她看电影。

李烟想直接拒绝，抬眸看见靳司郁站在走廊打电话，不知说到什么，笑了下。

大概是今天天气很好，她又起了心思，打字回复消息：靳司郁也在。

江越是犹豫的，但只要能见到女神，咬咬牙回复：叫他一起来。

靳司郁挂断电话走近她，见她站在原地发呆：“还有事？”

李烟抿唇：“江越请我们看电影。”

她突然感觉有点心虚，还有点愧疚——对江越的。

靳司郁的语气懒懒的：“那我岂不是电灯泡了？”

即使听出他在开玩笑，李烟还是直摇头：“不是啊，就刚好一起。”

靳司郁似乎听得笑了：“刚好是什么意思？”

余晖下，他的眼眸更是清澈。

李烟被盯得心乱如麻，眼神躲闪，好像下一秒就会被看透心思。她胡乱拍了下他的手臂，还不太敢用力：“去不去？快……来不及了。”

“去呗，打我干什么。”

电影院门口，江越早就在那儿等了。他刻意避开靳司郁的视线，站到李烟身边，不停地找话题，最后还是靳司郁去买的电影票。

江越看着他哥手里的电影票，摸了摸后脑勺，带着歉意道：“不好意思啊，姐姐，说好我请的。”

不等李烟开口，靳司郁扫了他一眼：“就这样还想追人。”

江越想反驳，又为了维护形象，吃下这闷亏。

他们看的是一部爱情片，电影还没过半，靳司郁调整了坐姿，眼皮耷拉着，听着配乐直接睡着了。

斑驳光影滑过，落在他棱角分明的侧脸上。

不知怎的，李烟的情绪低落下去——靳司郁似乎在有意撮合她和江越。

明明她要的不是这样。

江越时不时地凑过来说两句话，突然，她肩膀一沉。

靳司郁的头靠在她肩膀上，很轻。鬼使神差般，她挪动膝盖，一点一点靠近他的膝盖，直到相碰，她的心像是被灼烧。

男人坐得偏靠下，从后面看，两人相偎在一起。

电影进入尾声，周围很黑，江越没发现异常，跟李烟讨论了下剧情。她都没怎么看电影，对方说什么，她都点头。

直到播放片尾曲，有人起身准备离开，传来窸窣声，靳司郁才醒来。

灯还没亮，他摸了下酸痛的脖子，从她的肩膀移开，还没从困意中缓过来。

李烟的大脑有些空白，也不知道说什么："听说有彩蛋。"

靳司郁点头，低声说："怎么不喊醒我。"

两人都没提刚刚的一幕，李烟猜测，靳司郁是把她当朋友了——这也算是安慰。

江越好像这才发现："哥，你竟然在睡觉？我和姐姐看得可认真了。"

……

回去的路上，依然是江越话比较多。直到学校门口，看着女神远走的背影，他像是泄了气的皮球："哥，女神好像对我没那意思。"

靳司郁顺着他的视线抬眼，情绪不明："嗯，人家看不上你。"

校庆演出这天，李烟终于领教了靳司郁的号召力。

不仅本校人到齐，后面还站着其他学校的学生，热闹得堪比小型现场演出。

休息室里，孙晴晴带着化妆师正围在他身边说个不停。

"还有二十分钟，需不需要做个发型？

"上台会更帅一点。

"虽然你这样已经很帅了。"

"……"

暖气打得足，靳司郁穿了件藏青色卫衣，玩着电吉他，颇有几分日系暖男的味道。

"不用，谢谢。"他对外人还是一贯的疏离。

孙晴晴不知该说什么，看到李烟进来，仿佛找到救星。

"烟烟，快来劝劝你的靳司郁。"

李烟本来不在意他的造型，随他喜好，但听到那句“你的靳司郁”，就莫名地想对他负责。

旁人离开后，李烟在掌心抹了发胶，他直接躲开了，皱眉：“难闻。”

“少涂点可以吗？”

看似大家都在忙碌，实则七八双眼睛盯着这里，只见女孩抬手，靳司郁犹豫一瞬，缓缓低下头。

也太乖了吧。

孙晴晴正在喝水，差点喷出来。

他怎么有两副面孔呢。

门口有同学在报下一个节目，喊他们去候场。

李烟的心瞬间提了起来，她站在后台，听着外面主持人报幕。

她不是没上过台唱歌，只是这次有靳司郁一起。

她忍不住仰头，旁边的人一脸轻松，短发被发胶定型，凌乱却又恰到好处，更显痞味。

李烟的肩膀忽然被拍了下，靳司郁俯身凑近，低声问：“紧张了？”

“有点。”

“只有几分钟，克制下。”

“……”

还以为他要安慰她呢。

不远处的主持人报完幕就下场了。

李烟没理他，一个冲动拿过话筒便上台了。

靳司郁望向女孩的背影，压着笑意，抬脚跟上去。

“嫂子！”

不知是谁喊了句，顷刻间起哄声一片。

李烟本来紧张感刚平息些，这一声“嫂子”让她脸颊发烫，心跳随着音乐不断加快。

唐宋几个人早就到了，喊完一嗓子，现场气氛直接燃起。

舞台上，男人背着黑色金边电吉他，用拨片有节奏地拨动琴弦，游刃有余，桀骜恣意。

可惜李烟太过紧张，抢了一拍。

他侧头，隐隐勾起嘴角看她。

而这一幕，引得底下的姑娘尖叫连连。

“我疯了！”

“他在笑！”

“这是乐队解散后，靳司郁首次登台，还是给人当和声！”

“啊啊啊！我的民谣女神！”

……

李烟从抢拍的尴尬中脱离，快速调整好状态。

如果我 我是说如果我

想牵你的手 然后带你远走

如果我 不对 真的就是我

想带你飞

趁着间奏，她转头看向靳司郁。

男人缓慢地眨眼，指尖轻点着电吉他，为她打节拍。

李烟笑了。

在如雷的掌声中，歌曲进入高潮，不少人一起合唱，她身边磁性、低哑的声音穿插其中。

聚光灯驱散黑暗，黎明破晓。

多么疯狂的是我

多么真挚的是我

你要如何 我们就如何

直到最后一个音符停止，全场先是安静一秒，而后尖叫声响起。

李烟不停地喘息着，鞠躬退场，一到后台，激动得直接抱住他，还蹦了两下。

靳司郁任由她闹，抬手拉住她偏短的上衣衣角，防止走光：“这么开心啊。”

她反应过来才发现这一举动有多亲密，不好意思地松手，后退一步：“那个……谢谢。”

男人点头："涂的什么？这么香。"

李烟没喷香水，闻了闻掌心："发胶味。"

"……"

没多久，唐宋过来了，喊他们去DVIS庆祝一下。

李烟发信息问云诗去不去，对方一看，立马答应了。

估计是刚刚尖叫声太大，现在坐在酒吧，音乐都显得不那么震耳欲聋。

李烟嫌热，脱下外套，短T恤、短裙、马丁靴，黑发微卷，乖巧地垂在后背，这次打扮符合了酒吧的风格。

周围卡座的人不时扫来几道视线，云诗注意到了，凑到她耳边："烟烟，你今天太漂亮了，和靳司郁站在一起，简直了！不过……他为什么帮你？"

李烟现在想起来，心跳还会加速："我也不知道。"

"我感觉他在追你。"

云诗莫不是喝醉了？确实眼前半瓶洋酒没了。

她们从大一开始就玩得好，李烟看着她眼底不太自然的笑意，提了句："你和周锦吵架了？"

果然什么事都逃不过李烟的眼睛，云诗的肩膀塌了下来："他喜欢的是你，我怎么做都没用。"

李烟一愣，在她印象里，完全不是这么一回事："我和周锦一起长大，如果想在一起，早就在一起了。你怕什么，你还配不上他？"

云诗仰头灌了杯酒："就是感觉配不上啊。昨天我还在网上看到，女生表白被拒绝了，身边的人都在嘲笑她。反正我不敢，好丢人，怕给人看笑话。"

不知道为什么，现在"情感大师"不停地给人洗脑：主动就是倒贴，深情就是"舔狗"。

好像一段关系中，先喜欢的那个人一定是卑微的。

女生告白，不应该被夸赞勇敢吗？

"不丢人，那些嘲笑她的人才丢人。"

云诗傻笑，晃晃悠悠地搂住李烟的肩膀，大着舌头道："对，不丢人……我们烟烟就不会嘲笑我！"

李烟失笑，她其实也喝了一杯，目光迷离地看着吵闹的周围，而后视线停留在对面。

靳司郁从包厢出来，指间夹着烟和朋友说话。

估计他也看到了她，和朋友又说了几句，便朝这边走来，中途顺势灭了烟。

她的身边塌陷一块，靳司郁在没必要的情况下不会碰酒，他随意地靠着沙发："醉了？"

李烟时刻拉着云诗，不让她倒下去，脑袋里想的是现在回去还是再待一会儿，可受酒精影响，犹犹豫豫的。

见她不说话，靳司郁坐直身子："让你那个发小来接？"

云诗彻底醉了，让周锦来接她也行。李烟回答："好。"

话落，靳司郁抬起眼皮，视线从她脸上滑过，悄无声息地笑了下。他正打算离开，手腕却被握住。

她的手纤细，温热。

"你们酒吧的服务生陪人喝酒要多少钱？"

李烟的表情认真，看样子没喝多少。他的目光染上戏谑："妹妹，别在这儿找人玩。"

李烟全身都热起来："我就……问问。"

靳司郁蹙眉重新坐下，眼眸漆黑，似乎能看透人心。他报了个数字，加了一句话："只喝酒。"语气很冷，表情更冷。

话已经说到这份上了，她索性开口："那可以指定老板吗？"

男人沉默下来，李烟其实心里没底，见他盯着自己，也毫不认输地对视。

背景灯红酒绿，两人间的氛围如暗流涌动，不断拽她下坠。

好像过了一个世纪之久，就在她快坚持不下去时，他说："免费。"

云诗打了个酒嗝，缓缓睁开眼，去找酒，没找到，随意地歪着脑袋托腮看旁边。

她痴痴地笑起来，印象里李烟就像朵红玫瑰，热烈明媚，而靳司郁不羁叛逆，两人坐在一起的画面，绝了。

她看着看着，又倒下睡着。

李烟的一颗心落地，给周锦发完消息，放下手机，学着靳司郁刚刚说话的语气："光喝酒吗？"

似乎没听清，靳司郁靠近她："什么？"

他的气息落在耳畔，音色又低又沉。李烟凑到他耳边，大声道："我问，要不要玩坦白局？"

靳司郁的手搭在姑娘身后的沙发靠背上，看她的表情："怎么玩？"

李烟简单地说完规则，而后紧张地握住酒杯："你还和前女友联系吗？"

还有联系的话，就靳司郁喝酒，不联系就是她喝酒。

游离的光洒落在他脸上，几秒后，他摇头。

李烟果断地灌了一杯酒，该他问了。

身边的人随音乐轻快地晃着小腿，若有若无地擦到他的膝盖，他低声笑了一下："交过男朋友吗？"

好吧，交过男朋友。

李烟又喝了一杯。

她的脸颊不知是酒精导致还是暖气吹的，红通通的。她继续问："你有喜欢的人吗？"

动感音乐不断，DJ 气氛组在灯光中嗨翻天，一排服务生举着黑桃 A 灯牌给隔壁卡座上酒。

靳司郁笑意浅淡，没说话，俯身慢条斯理地倒了杯酒递给她。

意思是"没有"，让她喝。

总共三个问题，怎么都是她在喝，简直找虐。她心里委屈，刚要接过酒杯，周锦来了。

李烟没醉得彻底，意识还算清醒，但站起来有点晃悠。她穿上外套，转身想跟靳司郁道别。

周锦正被一个醉鬼黏糊糊地抱着腰，眼下他怕李烟站不稳，好不容易腾出手扶了下她的手臂。

“我先走了。”

靳司郁的视线在两人搭在一起的手臂上扫过，点头：“注意安全。”

看着他态度随意的模样，李烟垂下眼睛挡住所有情绪，帮忙搀着云诗，一同离开。

几个人走后没多久，唐宋从朋友包厢出来，他也喝了不少：“她们人呢？这就回去了？”

靳司郁没应，黑眸幽暗，漫不经心地看着酒杯，端起抿了一口，喉结在阴影下微动。

唐宋还以为自己惹他了，看来看去发现端倪：“靳哥，你今儿怎么喝酒了？”

靳司郁指尖微顿，起身：“口渴。”

# 第三章

## 阴晴不定，夜空也会闪星星

夜深，冷风吹得人越发清醒。

快零点了，周锦考虑了一下，决定还是开个房间让这俩人住一晚。他见李烟立在原地翻口袋，像是在找什么：“东西落下了？”

她重新找一遍：“我的口红好像落在沙发上了。”

周锦被怀里的姑娘磨得皱眉：“明天再说吧，你俩先去酒店。”

李烟没说话，看着云诗，原本又闹又跳的人，此刻转过头朝自己眨眨眼。

果真，女人三分醉，演到你流泪。

她忍着笑：“我没喝多少，你先送云诗过去，我取回来后去找你们。放心，靳司郁在，我没事。”

周锦没办法，又叮嘱了两句，拎着人离开。

到酒店，他将云诗放到床上，退开时，领口被抓住，重心不稳，直直地跌下去。

周锦下意识地觉得她喝醉了，没在意她的动作，他撑着手臂：“背着我喝酒，可以啊，云诗。”

“你关心我？”

他无奈道：“幸好烟烟在旁边。”

云诗神色僵了僵，松开手：“明知道她回去会见到靳司郁，你喜欢她，为什么还要装得很大度的样子？”

周锦莫名其妙被扣了这么一口黑锅：“你知道烟烟的父母走得早，我从小就把她当亲妹妹。”

“那我呢，你为什么要对我好？”

李烟裹紧外套，一路小跑回去。

乐声震耳欲聋，刚刚卡座上的靳司郁不在了，服务生正在打扫，沙发上也没有口红。

她两手空空，原路折返。她知道此刻心底的失落不是因为没找到口红。

李烟快走到门口时，周围有几对男女勾肩搭背地离开了。

第三次了，她第三次撞见了他的“风月无边”。

男人懒懒地靠着瓷砖墙壁，游刃有余地和对面的女人周旋：“我今天牙疼。”

“牙疼和我跟你走有什么关系吗？”

靳司郁侧头抽烟，等烟雾消散后，说：“跟我走不就有关系了？”

女人凑近一分，凹凸有致的身材一览无余：“那……等你牙不疼了，我们再约？”

光影笼罩，靳司郁的脸上还挂着笑，只是没有一丝温度：“你还没完没了是吧。”

他就是这样的，字字没提拒绝，却都透着拒绝。对方没有自知之明，他没了耐心，便挑明说。

女人走后，靳司郁依然站在原地，他看到李烟了。

李烟抿着唇，鼓足勇气上前。

“你看到我的口红了吗？”

靳司郁抬眸，眼底的冷意还未散：“就为这个？”

李烟没说话，相对无言。

她有时候会偏执地想，这个人不管有多好，只有属于她才有意义。

可后来她发现，必须要有意义吗？

她想把那些心思都告诉他。

是的，只是告诉他。

“我说过，别一个人来，你不适合来这里。”靳司郁站直身子，面无表情地将东西放在她手里。

她收紧指尖，口红的管身贴在掌心：“你怎么知道不适合呢？”

靳司郁抬了抬眉梢，试探性地看她的眼底，只有一片澄澈。

李烟刚刚几乎是脱口而出，想解释什么，腰上被一股力道微微用力地一拉，两人距离拉近。

空气瞬间稀薄，呼吸混在一起，他在鼻尖离她的脸只差分毫时停住，语气低沉：“试试。”

第一次如此近距离接触，甚至被搂着腰，李烟一动不敢动，紧张得心脏怦怦跳。

靳司郁到底没真的把她怎样，黑眸里闪过复杂的情绪：“明明玩不起，装得不累？”

那天之后，他们的关系疏远许多，至少李烟是这么认为的。

她没有玩，为什么靳司郁说她玩不起。

玩不起是指去酒吧，还是指对他？

李烟最近不是在画板上画画，就是在电脑上画画，直到期末考试结束，也没有一点放假的轻松感。

云诗在身后玩了会儿她的头发：“烟烟，下午我们去射击馆吧。”

“我不会。”李烟正拿画笔填色，实话实说。

“走嘛，去散散心，我可是刚失恋的人啊。”

李烟想起那晚去酒店，云诗哭着说周锦也是拿她当妹妹照顾的模样，有点于心不忍，松口答应。

孙晴晴也跟着一起，一路叽叽喳喳，李烟更像是带着两个孩子的家长。

其实大家都不会，甚至打不中靶，李烟戴着护目镜，最后一枪终于打在靶边。

她整个人放松下来，弯着嘴角转身。

孙晴晴突然小声地尖叫一声。

李烟顺着孙晴晴的目光看去，江越站在收银台前，身边还有靳司郁和唐宋。

李烟怕尴尬，想装作看不到，孙晴晴已经上前打招呼了。

江越本来就兴致满满，看见李烟也在，双重惊喜。他越挫越勇，直接迎上来：“姐姐！你第一次玩吗？我教你。”

不等李烟反应，江越戴上防护用具，认认真真地指导她。

不远处唐宋的手臂碰了碰旁边的人：“民谣女神的魅力可以啊，江越都被勾得神魂颠倒，怎么说？靳哥看得下去？”

靳司郁语气不变：“随他去。”

这家射击馆，他们常来，身边有人送上他们惯用的套具，他动作熟练地装弹，一声脆响，组装完成。

他单手持枪，手臂肌肉绷紧，在半空中没有一丝颤抖。

“姐姐，你手的位置不对，我给你调整一下。”

“姐姐，明天我能约你吃饭吗？”

江越的声音从旁边传来。

靳司郁微眯眼，瞄准目标，一连几发子弹射出去。

放下枪，他扫了眼屏幕上的成绩——0 环。

啧。

这一边，江越被拒绝了吃饭邀请，有点失落，还想争取一下，衣服后领被人拽起。

“谁啊！”他皱眉转身，对上靳司郁要杀他的目光，“哥……怎么了？”

男人将正通话的手机给他：“你妈。”

江越一听，连忙出去接电话，而后因为各科考试全部不及格，被骂得狗血淋头，勒令立刻回家。

他再气不过，也只能灰溜溜地离开。

孙晴晴和云诗不知道跑哪儿去了，这一片只剩李烟和靳司郁。

李烟松了口气，心想着，江越热情到让人招架不住，改天得好好跟他谈谈。她没看旁边，开口说道：“你来干吗，不是说我玩不起？自己还往上凑。”

靳司郁笑了：“生气了？”

李烟摇头，重新抬起手，实则心思完全不在射击上：“你为什么觉得我会生气？”

不知道，他也想问为什么。

靳司郁解释：“那天我的意思是让你一个人别去酒吧，话说重了，给妹妹道个歉？”语调不紧不慢，很是诚恳。

李烟暂且原谅他几秒，嘴上却说：“不接受。”

靳司郁没觉得意外，笑着站到她身后：“我教你。”

感受着他的靠近，李烟耳根红了。她微微偏头，就能看到男人的侧脸。

“别看我，看靶。”

他的声音离得近，低音炮似的，这下李烟连脸颊都开始发烫。

一发子弹射出去，正中十环，李烟惊讶道：“你枪法好厉害。”

“你又知道了？”

“……”

这人正经不到十秒又开始调戏她。

天色渐暗，旁边有家音乐餐厅，他们约着一起吃完饭再回去。

唐宋是最后离开射击馆的，其实刚刚他目睹了全程，就算和靳司郁是兄弟，也要为李烟打抱不平：“你干吗老欺负人啊？”

“我碰你了？”

唐宋反驳道：“不是我，而是李烟，你刚刚不是欺负她吗？”

靳司郁正在穿外套，闻言，动作一顿：“不是。”

订好包厢，唐宋又喊了几个人过来。顾阮来得迟，坐到李烟身边，有些生气地说：“怎么画都不满意，什么甲方啊。”

她们是同一个专业的，李烟以后也是干这行，她低声安慰了顾阮几句。

李烟抬眼看见唐宋正朝自己这个方向看，准确地说是看顾阮，而后他又神色淡淡地移开视线，举杯提议玩游戏：“游戏叫声东击西，就是我问你什么……”说到一半，他顿了一下，抽出根烟扔给斜对角的靳司郁，“靳哥，我说话，你不看我，盯着人家姑娘看什么？”

一阵起哄声让场子热闹起来。

李烟没听懂，视线有一瞬和靳司郁对上。

他靠着椅背，也没解释，还反问：“你有姑娘好看？”

唐宋吃瘪，又继续解释游戏规则：“声东击西，就是我问你什么，你回答不相关的东西。输了喝酒啊。”

大家跃跃欲试，都同意玩这个游戏。一开始，大家提的问题还挺简单，比如今天吃了什么，今晚打游戏吗。

轮到李烟，她抱着平常心看向身边的顾阮。

顾阮刚刚才从起哄声中得知李烟和靳司郁之间有猫腻，她眨眨眼问李烟："你喜欢靳司郁吗？"

李烟蒙了，大脑里本能地出现两个选择——喜欢和不喜欢。

可哪个都不能说，她只能这样沉默。

她沉默得越久，身边看热闹的人发出的嬉闹声越大。

她和靳司郁的座位之间隔着一个人，她悄悄瞥了一眼，他不知在想什么，估计是当开玩笑，倒也帮她说了句话："差不多行了。"

唐宋笑得腮帮子疼："所以这酒到底谁来喝啊？"

"虽说烟烟输了，但这杯酒我觉得应该让男生喝。"

"没错，但让靳哥喝酒，太便宜他了。"

"不然给人家姑娘单独唱首歌吧。"

几个人说相声似的。眼下也不可能让他唱歌，李烟直接端起酒杯。

"好。"

她猛地抬头，想去确定这话是谁说的。不给她反应的机会，唐宋直接招呼朋友去吧台借一把吉他。

靳司郁慢悠悠地调整了会儿弦，这才侧眸看她："想听什么？"

孙晴晴坐在他们两人中间，尴尬死了，直接拎起李烟和她换座位。

李烟被这么多双眼睛看着，硬着头皮道："不用了，我可以喝酒的。"

靳司郁牵唇一笑："没事，当作哄你了。"

旁人疑惑，不懂他们在打什么暗号，只有李烟知道，他口中的"哄"，是因为射击馆的事。

在一片意味不明的目光中，轻快的吉他声悠悠响起。

不知谁关了灯，大家打开手机的手电筒，跟着节奏缓缓摇晃。

低沉、沙哑的声音震动耳膜。

就像是那 灰色天空中的小雨

下下停停 不动声色淋湿土地

尽管总是阴晴不定

但偶尔也会闪出星星

唱到这儿，靳司郁停了下，不知是忘词了还是忘记怎么弹，几秒后又笑着继续。

有人故意起哄，李烟的手臂被孙晴晴激动地拉住：“我快哭了！啊啊啊！”

李烟告诉自己，他只是帮自己挡酒，可心跳不断加快。

原谅我不可自拔

可能不经意看你一眼

百米冲刺都会停下

光影闪动，男人忽而抬头看她，眉眼清俊，与以往不同，极具少年气。

他像绝境里的浪漫情诗，让人甘愿一再沉沦。

眼圈莫名发热，好在灯光昏暗，李烟端起酒杯喝了一口，想压住难以抑制的心动。

吉他声回荡在耳边，她突然想这样跟着他，直到死亡将他们分开。

……

弹唱结束，大家意犹未尽，也没心思玩游戏了。

后半场，几个男生都在谈论明年成立公司的事。

说到什么玩笑话，唐宋被靳司郁调侃了一句，气得对着李烟喊道：“李烟，快来收拾他。”

李烟一愣，咽下嘴里的东西问：“收拾谁？”

“收拾靳哥啊，他不敢说什么。”

散场后，手机振动一下，李烟低头点开，是韩慧发来的消息，通知她寒假前三天牧子的课程取消，她暂时不用去。

她回了个“好”，再抬头便看到了周锦。

周锦的目光扫过旁边的云诗，而后如往常般和她打招呼。

李烟都不知道该说什么，关键是云诗事不关己般继续和旁人谈笑。

“宿舍聚餐？”

“嗯。”李烟解释，“刚好碰到靳司郁，就一起吃个饭。”

周锦站在她对面，叮嘱几句早点回去，又看了眼云诗，擦肩而过。

李烟没心思管这么多，先去了趟卫生间。

出来走到拐角，她看见靳司郁正靠着前台随意地折着手里的发票。

她刚要过去，被人挡住了去路，她差点没认出来——是她的前男友成雨泽。

男人喝得醉醺醺的，还作势要去摸她的手臂。

她冷淡地躲开，一个字都不想说。

成雨泽步伐混乱，直接握住她的手腕，脸颊泛着醉态的红：“原来是我前女友啊，不给碰？穿这么少不就是让人摸的。”

李烟被气笑了——这人到底心思扭曲成什么样才能说出这种话。

下一秒，成雨泽大骂着，身子已经被餐厅保安拦在一边。

不知道靳司郁是什么时候走过来的，目光扫过她的全身，似乎在看她有没有受伤。

“前男友？”

李烟对醉汉还是有点阴影的。如今靳司郁又帮了她一次，她看向不远处靠着墙壁挣扎的男人，他根本不配前男友这个称号：“算是吧。”

对酒后骚扰，保安应该报警处理，但事情没闹大，眼下有些纠结。

靳司郁认真打量成雨泽，淡然地抽出一支烟咬在嘴里，点燃，吐出烟雾，才缓缓道：“报警有点丢人，不然你们把他的衣服脱了？”

他笑意戏谑，低声说：“毕竟，他喜欢‘穿得少’。”

这个人真的很坏，还坏得让她觉得解气。

手腕再一次被握住，李烟的心也跟着快跳不已。

靳司郁拉着她走到门口，似乎才觉得冒犯，悄无声息地松开了手。

李烟咽了咽口水，掌心覆上刚刚被他碰过的手腕，想到什么，问他：“牧子明天不在家？”

他点头，神色随意：“去爸那儿待几天。”

第一次听到他说“爸”这个字眼，李烟回忆起来才发现，去陪牧子上课时，她从未见过他的爸爸。

他父母这是离婚了？

靳司郁没解释，一根烟也燃尽，他缓缓把烟头摁灭在垃圾桶上，黑色外套几乎与夜色融为一体。

他问她：“自己回学校？”

李烟回神：“这里距离学校挺近的。”

身后有人喊，靳司郁垂眸看她几秒，说了句“回去路上小心”。

她站在原地，望着不远处，男人偏头接过朋友递上来的烟，好像刚刚包厢外走廊上发生的一切是一场梦。

深夜。

闭上眼都是男人弹吉他的模样，李烟辗转反侧，拿出手机，无聊地挑了张在射击馆的自拍照发朋友圈。

只是，她连发两遍后又删除，总觉得照片上的她笑得有些不自然。她用软件微调了下，终于发了出去。

没过多久，她犹豫再三还是删了这条朋友圈。

而后，微信界面顶部弹出消息。

靳司郁：被盗号了？

他都看到了？李烟压着心头的尴尬：哪张好看？

他回了一个字：都。

算他会说话。李烟笑了，紧接着对方又发来一条消息：

“修图把脸都修歪了。”

这个人，总能把她气死。

李烟晚上没吃饱，肚子有点饿，她盯着手机屏幕，心跳加快。

她一直以为自己是那种不会表达、不善于表现的女生，但现在，她有种豁出去的感觉。她发完消息，直接将手机锁屏。

一分钟，两分钟，五分钟，手机轻微振动了一下。

她点开，发现她发的那句“等会儿吃夜宵吗？我有点饿”下面有四个字“我去接你”。

李烟克制不住地笑，直接下床穿衣服，把舍友吓得都从床上爬起来。

云诗：“去哪儿啊，这么晚了？”

孙晴晴：“都涂口红了，和靳司郁出去？”

李烟转头问：“你怎么知道？”

“你们今晚那眼神都快‘拉丝’了。”

李烟不再管她们的调侃，直接开门，离开前还道：“不要等我啦！”

"你不回来睡都没关系。"

迎着冷风，李烟一路小跑到校门口，熟悉的车已经在那里停着了。男人正靠着车门抽烟，身材修长，李烟越走近，他的五官也越发清晰，她的心跳也越发快。

看见她来，靳司郁熄掉手机屏幕："围巾呢？"

李烟摸了摸脖子："出来得急，忘了。"

靳司郁吸了最后一口烟，摁灭，打开车门："快进去吧。"

其实李烟一点都不冷。她系好安全带："我们去哪里吃？"

"不是你约我吗？"他斜了她一眼，玩世不恭道。

李烟咬咬唇，肯定不能去姑妈那儿，所以她决定跑远一点。

靳司郁听到地址笑了，什么都没说，发动引擎。

都说第一次单独约会，女孩子最好不要吃带壳的，于是李烟选了韩料夜宵店。

靳司郁开了罐冰汽水递给她："能喝吗？"

李烟点头，因为他的细心，她忍不住扬唇。

肉端上来，基本上都是靳司郁在烤，她在吃。

中途她有些不好意思，想伸手去拿夹子："我来吧。"

靳司郁没让："你吃，看得出来你饿了。"

李烟感觉他在嘲笑她："嫌我能吃？"

"我哪儿敢。"

李烟吸了吸鼻子，又吃了一块肉。

肉烤得差不多了，靳司郁基本没怎么动筷，他手肘屈起，肌肉紧实，抬起另一只手看时间："今晚没门禁？"

李烟注意到他戴了一块很像她第一次见他时戴的黑色手表："嗯，快放寒假了，就没有。"

靳司郁点头，依然盯着她。

李烟摸摸脸："怎么了？"

靳司郁神色淡淡："到学校得一点了。"

李烟想起这里距离学校远，还是她选的地点，但并没觉得有什么不妥："没事啊。"

"不把我当男人？"

她终于明白了——这么晚约男人去吃饭，还约来这么远的地方，好像一看就是居心不良。

她语气有些急："没有，我……不知道……"

靳司郁大概是被她的表情逗笑了，或许本来就是逗她的，他玩着车钥匙："吃饱了送你回去。"

结账时，李烟刻意去抢着埋单，还是被靳司郁"截和"了。

她心里暗想，那就下一次请他吃吧。

回到校门口，李烟从口袋里拿出两颗糖递给他："你上次要的。"

靳司郁怔了两秒——没想到自己只是随口一说，她还真给他了。

她转过眼，不知糖有没有化掉："你路上小心，到家给我发个消息。"

这话说得跟女朋友似的，她没在车上多待，开门下车，脸红心跳，慌乱地小跑走了。

靳司郁从她的背影收回视线，手心里还躺着彩色纸包裹的糖，他看了会儿，拆开包装纸，往嘴里塞了颗糖。

酸甜。

他皱眉，虽然不喜欢这个味道，但也吃完了。

靳家的客厅灯火通明，靳司郁到家就给李烟发了消息。他收起手机，原本神色恹恹的脸上有笑意一闪而过。

韩慧刚从国外回来，将手里的照片丢在茶几上，冷声道："解释下。"

他没什么兴致，但也挑了张照片仔细看起来——是那天带李烟去宴会的照片。照片没拍到她的正脸，都是背影和远距离的侧脸。

他说："这不是挺好看的吗？"

韩慧气得站起来，因为妆容和晚礼服，她没认出照片里的姑娘是谁："让你去参加宴会，是让你带女人一起去的？"

"年纪大了，心眼还小了，又不是女朋友。"

韩慧没耐心听他“满嘴跑火车”：“那女的家里是干什么的？”

“不知道。”

“什么不知道？”韩慧叹了口气，尽量让声音平静，“行，我不逼你，你要做风投可以，但婚姻大事必须由我来安排。”

靳司郁轻笑了声：“像你跟爸这样？”

韩慧被说得一噎：“我和你爸刚结婚时感情也是很好的。”

“不还是离了。”

她和前夫离婚的事当初闹得很难看，现在也不好说什么，她喝了口茶：“牵扯到利益，大家不都是这么回事，哪有什么门当户对还互相喜欢的好事。”她说完，接了个电话离开了。

靳司郁没动，手机闪了一下，李烟发来一句“晚安”。

没有要回复的意思，他的脑海里反复回想着韩慧那句话。

他在感情方面的需求很低，更别提婚姻了，有没有都一样——镜花水月般的东西。

电视的声音很大，哪个明星出轨，哪个明星闹绯闻，还有韩慧导演的新作品上映。

他烦躁地关掉电视，终于清静下来，转身的同时，视线停留在手机屏幕上的那句“晚安”。

云诗明天要回家过寒假，晚上来烧烤店里找李烟玩。

云诗椅子还没坐热，周锦来了。

谁都没开口说话，他们之间好像陷入了冷战。

李烟想着要不要给他们空间，云诗道：“烟烟，明天我回家，你送我一下呗。”

“好……”

“叫上次那个男的送你啊，你不是笑得挺开心？”周锦冷不丁来了这么一句。

“关你周少爷什么事？咸吃萝卜淡操心。”

俩人莫名其妙地开始斗嘴，店里这么多人看着呢，好在姑姑在里面忙，没听见。

电话响起。

李烟拍了拍周锦的肩，警告他别过分，然后连忙出去接电话：“韩阿姨。”

女人声音有些急：“李老师在忙吗？牧子哭着要找你，你看能不能现在过来一趟？”

虽然她才伴读一个多月，但是大概与她学美术相关，她总能猜到牧子在画什么，那孩子估计把她当“知己”了。

强制周锦送云诗回学校，李烟才坐上出租车去靳家。

还没走到门口，她就听见牧子摔东西的声音。

她以为韩慧在哄他，没想到家里只有保姆。

“牧子，你看李老师来陪你玩了，快擦擦眼泪。”

听着张妈的话，牧子眼泪一下子止住了，而后委屈地再次哭起来：“尼老……师……”

牧子发音还老是不准。

李烟第一次见他哭，有些手足无措：“谁欺负我们牧子了？”

牧子口齿不清，还是张妈解释：“住在先生家一晚就闹着要回来，一直哭到现在，夫人工作忙……麻烦李老师了。”

李烟客气几句，便开始哄牧子，想到什么，问了句：“靳司郁呢？”

“刚刚电话没人接，我等会儿再打一遍。”

她点头，继续给牧子擦眼泪，柔声道：“我们去画伏地魔好不好？”

他的心思一下子被转移了，黑眸湿漉漉的：“不……”

“那画马尔福？”

“不！”

李烟被他嫌弃的小表情逗笑了：“为什么？”

“坏……像……哥哥。”

李烟刮了下他的鼻梁。

客厅寂静无声，牧子哭累了，没画多久就开始瞌睡。

李烟安顿好他，夜也深了，张妈笑着过来找李烟：“李老师，这个点了，夫人让你在这儿住一晚。”

李烟第一反应是拒绝，下一秒屋里的靳牧子又哭起来。

再次哄他入睡，又过了半个小时，她没办法，给云诗发了个消息。

李烟洗漱完躺在客房毫无睡意，一方面关注牧子的动静，另一方面，在等靳司郁。

时间到了凌晨，隐隐听到楼下院子驶入一辆车，车灯光透过窗帘洒进来。

李烟纠结一番，还是开门出去，刚走没几步，与正上到楼梯拐角的靳司郁迎面对上。

家里只开了夜灯，男人身材修长，面容半隐在黑暗中，嗓音暗哑："你怎么在这儿？"

李烟没带睡衣过来，张妈照着韩慧的吩咐，找了条韩慧没穿过的裙子给她，她从客房出来得急，没加外套，冻得手脚冰凉。

她鼻子嗅到丝丝酒味："牧子闹，我来陪陪他。你喝酒还开车了？"

靳司郁看了眼她裸露在外的小腿："唐宋开的，你回去睡吧。"

李烟点头又摇头："你第二天醒来会头疼，我去厨房看看有没有醒酒的东西。"

不等他回应，她小跑着回去穿了件外套，出来时，他还站在原地，似乎在等她。

"你可以先进屋，等弄好了，我叫你。"她说着想路过他下楼，手腕被一股力量扯了过去。

扑面而来的气息，混着酒气，李烟的心一下子乱了。

他的手漫不经心地搭在她背后的楼梯扶手上："妹妹，你搞什么，对谁都这样？"

看不清他的神情，近在咫尺的声音，蛊惑她心跳急促。

"没有……我第一次给人弄醒酒的……"

靳司郁静静地看她，轻笑着问："为什么？"

为什么？

还能为什么。

李烟仰头，撞进他清冷的眸，想在其中找到一丝温柔。

可惜没有，只有一片漆黑。

但她没有退路："因为……我也不知道为什么，对你……我就是想。"

话说得前言不搭后语，李烟想象过无数次自己告白的样子，一定是完美、洒脱的，没想到会搞得这么尴尬。

靳司郁退开一点点，笑意殆尽，他有点后悔喝酒了："想怎么样？"

李烟没说话——他这么聪明，会猜到的。

她肯定，他知道了。

"喜欢，想在一起。"

柔和的月光倾泻而下，落在楼梯上。靳司郁抬起眼皮，听完，脸色没有一丝变化。

他确实怀疑过，但感觉她对牧子、对那个发小都是这样，现在反而不知道该说什么。

安静一会儿。

靳司郁抽出根烟，也没点燃，李烟知道他烦躁的时候就会在手里反复玩个东西。

她后悔自己冲动了。

两人就这样沉默着。

靳司郁的目光重新回到她脸上："确定吗，要跟我？"

气氛有了微妙变化，李烟悄悄打量他近在咫尺的眼眸，里面终于有了一丝认真。

"不说话，我当你今晚梦游。"

她回神，下意识地拉住打算离开的男人的衣袖："那我可不可以当你刚刚说的是醉话？"

"不可以。"靳司郁耐着性子——这到底是谁和谁告白。

李烟弯了眼角，身体快过大脑，踮脚抱了他一下："我先下楼。"说完，她慌乱地跑走。

靳司郁瞥到女孩一蹦一跳的背影，眼底有了笑意。

估计是李烟在厨房搞出的声音太大，吵醒了张妈："李老师是饿了吗？我来做夜宵。”

李烟摆手：“是靳司郁喝酒了。请问厨房有蜂蜜吗？”

张妈微愣，往冰箱那儿走：“司郁最近应酬喝了不少酒，他明明不缺钱，偏要开什么公司……年轻人真够闹腾的。”

李烟附和几句，拿过蜂蜜又兑了温水，发现身后的人还没离开：“很晚了，您回去睡吧。”

张妈笑吟吟的，目光打量着她：“李老师有男朋友吗？我亲戚家儿子刚毕业，学的金融，一表人才，有机会可以介绍你俩认识。”

“不用了，我有……男朋友。”

“这样啊，在一起多久了？”

总不能说一个小时不到吧，李烟犹豫着，靳司郁正好从楼上下来。他换了衣服，酒劲还没散，眉头依然皱着。

见厨房门口站着人，他随意地问：“怎么了？”

张妈没多想：“我打算给李老师做媒的，没做成。李老师有对象了。”

靳司郁没着急说话，接过李烟手里的杯子，垂眸，语气意味不明：“你早一点，说不定能做成。”

张妈离开了，李烟直接夺过他手里的杯子：“早一点也做不成，好吗！不过要是真的一表人才，我也可以见见。”

他笑了一下。

李烟发觉，他这个人也不是一直冷漠的，他看她时，眼底有温柔。

“妹妹，这才多久，心思就在别的男人身上了？”

他的声音不大不小，李烟怕被张妈听到：“你小点声。”

男人没再逗她，转身上楼。

李烟走在他身侧，他的手自然垂着，像有股魔力般，她突然想感受他掌心的温度，不过终究只是多看了两眼。

下一秒，她的手直接被牵住，自然而然。

她不是没跟别的男生牵过手，此刻十指相扣，温暖的触感刺激得心脏怦然，她的嘴角止不住上扬。

直到卧室门口，她犹豫一瞬，问他：“你为什么要创业？”

靳司郁靠着门框："不创业的话，毕业后就会被抓回来结婚、继承家产，太惨。"

你可真是惨啊，少爷。

李烟依旧站在这儿没有要离开的意思，还问他："你有话要不要进屋说？"

靳司郁看着她，笑意越发明显："这么快就'上流程'了？"

李烟顿时羞得无地自容，直接关上门。

第二天醒来得很早，李烟得送云诗去车站，离开前和张妈打招呼。

牧子刚睡醒，睡眼惺忪："尼……老师，想你……"

男孩比她矮一个头，李烟想掐一掐他的脸颊，没想到靳司郁直接把人拉走了："见到女人，这嘴就利索了？我回来之前，把计算题写完。"

好严格哦。牧子不乐意，躲在张妈身后，露出一双眼睛："不、不写！"

靳司郁皱眉，又要上前，被李烟拦下来，"走啦。"

路上，坐在车里的李烟想到牧子可怜巴巴的样子，莫名想笑："你是不是一直喜欢欺负牧子？"

"以前闯祸会赖在他头上罢了。"

敢情是欺负惯了。李烟垂眸，指尖不小心碰到他放在一边的手。

她想缩回手，可不听使唤似的，就这样贴着他的手，不进不退。

车厢内安静无声。

靳司郁没动，目视前方，嘴角若有若无地牵了一下，像是把她那些少女心的小把戏都看穿。

李烟闭了闭眼，索性直接将手钻到他的掌心下面去："不许笑。"

她语气很凶，靳司郁无奈了："我真是……没点地位。"说着，他关节收紧，指腹摩挲了一下她的手背。

云诗已经站在学校门口等了，周锦在旁边，他直接把云诗拎上了车。

李烟的手机亮起，是云诗告诉她不用来了，果真见色忘友。

靳司郁将车掉头，送她回了姑姑那儿。

一夜没睡好，李烟直接补觉到近中午。

“烟烟，今天送你来的人是谁？”李春红想起这事，直接问李烟。

李烟还没打算告诉他们自己谈恋爱的事：“朋友。”

“朋友挺帅啊，姑姑看到他还给你开车门呢，在追你？”

一旁的姑父跟着道：“我们烟烟本来就有人追，不稀奇，反正比陆临那臭小子强。”

陆临是他们的儿子，在外地上大学，昨天刚回家，今天就跑出去玩得找不到人影了。

李烟快速吃完饭，便坐到电脑前画画。她会在网上接一些画稿，眼看快到交稿日期了。

她画画快结束时，太阳也下了山，手机里那个人一点消息也没有发过来。

她随意滑了滑屏幕，打字犹犹豫豫。

以前没在一起的时候，她会故意发消息问他问题，但也没像现在这样小心翼翼。

怎么真的在一起了，她反而会觉得尴尬了。

想到这儿，她直接点击发送：你在忙吗？

消息像石沉大海，李烟不禁想到网上那句话——连去个卫生间，回复消息的工夫都没有吗？

可她转念又想，他处于创业初期，每天事情挺多的。

她反复改了几遍画稿，这时，手机屏幕亮了。

靳司郁：没看消息，在店里谈交接，来吗，女朋友？

光是这句话就已经能让李烟想到男人说“女朋友”这三个字时有多懒散了。

但李烟的心情好了点。

夜色浓郁，路灯光暗淡，巷子里的猫被人喂了猫罐头。

人生就这么长，不断在提醒你该珍惜什么，要抓住什么。

晚上九点，酒吧。

李烟第一次去楼上的人事部，走路都在东张西望。

她踏入休息间，周围没一点声音，有几个男生在看什么文件，她没看到他。

倒是熟悉的声音从外面由远及近：“昨晚那客户肯定看上你了。要不，靳哥你牺牲一下，三千万元的投资就到手了啊。”

门被推开，看到李烟，唐宋明显诧异，也不懂自己为何心虚：“我俩开玩笑呢。”

她眨眨眼反问：“什么客户？”

靳司郁想说什么被打断，唐宋话痨的毛病犯了，鬼机灵似的凑过去：“就是谈合作的一个老总，挺有钱，看上靳哥了，改天带你见见。”

“还说，她生气了，你哄吗？”靳司郁面色不怎么好，直接把姑娘拉到自己身边。

唐宋蒙了：“真成嫂子了？”

李烟被他的表情逗笑了，又收敛住，故作生气：“靳老板要自我牺牲去陪富婆？”

靳司郁开了瓶水递给她，语气漫不经心：“有一个折腾我就够了，我伺候你就行。”

她被噎住，听出他的言外之意：“谁要你伺候了。”

“那我去伺候她？”靳司郁心情不错，有意和她调侃。

唐宋咳嗽两声，调侃归调侃。

后面他们几个人在谈酒吧资金、盈利相关的话题，李烟没兴趣，出门去一楼找卫生间。

她刚洗完手，在门口撞见了个人。

她认识，靳司郁的前女友——乔柔。

“靳司郁的女朋友？”乔柔挑眉问，她化着烟熏妆，加上不善的眼神，看着压迫感十足。

李烟点头：“借过。”

“靳司郁把你保护得挺好，那么大的宴会，正脸照片愣是没传出来一张。你们接过吻吗？”

李烟安静地看她：“你想说什么？”

明摆着还没有接过吻——乔柔有些索然无味，她没得到的东西，凭什么这个女人轻而易举就能拥有：“我只是提醒你，他那样的人，估计连喜欢是什么东西都不知道，好好珍惜这几天时间。”

乔柔的语气带着笑，李烟却听得很不爽：“你知道靳司郁说过一句话吗？”

乔柔没反应过来：“什么。”

“我当你今晚梦游。”

“……”

李烟回去后，话题刚好结束，该说的都说了，气氛略显沉重，靳司郁带她去朋友的包厢。

不知道是谁的局，李烟只感觉在他们进去时，所有目光都在她身上停留一瞬——好奇的、惊讶的——而后继续热闹。

有人唱歌，有人打牌，有人谈笑，纸醉金迷不过如此。

靳司郁大一时开的酒吧，今年是第三年。来这儿消费的富二代很多，听说他做风投，身上有钱的公子哥都会跟着，毕竟赚钱也能分一杯羹。

“靳老板终于来了，还以为掉进温柔乡里了呢。”

“欸，嫂子好。”

李烟有些不适应，像是误入了一个不属于自己的世界。

她的视线扫过谈话的那些人，当然也感受到了来自同性的毫不避讳的打量目光。

好在靳司郁没久留，出了包厢后，他站在走廊点了根烟，顺势帮她把粘在嘴角的发丝拨开，低声问：“不习惯？”

李烟嘟囔了句：“靳老板，真是好艳福啊。”

年轻的姑娘总是爱撒娇，靳司郁不反感，眼神在她脸上游移：“这话倒也没错。”

李烟不理他的故意调笑，但又不想话题就此停止：“你寒假干什么？”

他摁灭烟："过段时间唐宋在家组局，你想去吗？"

李烟没理由拒绝："你去吗？"

"嗯，到时去接你。"

# 第四章

## 谷雨时节，来日方长

这个假期不知道是怎么过去的，新一年的爆竹声已经在记忆里淡去。

那句“到时去接你”，就像是他随口一说。

在同一座城市，甚至她还会去靳家兼职，但他们见面的次数少之又少。

李烟不知道自己是什么时候加的唐宋的微信，偶然看他的朋友圈，视频里一晃而过的身影，是靳司郁。

原来他在忙公司装修的收尾工作。

开学前一周，外面忽然下起小雪。

今年的降雪比往年多太多次了，冷天气也持续了很久。李烟在家刚画完画，接到了靳司郁的电话。

“在哪儿呢？”他有点感冒，说话时轻咳了一下。

李烟玩着指尖，话语斟酌：“你是今天才想起来自己有女朋友吗？”

她身边的平板电脑正放着电影，声音不大不小，听筒里安静无声。

靳司郁低声笑了：“妹妹，我挺喜欢你这性格的。”

——不装，有什么说什么，倒也省事。

对方答非所问，李烟有些生气：“我在家。”

似乎有朋友来找，他将手机放远，窸窣的脚步声和谈话声响一阵又消失。

她安静地听着，直到男人低沉的声音再次响起。

“二十分钟后出来。”

二十分钟足够她化一个淡妆，虽说心里有气，但她还是精心搭配了衣服。

她刚准备出门，男人发了一条信息过来：拍张照过来，我看看保暖过不过关。

——又凶又跩的。

不知道他什么时候到的，车停在烧烤店对面，挺显眼，李烟生怕被姑妈看见，快速上了车。

靳司郁似乎看出了她的意图，笑了笑，也没计较，帮她系好安全带：“今天挺乖的。”

李烟确实穿得比以往见他时都暖和，想说什么，手机铃声打破了安静。

靳司郁举着手机，手有一下没一下地玩着打火机。

是牧子打来的，嗓音断断续续，但也能让人听懂：“求求……了，想……尼老师……”声音甚至已经有了哭腔。

靳司郁扔下打火机，看了眼旁边的人，轻声回道：“我女朋友，你想什么？”

李烟其实不知道他们在聊什么，闻言才转头看他。

“哥哥，也想……”

靳司郁这次没说话，随意地哼笑了一下，扔下打火机。

电话挂断，李烟问：“去哪儿啊？”

“牧子想去游乐园。”

他将方向盘一转，车子往另一个方向驶去。

牧子一上车就开心地拍手，从后面去搂李烟的脖子。

李烟跟着笑，大概是氛围不错，靳司郁心情不错：“坐好。”

牧子接收到哥哥的眼神，立马乖巧地在后排坐好。

到达目的地，靳司郁去停好车，就看见在门口等着的姑娘在朝他招手。她半张脸藏在围巾下，眉眼弯弯，皮肤白得透亮。

他悄无声息地移开视线，过马路走近她：“你们先进去，我抽根烟。”

李烟看着他掏烟的动作，黑眸动了下，直接挽上他的手臂：“我们等你一起。”

靳司郁垂眸，脸上的笑意收不住，索性没抽烟，手臂微微用力，就这样把她的手扣在掌心：“走吧，祖宗。”

嗓音低，夹着笑意，有点纵容的感觉。

一进到游乐园内部，牧子太过兴奋，说话都让人听不太懂。

李烟陪他玩了几个项目，靳司郁好像不感兴趣，待在休息区等他们。

中途路过气球射击小摊位，牧子喜欢玩，但总是打不中。

靳司郁似乎看不下去了，嘴里咬着没点燃的烟，眯了眯眼，他举着枪更显男人魅力，一连几发子弹射出，中间一排气球全都炸裂。

牧子激动地跳起来，店主送了个玩偶小熊当奖品，牧子看他哥的眼神就像看偶像。

靳司郁却没着急离开，跟老板说，再来一次。

李烟好奇："你喜欢玩？"

靳司郁侧头："给你赢一个。"

结果就是他们抱走了两个玩偶，一个比一个大，老板强撑着笑容将他们送走。

天色渐渐暗了下来，等会儿要去唐宋那里，他们先把牧子送回家。

车内只剩两人，李烟正在吃蛋挞："你吃吗？"说着，她低头从盒子里拿出来一个递过去。

靳司郁系好安全带，看了过去，视线却在她的脸上停住，他笑着抬手帮她把嘴角的碎屑抹去："都成花猫了。"

动作突如其来，但指腹温柔。李烟神色微僵又恢复如初："你嫌弃我。"

靳司郁笑了，抽出纸巾，倾身过去帮她擦掉落在衣服上的碎屑："自己的女人，算了。"

"靳司郁！"李烟故作生气，脸都烫得快燃起来了，下意识地仰头，彼此近在咫尺，轻浅的气息似有似无地打在脸上，有点痒。

靳司郁没有动，喉咙有些紧，目光也暗下来。他沉默两秒，退开一点距离，发动引擎。

李烟轻轻咳嗽了下，脑海中是刚刚暧昧的视线。她心跳剧烈，却假装什么事都没发生的样子看向窗外。

唐宋的豪宅在城西，他今天亲自下厨。江越正在客厅开香槟，明明读大一，这模样已经有点油腻的社会气了。

估计江越知道了李烟和靳司郁在一起的事，也没觉得尴尬，拉着李烟在沙发上聊天，又是倒酒，又是帮她点歌的。

“姐真的不唱吗？我连听歌的机会都没了吗？”

江越委屈巴巴的，让人难以拒绝。

可在场的不止他一个人，李烟不想出这风头。

她下意识地去找靳司郁，他不在客厅。

“没胡椒粉了，谁帮我去买一下？”唐宋从厨房伸了个头出来。

李烟连忙起身：“我去吧。”说着，她去换鞋，开门。

靳司郁在阳台打完电话刚回来，下意识地扫了眼沙发：“人呢？”

江越摊摊手：“被唐宋使唤去买胡椒粉了。”

唐宋蒙了：“不是……靳哥，我拿着锅铲都没来得及阻止，嫂子就出去了。”

靳司郁蹙眉，拎上车钥匙出门。

晚风清洌，不算阴寒，李烟搜了地图，便利店距离这儿有九百米。

她刚走四分之一的路程，身后亮起一道车灯光。

靳司郁开了锁：“上车。”

李烟不懂他为什么跟上来，上车系好安全带，看见他没穿外套就开车出来了：“很近的，走过去七八分钟。”

靳司郁都快被气笑了：“你一个人出来，想过别人吗？”

“我着急嘛。”她其实是想出来透透气。

“别人就不着急了？”靳司郁淡声回道。

李烟感受着车内的暖气，后知后觉好像一个人出来确实有点任性：“可你一直在打电话，我坐在那儿，一个人……”

她低着头，仔细想想，整个寒假有一个月，除了今天，靳司郁几乎没怎么找过她。她委屈着继续说：“我们的关系还不如回到以前呢。”

手机屏幕亮起，有电话打来，靳司郁没接，停车后又随意地揉了揉她的头：“怪我没时间陪你？”

“都要开学了，还说什么陪不陪的。”早干吗去了？

靳司郁有点无措，想认真地哄几句，却想不出词。他靠过去，手微微用力，将姑娘抱到怀里："接下来的几天陪你可以吗？"

李烟没点头，也没摇头："公司不忙了吗？"

"忙也不能让女朋友独守空房啊。"

他扬眉说着，吊儿郎当的，李烟还委屈着呢，她能感受到他身上的温度，视线悄然落在他暗光下的唇瓣上。

不知怎的，她就想起乔柔问的那句——你们接过吻吗？

下一秒男人刚好垂眸，四目相对。

唇离得很近，能感受到彼此的呼吸。

暗光流转，他突然往下压了一分。

李烟的外套敞着，里面是一件修身的针织衫，男人抱着她，手轻而易举便覆上她的腰。

就在李烟心脏快跳到嗓子眼，以为这人要吻她时——

靳司郁轻声说："烟烟，你好可爱。"

李烟被看得挪开视线。大概是想报复他的戏谑，她仰头，吻了上去。

柔软，有烟味，也有薄荷味。

接吻原来是这种感觉。

车外突然响起鞭炮声，她吓得往他怀里一缩，同时有双手捂住了她的耳朵。

她抬头，看着他眼里琥珀色的微光，一贯的清冷以及漫不经心，盯得她羞愧难当。

李烟移开视线："确实、确实很烫。"她慌乱地解开安全带，结结巴巴，"我去便利店。"

车厢内，靳司郁没动，几秒后，轻笑一声，开门下车。

罗森便利店的暖气带了浓郁的咖啡味。

他随手拿了罐果汁，想了想，还是换成热牛奶。

结账台前，李烟放下手里的东西，悄悄看他一眼。

男人没什么表情，好像完全不在意刚刚的事。

"还要买什么？"他转头。

"等会儿吃晚饭了。"

靳司郁没说什么，在柜台旁边挑了几袋零食，一起结账。

他们回到别墅时，菜已经摆上桌，顾阮也来了。

唐宋没忍住调侃："靳哥把家里孩子找回来了？"

李烟还在为刚刚自己受不住诱惑而懊恼，瞪唐宋一眼："是你让我出去的。"

唐宋眨眼——怎么莫名其妙地被扣了口黑锅："不是……饭能乱吃，话不能乱讲啊，我……"

他没说完，桌下的腿被人踢了一脚。他对上靳司郁的目光，憋屈地看向旁边的江越："江越谈恋爱了？这手上是谁家姑娘的皮筋？"

所有人的视线都投过去，他们是从小一起玩到大的，顾阮扑哧一笑："男大不中留啊，这么快就换女神了？"

江越的动作一滞，不敢多说什么，更不敢看靳司郁："没有，别人送的……"

黑色头绳再普通不过，李烟没多想，专心吃饭。

唐宋不打算放过他："谁送的？你这女朋友还挺浪漫啊。"

江越快被烦死了——女神和别人在自己面前秀恩爱，现在他还要被人挖苦。

他吃完饭独自在厨房洗手，显摆似的把皮筋拿下来晃了晃，嘴角还没来得及耷拉下来，东西就被人拿了去。

他要去抢，男人巧妙地躲开："哥，你还给我！"

靳司郁抬起眼皮："为什么？"

"李烟姐姐送的，你还我。"江越挺直腰背，却是没什么底气。

靳司郁笑了，垂手时皮筋也握在掌心："本来就是我的。"

果然，"资本家"的丑恶嘴脸出来了。江越反驳："可当初是你自己给我的。"

"现在不想给了。"

李烟明明吃饱了，坐在沙发上抱着从便利店买来的零食继续吃，几个朋友在玩斗兽棋，拉着她一起。

靳司郁半倚着窗边，微微垂头，从烟盒抖出来半根烟，用嘴咬着烟完全抽出来，又闲散地按开打火机。

隔着烟雾，他看向那一片热闹，目光流转，皆是她浅笑时的风情。

对面的唐宋回复完消息，关掉手机屏幕后问道："你怎么在这个节骨眼上谈恋爱，真的看上她了？"

靳司郁没承认，也不否认，目光移开："我这人不太会拒绝。"

啧。

唐宋皱眉，以前七八百个奇葩理由，狗都想不出来，靳司郁能想出来，现在却说不会拒绝？

李烟的心思全在棋局上，手里捏着棋，不知道该往哪儿放。

靳司郁的嗓音低沉又有磁性："这里。"

李烟听着指示放下棋，堵住了对方的路。

顾阮泄气般将手一摊："干吗啊，我好不容易要赢了。"

"没办法，靳哥心疼女朋友。不然靳哥坐过去玩一局？"

靳司郁本身就是随性的人，现在已经坐到对面了。

李烟有些紧张："你得让让我。"

靳司郁没穿外套，黑色宽松毛衣下，肩宽而直，扬眉："我有什么好处？"

唐宋跟过来，挑眉道："难不成要人跟你回家？"

话落，大家憋着笑，一本正经地指责唐宋口无遮拦，实则看热闹不嫌事大。

李烟被说得红了脸，像是闯进禁忌之地，又无法逃避。

"不管管？"靳司郁淡声说着，眼睛却是看着顾阮。

冷不丁全场哑然。

顾阮没想到他会突然这么说，她拉着李烟的手臂："关我什么事！烟烟，你老公怎么这样啊？"

都是熟人，说话大胆又暧昧。

李烟完全不明白这是什么情况，唐宋喜欢顾阮学姐？细想一下，他们两人确实经常在一起。

"学姐，你先管好唐宋，我再收拾靳司郁。"

“……”

不是一家人，不进一家门。

一片笑语中，棋盘已摆好。

李烟后知后觉——自己那句话好像间接承认了靳司郁是她老公的说辞。

她有些心不在焉，回过神，她的棋子已经被吃得差不多了。

最后一步，他的狮子直接吃了她的小猫，占领她的巢穴。

靳司郁靠着椅背，笑着看她：“你输了。”

一如上次打游戏，他游刃有余地说着同样的话。

她没再继续玩，身边有人提议去天台赏星看月。

李烟有点感兴趣，想附和一句。

可下一秒又有人说，天太冷，不去。

李烟没再开口，坐了会儿，打了声招呼起身去卫生间。

当将冷水泼到脸颊，她整个人才清醒些。

她回想起那些玩笑话，听似轻描淡写，但足以在心底引起海啸。

她以前不像这般主动去和人调侃的，完全是因为靳司郁，她才试着融入这个圈子。

李烟打开门，客厅内的众人依然其乐融融。

男人站在走廊，手臂上搭着一件羽绒服，看见她，便灭掉手里的烟。

公司马上就要成立，他最近心事也多。

靳司郁上前把外套披在她的身上：“发什么呆？走了。”

李烟有些听不懂：“去哪儿？”

“看星星。”

从二楼去天台，要经过一段窄楼梯。

李烟怕挤到他，不停地往旁边靠。

手被人轻轻一扯，她整个人躲在他的臂弯内，他的掌心帖着她的腰。即使隔着羽绒服，她依然能感觉到力道。

这里只有他们两人，从客厅传来吵闹声。

“烟烟，别看我。”

她眼睛一动，发现自己刚刚一直盯着他。

鬼迷心窍，美色误人啊。

李烟赶忙低下头："怎么了？"

靳司郁哼笑一声，气息洒在她耳边："容易让我做坏事。"

又逗她。

李烟赌气似的挣开他的手。

上了天台，新鲜空气扑面而来。

夜空幽深，星光忽闪。

这里离市区不算近，一眼望去，远处高楼耸立，霓虹璀璨。

旁边有架双人秋千，李烟迫不及待地坐上去。她心情极好，抬眼示意他过来。

男人站在月光下，影子被拉长，漫不经心地坐在她身边。

李烟主动去握他的手："最近累吗？"

"募资出了点问题。"他想到什么，有些烦躁地反握住她的手。

"韩阿姨给你使绊子了？"他没说话，李烟自己也猜到了，低声说，"靳司郁，你会成功的。"

靳司郁偏过头，让人看不清神情。几秒后，他抬手揉了揉她的脸蛋。他望向天空，嘴角扯出弧度："吾辈当自强啊。"

少年应该烈火燎原，而他是少年本身。

两人十指相扣，李烟轻轻靠着他的肩头。此刻她是真真实实的靳司郁的女朋友。

走神中，她呢喃一句："我想听歌。"

她本以为这句话会随风消失。

静默过后，传来男人的声音。

翻山越岭之后

爱却神出鬼没

你像一首唱到沙哑偏爱的情歌

愿我如星君如月，夜夜流光相皎洁，大概就是现在的感受吧。

即使从粗粝一生中榨取所有温柔，悉数奉献给他，她仍觉得不够。

即使命运多变，她永远也不会忘记这个说"吾辈当自强啊"、给她唱情歌的男人。

从她一开始蓄意接近，便决定她一边万劫不复、一边死而后生的后来。

在天台没待多久，靳司郁的手机闪了下，估计是楼下的人找他。

风大了，吹得散下来的头发遮住眉眼，李烟想撩开，有人比她快一步。

靳司郁指尖微顿，拿出头绳，不算温柔又有些生涩地帮她把头发扎起来。

她摸了摸马尾，很乱还松垮，但也能维持一段时间："头绳哪儿来的？"

男人语气随意："捡的。"

李烟没怀疑，将外套盖到头顶，遮住头发，只露出脸颊。

回到楼梯间，她靠着墙停下脚步："刚刚那盘棋你让我输了，你得补偿我。"

靳司郁来了兴致："让你赢回来？"

李烟摇头，因为外套的遮挡，气质看起来有点像猫。

靳司郁看了她一会儿，施施然走近："我补偿。"

李烟的脑袋一片空白，他已经低头吻了下来。

舌尖相撞，卷走所有氧气。

他的手指贴着她的后颈，她被迫仰头，腰也被他禁锢着，哪儿也去不了，只能紧贴他的身体。

鼻翼似有似无的摩擦，他们交换呼吸，轻咬着唇缠绵。

李烟脚底发软，脑袋发涨，被侵略得无路可退。

靳司郁退开一些距离，目光暗沉，轻声说："烟烟，这才叫接吻。"

李烟张了张嘴，话没说出来，又被他堵住。

酥酥麻麻，一路到心脏。

她忍不住抬手攀上他的脖子，外套随之上移，盖在两人头上，吻得越发热烈。

门没关，从天台灌进冷风，她的唇被温柔地含住。

靳司郁缓缓松开她，没有立刻离开，借着微光，视线从她的眉眼一点一点移到唇瓣。

她骨架小，五官也灵巧，身上没有任何世俗的香气，他就这样看了她几秒。她也抬眸，四目相对后，又胆怯地移开视线。

他笑了笑："困吗？"

李烟蓦地就听懂了他的言外之意，红着脸推他："浑蛋。"

外套从头上掉落，靳司郁任由她打闹，没半点心虚。他将姑娘揽到怀里，下巴抵在她的细颈上，音色沙哑："我浑蛋，你第一天知道？"

李烟无法反驳。

V领针织衫在挣扎中领口敞开一些，她全身紧绷，呼吸也急促。

他终于舍得放过她，不经意地帮她拉好领口。

李烟看着他的一举一动，莫名其妙……她小声嘟囔了一句。

靳司郁没听清，凑近她，想询问的话到嘴边，忽然怀里一热。

李烟站不住，抱住了他的腰，脑袋埋在他的胸口，挡住快要燃烧起来的脸颊："过分……"

光影明灭，靳司郁的身子僵了一下，调侃："我们烟烟还挺会撒娇。"

他的嘴唇若即若离地擦到她的耳郭，留下一片绯红，她掐了下他的腰。

靳司郁收敛笑意，抱着她哄了两句，才带人离开。

客厅，他们在打牌，只是不见顾阮，李烟眼睛一瞥，看见站在别墅外的两人。

没多久，唐宋开门进来，脸色低沉，从茶几上拿了烟和打火机又出去了。

跟着他进来的顾阮坐回沙发上，端着酒杯一饮而尽，说话带笑："你俩刚刚去哪儿了？"

李烟看了眼在屋外抽烟的人："天台吹风。"

对方当然不信："很热吗？"

她被问得尴尬，倒是靳司郁破天荒地接了话茬，挑眉说："很热。"

顾阮没再问什么，起身去点歌，是一首王菲的老歌。

李烟靠在靳司郁的怀里，目光落在不远处抱着话筒、气质冷然的女人身上。

她唱得风轻云淡，声音清澈、空灵——不是唱爱情，又像是唱爱情。

这一生，敲谁的钟，做谁的佛；你慈悲，我便罪过，等你度我。

手机收到姑姑的消息，李烟回了句“在路上”。

她转头看驾驶座上的男人：“唐宋和学姐是怎么回事？”

趁着等绿灯，靳司郁仰头喝水，拧好瓶盖才开口：“唐宋有未婚妻。”

这个消息让人诧异，李烟愣神，这么长时间下来，她对唐宋的了解止于他比靳司郁话多，还特喜欢调侃他俩。

靳司郁猜到她在想什么，语气随意道：“不稀奇，他照样谈恋爱，但只是谈恋爱罢了。”

只是谈恋爱罢了。

李烟没接话，盯着自己的膝盖。说到底，他吊儿郎当的外表下是一颗冷漠的心。

“那你有未婚妻吗？”

靳司郁摇头：“磨人精倒是有一个。”

“……”

街道上行人稀少，月色溶解寒冬。

到店门口了，将车停下，李烟下了车。

靳司郁降下窗子，李烟站在路边台阶上看他，后来她回忆起来，不禁感慨，他是真的好看。

“开车小心。”因为父母的事，她不管对谁都会在他们开车离开前提醒一句。

靳司郁将手臂半搭在方向盘上：“嗯。你回去吧。”

李烟从台阶上下来，俯身将脸凑近车窗，斟酌道：“我们……下一次见是什么时候？”

这话说出来未免太刻意，靳司郁被逗笑了，抬手放到女孩的后颈，她本就是俯身，他微微用力，便能吻到她。

突然间的亲吻，温热转瞬即逝。她抿唇递给他不满的眼神，还四处张望，生怕被人看到。

靳司郁没在意：“明天我来接你。”

李烟站在原地，直到车离开，才转身往回走，阴暗挡住隐隐上扬的嘴角。

店里还有几桌客人没走，李烟想脱外套，想到什么，停下动作。她走到后厨，看见桌上的菜，皱眉说：“姑姑，说了隔夜菜吃了致癌，你怎么就不听。”

陆临从楼梯上下来：“姐，不是‘隔夜’的，这红烧肉已经是第三天回锅了。”

眼看着李烟要把菜倒掉，李春红急忙过来夺走：“我吃了大半辈子，也没见怎么样，少听专家吓唬人。”

老一辈的人节俭思想早就根深蒂固，李烟没办法。外面的客人刚好走了，她帮着姑姑收拾好桌面，又趁乱把那盘红烧肉倒掉。

她前脚进房间，陆临后脚便挤了进来。他长着张娃娃脸，虽然比她小一岁，但看上去跟个高中生似的：“姐，我想去留学，妈不同意，帮我劝劝呗。”

她不是瞧不起他，可他的英语那么烂，还留学？

她问：“去哪儿留学？”

“法国啊，对了，你不是也想去吗？就是因为你老和我说那里漂亮，我才心心念念的。”

李烟动作一顿，高中那会儿她确实迷恋莫奈的画，总想去法国看看，还幻想着在那里上学、定居。

可惜上大学后，这些情怀便消失了，而且她没有钱，连机票都买不起。

看着眼前男孩眼里的光，她叹气道：“我有空帮你说说。”

“你确定啊，我现在就开始学雅思。”

这一夜，李烟忘记自己是什么时候入睡的，她梦见了靳司郁，他唇上的温度，掌心的力道……惊醒时，天蒙蒙亮。

一身黏腻的汗，李烟在床上滚了一圈，没想到寒冬季节自己竟做起了春天的梦。

她又睡了会儿才起来画画，下午去靳家。

这是她在寒假里第一次见韩慧在家，女人正在泡茶，给她递了一杯。

韩慧跟她寒暄了几句，是在感谢她上次晚上来照顾牧子。

李烟乖巧地坐着，有意无意地看向楼上，说话未过大脑："靳司郁不在家吗？"

她突然提及这个名字，周围明显安静了。

韩慧打量着她，像是把她看穿一般，而后又当作什么都没发生，端庄地抿了口茶水。

"看得出来，牧子这段时间很开心，这是李老师的功劳。"

女人笑着说话，却莫名让人有股压力。

"我希望你能和牧子成为朋友，至于其他人，你们并不合适。靳家长子找对象讲究门当户对，即使我同意，他爸也不会同意。"

李烟张了张嘴想解释什么，可感受到韩慧强大的气场，忽然抬不起头："我知道。"

韩慧看了眼她攥得发白的手，语气缓和许多："李老师学美术专业，马上也要大三了，对未来有什么想法吗？"

不知怎么，李烟就想起昨晚陆临说的那句"去法国"，她回答："进与室内设计相关的公司吧。"

韩慧点头："以你的资质没问题的，艺术画定制的工作也可以考虑一下，往后有需要，我可以帮你引荐。"

艺术画定制，李烟听说过，很多豪门阔太喜欢买画，买不到鼎鼎大名的大师作品，也会买些私人定制的画。

因此，一些学艺精湛的人会开自己的工作室，手里的作品常常会被高价买走。

但这个工作需要时刻开拓人脉，应酬在所难免。

李烟不喜欢这样。

“谢谢，我会了解一下。”

之后韩慧说什么，她也没注意听。

她一下午都在陪牧子上课，浑浑噩噩的，脑子里的想法很多——关于未来，关于靳司郁。

楼上没有动静，靳司郁不在家。

天色发黑，李烟看着手机，他昨天说“明天来接你”，“明天”都快过去了。

忽然微信弹出消息，她快速点开，是唐宋发来的。

他说靳司郁感冒了。

屏幕上还有一家酒店的地址。

她记得，昨晚在天台上，靳司郁把外套给她穿了。

可为什么他有家不住，住酒店？

她心疼又生气，气靳司郁身上有太多她不知道的东西。

就这样过去找靳司郁难免尴尬，她想了想，还是先打电话。

她等待许久，电话才被接通，男人的声音确实偏哑：“烟烟。”

她明明生气着，听到他一声温柔的“烟烟”，又心软了：“我现在去找你，方便吗？”

那一头的人应该躺在床上，翻身的时候手机听筒摩擦被子，传来沙沙的声响，几秒后，他的声音响起：“我让人去接你。”

“不用，唐宋告诉我地址了。”

酒店商务套间在第三十层，能俯瞰整个南城，室内装修高档，却没有一丝一毫的烟火气。

李烟猜到靳司郁没吃药，庆幸自己在路上买了感冒药。

烧水的时候，她站在桌边看药盒上的说明书，不经意地抬眼，与沙发上的男人对视。

他的目光似神潭，让人看不懂他在想什么。

她低下头，故意不看他。

水烧好后，她才端起水杯放在茶几上，抬手探了探他的额头，低烧。

她也不知道他是从高烧变成低烧，还是一直低烧持续到现在。

“喝掉。”

靳司郁倒也听话，乖乖喝水吃药，拉着她往自己身边坐：“我本来是想晚上去找你的。”

李烟沉默了，叹着气将毯子盖在他身上，收回手时，被宽大的掌心包裹。

她说：“病成这样怎么不和我说？如果还不退烧，我们就去医院。”

男人没说话，像个“液体猫”，懒洋洋地把头搭在她的肩膀上，随意地玩着她的手指。

过了许久，他说：“烟烟，你不该来的。”

不该来的，他明明一个人能熬过来。

房间里很安静，他说的每一个字都清晰入耳，话里没有责备的意思，更像是无奈。

“为什么不该来？你是我的男朋友。”

覆在她手背上的手明显顿了一下。

靳司郁低声笑：“嗯，你的男朋友。”

沙发很大，感冒药起了作用，靳司郁躺下时也将她一同拉了下去。

他们第一次这样面对面地躺着，她没发烧，也感觉全身热起来。她扭动几下，男人却抱得更紧，手臂被枕在她的脖颈下，顺势轻柔地将她的头绳摘去：“乖，别动。”

李烟安静下来，听着彼此的呼吸声，抬眼用目光描绘他的五官。

像是感觉到她的视线，他眼睛睁开一条缝。

——两个人就这样对视上了。

那一瞬间，是鬼迷心窍吧。

她凑近他，只有分毫之差，搭在她腰上的手忽然收紧，她的动作停了下来。

靳司郁将她的腰往自己的方向压了压。

她的脸颊靠近他的锁骨，耳边是真切的心跳声，能感受到他说话时胸腔的细微震颤。

“今天特殊，忍一忍。”

李烟恨不得揍他一顿，又羞又热："靳司郁！"

他浅浅勾唇，在她的额头印下一吻："宝宝，陪我睡会儿。"

外面下雨了，屋里却暖意融融，李烟本来只想陪他躺一会儿，却真的睡着了，还一直往他的怀里蹭。

相比之下，靳司郁没那么容易入睡，他嗓子干涩到忍不住皱眉，但也迷迷糊糊睡着几次，最后被手机铃声吵醒。

他醒来，发现怀里空空的——她没在。

铃声一遍一遍响，他用掌心压了压眼角，接通后安静地听着那一头的人说着关于公司的事。

"知道了，等会儿过去。"

电话挂断，他周围静得可怕，却也习惯了。

靳司郁侧头看向落地窗。

没沉浸在这种情绪里太久，他颓然起身。

李烟从卫生间整理完头发走出来，眼眸一亮："你醒啦，要去哪里？"

靳司郁的外套穿到一半，动作慢下来，他想问她怎么没走，话到嘴边变成了："公司。"

她有些不满，走近，摸他的额头。

——退烧了，她松了口气。

"唐禾忙不过来？"李烟一边说着，一边帮他整理衣领，她语气软糯，有点撒娇的意思。

靳司郁看着她的动作，周身冷硬的气息散去了一些："还行。"

"那陪我吃点东西再去公司，好不好？"

她的手指还搭着他的衣领，他喉结微动，没说话，便当作默认。

他抬眼示意她去换鞋，自己靠着玄关处的墙打电话。

李烟确实饿了。她坐在沙发边，身上是宽松的毛衣，弯下腰穿鞋时，她突然反应过来，掌心压下毛衣的领口，下意识地看靳司郁一眼。男人的手机贴着耳朵，目光坦荡地放在她身上，躲都没躲一下。

她不知道这人有没有看到，但她的耳根红了，皱眉瞪他。

靳司郁还在对着话筒讲话，注意到她的表情，忍了忍，还是扬起了嘴角，然后移开了视线。

晚上八点半，他们随便在夜市找了家面馆。

明明下着雨，今天逛街的人却格外多，他们看到鲜花店的宣传语，才知道今天是白色情人节。

“有什么忌口吗？”他问。

“牛肉面就好。”

靳司郁和店员点了两碗一样的面，刚拿出手机，身边的姑娘已经抢先付了账。

李烟学着他平时吊儿郎当的样子开口：“我请客。”

店员估计是打寒假工的学生，打趣道：“富婆呀。”

李烟忍俊不禁，靳司郁跟着笑，也没反驳：“走了，小富婆。”他开着玩笑，牵住她的手去找座位。

餐桌靠近门口。

他好像真的很忙，手机不时传来提示音。

他一身黑衣，手肘搭在旁边的椅子上，另一只手拿着手机回消息。他的每一个动作都随意，却偏偏让人移不开眼，气质冷冷的。

李烟想说点什么，违背心意道：“突然发现你没以前帅了。”

男人抬起眼皮，语气慵懒：“那刚好，没有人追我，女朋友就不会生气。”

他就知道贫嘴。

面条上桌，李烟还没吃几口，桌边来了个十多岁的小女孩，手里捧着好多朵颜色不一的玫瑰花，嗓音很甜：“今天是情人节，哥哥给姐姐买束花吗？”

小女孩是对着靳司郁说的，他看了几秒：“都……”

李烟急忙打断他的话：“就挑一朵吧，你帮我选。”

靳司郁遂了她的心意，视线重新回到花上面，忽然笑了下：“粉的。”

女孩走后，李烟捏着那朵玫瑰，眼眸亮晶晶地看向他：“为什么会选粉色？”

她记得，粉玫瑰的花语是初恋。

“显白。”他说。

显白？李烟皱眉看着花，忽然心一跳——她的内衣也是粉色的。

她抬眼对上男人充满玩味的目光，活脱脱一副流氓模样。

她感觉自己已经习惯了，脸都没红，只是咬牙骂他：“流氓。”

靳司郁笑意更深，坦然接受这个称呼，坐直了身子：“快吃吧。”

吃完面条后，靳司郁去外面抽了根烟，顺便接电话。

李烟知道他公司有事，没去打扰。

玫瑰花沾染了水汽，她用指尖拨动花瓣，试图将水汽拭去。

面馆对面是家游戏厅，门口有几个男生在交头接耳。

推推搡搡间，一个男生挠着后颈朝她走来。

李烟以为是问路的，没想到对方递过来一部手机：“你好，我朋友脸皮薄，不好意思过来，要说的话都在手机上面。”

她垂眼接过手机，看到对话框的字：姐姐，你好，我想和你交个朋友，能不能加个微信？

她瞬间感觉手里拿了个烫手山芋，她刚要还回去，手机就被人抽走了。

靳司郁不知道什么时候站到了她身边，手里还夹着没燃尽的烟。

他面色没什么变化，随意看一眼屏幕：“谁要加？”

男生明显怔了下，抬手指了指对面。靳司郁没抬眼，将烟咬在嘴里，指尖在屏幕上点了两下。

李烟全程没作声——他不会是把他自己的号码给人家了吧。

靳司郁输入完，眼底隐忍着不耐烦：“你回去说，姐姐就算了，倒是哥哥想和他交个朋友。”

男生变了脸色，看懂了什么似的，拿过手机直接跑了。

李烟回想起刚刚的一幕笑出声，手指戳了戳旁边人的手臂：“你干吗吓唬小孩啊？”

他将烟灭掉，牵起她的手：“小孩子都快骑到我头上来了。”

周围雨雾迷蒙，地面潮湿。

他们的第一个白色情人节，没有过多的甜言蜜语，却也快乐。

开学季，李烟忙，靳司郁更忙，他昨天去了上海出差，没有具体归期，可能一星期，也可能一个月。

后来听唐宋说，她才知道他们的公司名字叫灿晟风投。

目前主要持股人有三个人，除了唐宋和靳司郁，还有一个人，她不认识。

到了四月中旬，春回大地，风也温柔。

他们几乎每天联系，有时她在上课，隔了一两个小时才回复消息；有时候靳司郁在开会，到下午才回复她。

那朵粉色玫瑰早就枯萎，李烟每次看到都有些惆怅，也是这种时候，她最想靳司郁。

这天，她终于把花扔掉，趁着室友洗澡，给那人打了个电话。

晚上十点，嘟了几声，就在她准备挂掉的时候，电话接通了。

——是一道女声。

“你好，司郁在忙，请问有什么事吗？”

婉转好听。

沉默了几秒，李烟拿开手机确定自己没拨错电话，她的嗓子有些堵：“他在忙什么？”

“应酬，喝了不少酒，你……”女人话没说完，就被打断，隐隐约约听到了靳司郁以及其他男人的声音。

确实是应酬，有很多人。

李烟松了口气，但心里依然不舒服。

她一分一秒地等待，终于，靳司郁找了个安静的地方，才开口问她：“烟烟，怎么了？”

她盯着垃圾桶里枯萎的鲜花：“你什么时候回来？”

男人嗓音带着疲倦，也有醉意：“想我了？”

李烟捂着手机，没说话。

“就这几天，回去我找你。”

“谷雨那天是我生日，赶得上吗？”

“谷雨是几号？”

“二十号。”她答。

话落，靳司郁那边又传来嘈杂，有人在催他回去。

李烟怕他没听见，想重复一遍。

“烟烟，我这里有点事，等会儿打给你。”

电话挂断了，孙晴晴也洗完了澡，她没注意李烟的脸色：“排练真累。宝贝，到时候别忘了来给我捧场。”

学校有一场话剧表演，孙晴晴参加了，刚好就是二十号，李烟生日那天。

没多久，云诗回来了。

李烟从床上探出头：“你还知道回来。”

冷不丁的一声把云诗吓了一跳：“烟烟，你还没睡？”

李烟就这样趴在床沿：“你和周锦还在冷战吗？”

云诗笑了起来：“和好啦。”她悄悄继续道，“他约我明晚看电影。”

周锦终于开窍了，李烟发自内心地为他俩开心。

“对了，过两天你生日打算和靳司郁怎么过？”

李烟一顿，下意识地看手机，没有任何来电：“还不知道呢。”

云诗又开了几句玩笑，就去了卫生间，随后传来哗哗的水流声。

李烟重新躲进被子里，始终做不到心无波澜，此刻这种毫无安全感的情绪压得她快要喘不上气。

十一点了，手机忽然振动两下，是视频通话。

接通后，镜头晃动几秒，闪过的背景是在酒店里。

他穿了西装，镜头自下而上，明明是个死亡角度，屏幕上的男人却依然俊朗。

靳司郁坐到沙发上，把摄像头摆正，还往周围扫了一圈。

李烟看懂了他的意思，明知故问：“干吗？”

他挑了挑眉，将领带扯松，语气慵懒：“怕你乱想。”

前一秒压抑的心情，这一秒烟消云散，李烟盯着他的脸：“刚刚那个女生是你同事？”

“投资商。”

想起唐宋说的灿晟的三个主要持股人，李烟瞬间就明白了。

“都几点了？你快去洗澡。”

“没办法，女朋友想我啊。我一回来就急着打电话给你了。”他笑着说。

李烟任由脸颊发热，嘟囔道：“自恋。”

靳司郁没继续调笑，皱眉将领带扯掉：“你先睡。”

“好。”下一秒，她话锋一转，“我等你吧，我还不困。”

两边都很安静，李烟说完才觉得窘迫。

男人低声笑起来。

“烟烟，来日方长。”

一夜无梦，李烟记得昨晚靳司郁去洗澡后，她没多久便睡着了，可手机上的视频通话显示有一个多小时。

# 第五章

## 一场连绵二十年的阴雨

孙晴晴即将第一次上台表演话剧，还是主角，演出时间越近，她越紧张。

终于在她的念叨中，到了话剧演出那天。

李烟提前一个小时到了会场。她上午发出去的消息，现在还没有收到回复，他应该在开会。

她周围的座位渐渐被坐满。

一场三小时的话剧，讲述了钟无艳的一生。

孙晴晴演得很好。最后钟无艳从战场归来，满心欢喜地去找齐宣王，迎接她的却是丈夫眼里的满不在乎，她缓缓落下一滴泪。

李烟自诩不是特别感性的人，看到这一幕也眼眶一热，突然就想到靳司郁说的那句“来日方长”。

确实来日方长，可在一点一滴的细节里，总会磨灭一些东西。

已经晚上六点，手机上收到许多朋友以及姑姑的生日祝福，唯独没有他的。

——是忘了吧。

李烟跟着大家一起为话剧圆满结束鼓掌，眼眶也越来越红。

直到观众散尽，她依然坐在原位。

这是说不上来的感觉，很失落，却也理解——他处于创业初期，事情多，忘记些小事很正常。

她这样安慰自己。

孙晴晴一脸兴奋地过来：“烟烟，生日快乐！靳男神不在，我请你吃饭。”

李烟扯出笑容：“不用了，我们买点东西回宿舍吃吧。”

孙晴晴点头，观察她几秒：“是不是我演得太好了，你还没走出来？笑得比哭还难看。”

晚上，云诗这个半只脚踏入恋爱甜甜圈的女人破天荒地回来得很早。

她们在地上铺了毯子，摆好桌子，三个女生开了四五罐啤酒。

李烟看着她们喝酒，听着她们吹牛，有些头疼。

满室暖意，欢声笑语。

她们碰杯，说以后要做演员，说以后要做画家，说以后要开心。

接近零点，一天就快过去了，李烟脸上泛着酡红，手机轻微地振动，她还是感觉到了。

孙晴晴喝大了，开玩笑问是不是男朋友查岗。

李烟没搭理她，点开了手机屏幕。

他说：明天回来。

再无其他。

她应该高兴的，也真的笑了起来，回复：好。

相隔一千多公里的上海，即使在深夜，依旧车水马龙。

一周的高强度工作，开会，谈判，应酬，几乎占据了靳司郁全部时间。此刻他盯着合同上合作商的签字，只是松了口气，并没有多欢喜。

他捧着文件翻看几秒，莫名又点开手机，看着李烟发的这个“好”字。

总感觉差点什么，他刚要拨电话，门被敲了两下。

盛薇出现在门口，她一身职业装，卷发粉唇，有着不属于这个年纪的成熟与妩媚。

“司郁，陈总在隔壁说手里有个新项目，想和你谈谈。”她看着男人略显疲惫的面容，体贴道，“要不我让他改天吧，今晚你早点休息。”

靳司郁起身：“不用，我明天回去。”

盛薇靠着办公桌站着，身材曲线一览无余。他们是高中同学，她说话也随意许多，挑眉问道：“这么急啊，赶回去见女朋友？上次电话里的那个？”

他没否认，难得笑了下，绕过她，离开：“走吧。”

不是什么大项目，费人力，费时间——靳司郁听对方说完便下了结论。

第二天中午的飞机，在南城落地已经是傍晚。靳司郁去公司取车，顺便把文件给唐宋：“让律师另外准备拨款合同，发我邮箱。”

唐宋拿文件掂量了两下：“还得是靳哥，盛薇帮了不少忙吧。”

靳司郁不置可否，但盛薇的加入，确实给他们减轻了不少压力。

他看眼时间：“你忙，我去找李烟。”

唐宋哦了一声，坏笑着叹气：“搞完事业哄女人，果真富贵出情种啊。”

靳司郁没空跟他扯闲，笑骂了句，开门上车。

信息没人回，也没赶上绿灯，他皱眉踩下刹车，想到昨晚盛薇问的那句是不是着急回去见女朋友。

他确实有点急。

记忆回溯，去年深冬，他被逼着和一个不认识的女人谈恋爱，他照做了。那天他和韩慧说创业，被阻止了，他心情烦闷，又要去美院接所谓的女朋友，意外看到了钢琴，几年没碰钢琴，他便弹了会儿。

也是在那个时候他遇见了李烟，她自以为别人发现不了，猫着腰躲在椅子后，真是笨得可以。

身后传来尖锐的喇叭声，靳司郁回过神来。

想到了什么，他烦躁地捶了下方向盘，直接启动引擎。

正是晚高峰，车流拥堵。

靳司郁不耐烦地拨通李烟的电话，提示已关机。

他扔下手机，眼睛随意地看向街道，却看到两道熟悉的身影。

李烟陪牧子上完课，要离开时，牧子说想吃糖。

征得韩慧的同意，李烟带着牧子去小区门口的便利店。

买完糖出来，她撞见个不认识的人。

但这个人好像认识靳牧子，一副混混的口气：“哟，这不是靳家二少爷靳傻子吗？”

李烟将快被吓哭的牧子挡在身后：“你是谁？”

闻轩语气意味不明：“喂，靳二傻，这是你朋友？你脑子不好，还有朋友啊……”

啪的一声。

李烟将买的大号棒棒糖直接砸在他的脸上，她收紧发抖的指尖：“神经病。”

闻轩偏着头，脸颊被砸得生疼，面子都丢光了。他眉骨上有道疤痕，此刻更显狰狞，他直接上手去推她：“臭女人！”

李烟身后的牧子直接哭着蹲下身，像是条件反射一般，嘴里喊着：“别、别打！是我……是我……的错，别打，别打，哥哥，哥哥……不怕……”

李烟紧张得后背冒汗，大脑发蒙，忘记了反应。

对面的男人高抬的手臂被人一下子扯开，身子刚好摔在旁边的巷子口。

只听闷哼一声，闻轩被压制在地上，被一拳打在脸上，又狠又利落。

李烟从未想过会以这样的场景再见到靳司郁。

他目光狠戾，一脚踢在地上的人的肋骨处。

好似还觉得不够，他又捞起地上的人的手臂，将人提起来，砰的一声摔在墙上，冷笑了一声：“可以啊，闻昊在酒吧调戏我女人，我还没找他算账呢！你们兄弟俩是商量好的？”

李烟蹲着身子安抚害怕的牧子，她听到闻昊的名字，觉得有点耳熟，想起她第一次去 DVIS 被一个醉汉灌酒，那人好像就叫闻昊。

这几拳真够狠的，闻轩的脑子现在还混乱着，一辆救护车从旁边呼啸而过。他以为是警察，他有前科在身，不敢说什么，猛地推开靳司郁，捂着鼻子跑了。

周围恢复安静，因为是在巷子里，没引来过多人注目。

靳司郁抹去手背上的血迹，走近他们，把俩人扶起：“没事吧？”

李烟摇头，也悄无声息地把手从他的掌心抽出来。

靳司郁看着她想说什么，她已经带着牧子转身走了。

他啧了声，跟上去，再次牵上她的手，又被甩开。

靳司郁接连几次都吃了瘪，看着她温柔地给牧子擦眼泪，心底更加烦闷：“哭什么，不会还手？”

他说完，牧子哭得更厉害了。

李烟没好气地瞪他一眼：“你这么凶干吗？”

靳司郁这次没敢作声。

到家后，牧子也止住了眼泪。

张妈见孩子泪眼婆娑地回来，吓得连忙给韩慧打电话，李烟跟韩慧说明了情况。

因为提到靳司郁的名字，韩慧让李烟把电话给他。

他沉默地靠着沙发，手背上的血迹早就凝固了，露出伤口。他没什么情绪地接过手机。

李烟坐在他旁边，虽然他没开免提，但她也听到了那一头韩慧的责骂声。

她以为这人会解释，可惜什么话都没有，靳司郁只是安静地听着。

直到通话结束，她想起刚刚牧子蹲在地上说的那句："是我……是我……的错，别打，别打，哥哥，哥哥……不怕……"

韩慧是爱孩子的，但因为牧子什么都不懂，所以一遇到事，她本能地会怪在靳司郁的头上。久而久之，他连解释都懒得解释了。

"哥，贴……"牧子小心翼翼地过来，拿着几块创可贴塞进靳司郁的手心。

李烟回过神，没看旁边的男人，对牧子说："老师带你去擦擦脸，都哭成小花猫了。"

靳司郁站在原地，目光锁着那俩人的背影。

她在躲他。

想到这里，他的神色冷了几分，加上刚刚韩慧的责骂，心里更烦，又没办法一走了之。他刚想起身去找李烟，她又出来了，手里还多了碘酒、棉签。

她一言不发地拉过他的手，低头给他消毒，丝丝凉意蔓延开来。

靳司郁就这样看着她，突然嗞了声，故意道："疼。"

李烟一顿，抬眸看向他。

他的瞳孔像是琥珀，多情也薄情，明明是对视着，李烟却觉得他很遥远。

她重新低头，动作放轻了些。

安静片刻，靳司郁心里没底了，握住她的手："别不说话。"

李烟挣扎两下，鼻子莫名一酸：“怎么了？”

“我怕啊。”他笑着说，有无奈，还有示弱。

李烟转开视线，委屈萦绕在心头，怎么都驱不散，只能别扭地沉默着。

靳司郁直接将她揽进怀里，低声说：“我错了。烟烟，生日快乐。”

这次李烟没有挣扎，甚至没动，只是任由他抱着。

“我得回学校了。”

“我送你。”

他们一路无言，快到离学校不远的美食街了，旁边有画陶瓷的小摊铺，几对情侣头靠头地坐在那里。

李烟望了两眼，低声说：“我要画那个。”

男人没犹豫，回应道：“好。”

靳司郁解开安全带，虽说他是第一次被小姑娘这样要求，但他心里反而舒坦了些，嘴角扬起。

李烟面无表情，下车也不跟他牵手，独自去挑选坯子，拿起一个小猫样式的，转头问他：“这个怎么样？有点像我。”

他扫了眼，抬手指向旁边那只老虎坯子：“这个吧。”

她心情刚好了些，又有点生气了：“靳司郁！”

靳司郁忍不住笑，之后他们还是选择了小猫。

颜料摆在面前，李烟弯着腰画了一会儿就感觉累了，这才发现周围不少人在往这边看。

靳司郁皱着眉，动作生疏地给小猫坯子填色，手一抖，涂歪了。

他暗骂，又去找纸巾。

李烟看着他的动作，露出今晚第一个笑容，很快又收敛：“他们都在看你。”

靳司郁没抬头：“估计是看我身边的姑娘太漂亮了，觉得我配不上。”

油嘴滑舌。

终于画完了，夜渐深，李烟观察着成品，下意识地问：“为什么是粉色的小猫？”

“你不是喜欢粉色吗？”他握住她的手，没让她挣脱掉。

李烟低下头，骂他流氓。

他们快到宿舍楼了，树下，靳司郁冷不丁俯身吻她。

唇被啄了下，她一惊，身子又被抱住。

“烟烟，别生气了。”靳司郁低声叹道，感觉自己的所有耐心都用在了今晚。

热意包围，李烟埋在他的怀里，作势要推他，却被抱得更紧。

仔细想想，她要的不就是这个吗？要的不就是他想起她的生日，心底产生一些愧疚，哄哄她，证明他在乎她。

“我的生日是什么时候？”

“四月二十号，谷雨。”

“不许再忘了。”

“我记着日子。”

月亮高挂，情意绵绵。

明天应该是个好天气。

早上有课，李烟刚到教室坐下，顾阮打来一通电话。

自上次在唐宋家里聚会，她们便没联系过。

提到工作，顾阮想到什么：“你大三下学期没课吧，要不提前申请实习好了，来我们公司。”

明年才大三，李烟不太着急考虑实习的事：“你明天去哪里出差？”

“法国啊，总部在那里，我去学习一下。”

“回来我请你吃饭呀。”

顾阮笑着说：“我一个工作的人怎么好意思让学妹请客，等我回来再聚。”

她们又聊了几句，挂断电话后，李烟整节课都有些心不在焉的。

她在想，顾阮说到他们公司总部在法国……

下课的铃声响起了，李烟早上月事来了，收拾电脑都无力。

孙晴晴本来去上厕所，突然又回来，兴奋又激动："烟烟！靳……靳司郁在楼下！"

李烟心里咯噔一下，忘记了自己的腰酸，小跑到走廊。

她先看到的是那辆显眼的库里南，靳司郁靠在车边，宽松的牛仔衬衫敞开，里面搭着一件白色T恤，仿佛行走的衣架子，手背在身后，握着束鲜花，是粉色玫瑰。

好多人侧目打量他。

他这样大摇大摆地出现，就是在告诉大家——他们在谈恋爱。

靳司郁仰头与她对视，挑了挑眉，十足的贵公子模样。

李烟不知道自己是怎么跑下去的，直接把人拉到车里："靳司郁，你搞什么？"万一被韩慧听见风声，她的兼职可能不保。

她还没反应过来，怀里便被塞了那束花。

靳司郁像是猜到她在想什么，答非所问："生日礼物。"

九十九朵粉玫瑰。

鼻间传来淡淡的花香，李烟看得愣神，掌心突然感受到有什么东西动了一下，她吓得手一松，下一秒，从花丛中钻出一只白色的小奶猫，还轻轻地喵了一声。

小猫差不多三个月大，一出来就要往她身上爬。

它很黏人，讨好似的蹭着她的脸颊，眼神和她身边靳司郁的眼神有点像。

不知道为什么，她心底剩余的那些因为他忘记她生日产生的委屈感，此刻消失殆尽。

李烟捉住它抱在怀里，嘴角的笑意压都压不住。

后来回忆起，她发现靳司郁虽然没那么喜欢她，但至少每次都诚恳、坦荡，会认真哄她，也是真的宠着她的。

"开心吗？"

她点头。

"那就行。"靳司郁松口气，这大概是他这辈子干过的最浪漫的事。

"我们给它起个名字吧。"

李烟思来想去，想不出来，不然就叫小白吧。

“谷雨。”他说。

“为什么？”

“提醒我记住曾犯下的错。”

宿舍里不能养猫，靳司郁开车带她去了灿晟。

这是李烟第一次来他的公司，面积很大，大厅的工作人员见到他微微点头。

他们来到办公室，唐宋刚好也在。

李烟今天已经没课了，也不着急离开，便坐在沙发上逗猫。

谷雨是只小母猫，玩累了，四脚朝天地躺在沙发上睡觉。

李烟指尖揉着它的小肚腩，耳边似有似无地传来说话声。

“盛薇过几天来，我来安排组个局？”

靳司郁翻着文件：“随便，她不在乎这些东西。”

李烟安静地听着，话语间感觉靳司郁和这个叫盛薇的人很熟。

那天帮靳司郁接她电话的人，估计也是那个女生。

因为谷雨的关系，李烟没课便会往靳司郁的公司跑，前台对她都眼熟了。

她也终于见到了盛薇本人。

他们全程都在聊工作，李烟显得格格不入。

她们的年纪仅一岁之差，她盯着自己的长裤、单鞋，又看看盛薇的包臀裙、高跟鞋，然后她沉默着和谷雨玩。

“司郁，我明天要回去了，晚上一起吃饭？”

司郁……

叫得真亲切。

靳司郁没答，视线落在不远处，勾起唇，说话的语气和刚刚谈事时完全不同：“烟烟，谷雨快跳不动了。”

李烟愣怔，发现自己刚刚不自觉地晃动逗猫棒的频率大了，谷雨虽然累，但还是一个劲地往上跳。

“抱歉，没注意。”

靳司郁起身拎着外套往李烟的方向走，对盛薇说："你们先去，我们等会儿到。"

盛薇点头，目光滑过李烟的脸，从听到靳司郁谈恋爱开始，她就想看看这个姑娘到底长什么样。

如今真的见到其人，盛薇未免失望，却又窃喜——失望于李烟的素净，窃喜于她的平凡。

盛薇是个骄傲的人，从不屑把感情流露出来，可此刻作为一个旁观者去观察靳司郁看女朋友的眼神，心底升起浓浓的嫉妒。

她不甘，但已经没办法。

关门声响起，盛薇也回神："他们在一起多久了？"

唐宋一边发信息订包厢，一边说："快半年了。"

"司郁追的她？"

唐宋发完消息，指尖滑动聊天页面，在一个无任何新消息提示的对话框上停留几秒，皱眉随意道："差不多吧。"

靳家。

靳司郁上楼换下身上的西装，李烟有些无聊，在客厅等他。

牧子今天没课，看到她过来别提多开心，不停地给她展示自己的绘画作品。

张妈在厨房忙碌，周围实在冷清，认识这么久，韩慧在家的次数屈指可数，到底是大导演。

她忽然感觉腿上一凉，牧子的袖子不小心扫翻了面前的水彩盘，五颜六色的液体洒了她一身。

牧子知道自己做错事，低了头："尼……老师，对不起……"

他笨拙地用纸巾帮她擦，发现颜色已经印了上去。

李烟无奈地阻止他的动作，柔声道："没事的，牧子画画很棒，快继续画吧。"

牧子听到夸奖，又扬起笑脸，听话地点头。

李烟没好意思去打扰张妈，直接上楼了。

"靳司……"

她的话卡住，靳司郁正在换上衣，背对着门口。

她感觉热血不断地冲击头脑，于是慌乱地别开视线，走到他跟前：“我衣服脏了。”

靳司郁垂眸，看着她身上的大片颜料，拿了件短袖给她：“先换上，我去给你买新的。”

“要不我先回学校吧。”他们要赶去吃饭，买衣服也耽误时间。

靳司郁没在意太多：“来得及，里面那件是什么码的？”

李烟还在想他的话是什么意思，顺着他的视线，看到自己胸前的颜料，脸色瞬间红了，咬牙道：“那件……不用买。”

他本就是随意问的，但眼下不愿意放过她了：“确定吗？我感觉也脏了。”

“没脏！”

靳司郁出去一趟，回来得很快，在一家运动品牌店买了件卫衣。

李烟拿到衣服，不知怎么想到了盛薇，她直接将卫衣套在短T恤外面：“靳司郁，我以后换个风格怎么样？”

他靠着床看她穿衣服：“什么风格？”

“性感成熟风。”她狡黠地一笑，语气带了试探，“你喜欢那样的吗？”

周身寂静，靳司郁没说话，他何等聪明，一听便明白她的意思。他抬手覆上她的手腕，轻轻用力，她便跌倒在床上。

他翻身压上，音色发沉：“不喜欢。”

他的吻已经落了下来，霸道又放纵。

李烟面红耳赤：“你起来。”

因为难为情，她的声音软绵绵的，更撩拨人了。

到餐厅时，才发现别人早到了，就差他们了。

因为换了件衣服，很容易被误会些什么，盛薇握着水杯，指尖微微泛白：“迟到这么久，干什么去了？”

这话是问靳司郁的，李烟却接了话茬，素面朝天的脸上泛起一丝心虚：“衣服不小心弄脏，耽误了点时间。”

唐宋正在开酒，意味不明道：“盛薇，你也该找个男朋友了。”

对方没答，唐宋随口又谈到上海的那个投资项目。

这是公司成立以后接的第一个项目，盛薇帮着靳司郁反复审议商业计划书，做风险评估，费脑力的工作，稍不留神，就有可能赔得倾家荡产。

此刻她把头发别到耳后：“不单是我的功劳，司郁那段时间也很累，互相成就吧。”

李烟没说话，也不知道该说什么，她到底还是学生，对生意场上的事不了解。

她再看向身边的人，靳司郁笑了笑，她知道，他是欣赏盛薇的，仅此而已，就像刚刚在床上，他已经坦荡地回答了她的试探。

靳司郁端起酒杯，是要敬酒的意思。

盛薇眉目舒展开来，下一秒却僵住，靳司郁确实是要敬她，只是他偏过头将一杯温水推到旁边的姑娘面前：“跟我一起？”

唐宋看热闹，脸上的笑意却很淡：“对啊，一家人得一起敬。”

那天直到饭局结束，盛薇都没怎么说话，傻子都能感觉到她心情不好。

唐宋问了两句，没问出缘由，便一直喝酒。

靳司郁正垂眸玩着李烟的手，闻言，抬头看了盛薇两眼，什么都没说。

饭局结束，唐宋和靳司郁去结账，李烟独自去门口等。

李烟不记得和盛薇是怎么聊上的，只记得盛薇点了一根烟，暗色的眼影衬得她瞳孔通透。她问：“你在他身边能帮他什么？”

李烟回答不出个所以然，她是学画画的，和投资搭不上半点关系，可是……

“非要和利益挂钩吗？”

当时的两人相对无言，再后来，某次相遇，盛薇手里依然夹着根烟，给了李烟迟来的解释。

她说，这个圈子的人，向来如此。

六月中旬，降雨极多。

靳司郁的公司目前员工还不算多，公司组织了一次团建，李烟也去了。

周末，他们到达西山时已经临近晚上。

是阴天，好在没风。

大家支起烧烤架，热热闹闹的，有人拿空酒瓶玩游戏——瓶嘴指向谁，就要满足对方提的一个要求。

都是年轻人，玩得很大。李烟看着有小伙伴跑到旁边，对着山林大叫：“求山神赐我一个女朋友！”

她忍俊不禁，笑完后发现瓶嘴指向了自己。

一阵热烈的起哄声响起，然后渐渐安静下来。

不知道是谁提了句：“看到这块冰没？跟靳总亲到它融化。”

就连没什么兴致的唐宋也跟着笑：“真缺心眼啊。”

大家都故作不忍心，而后眼里充满期待地看着他们。

李烟脸红地瞥了眼身边的人，靳司郁喝了口啤酒，一只手牵着她。他踢了脚对面笑得最起劲的朋友：“这能让你们看？”

话落，有人摇头说他不行，大家叽叽喳喳的。

靳司郁没办法，自罚三杯酒，笑着说姑娘脸皮薄，旁人才作罢。

他仰头喝酒，喉结微动，李烟收回视线，忍不住弯了嘴角。

晚上他们自己搭了帐篷睡觉，一人一顶帐篷，很是宽敞。虽然李烟带了防蚊贴，但脚踝还是被咬了几个红肿的包。

靳司郁不知从哪里找来了止痒药膏，昏暗的空间里，他把她的脚握在掌心，一点一点小心翼翼地涂抹。

药膏微凉，李烟缩了下腿，有些不好意思：“痒。”

她的声音轻柔，靳司郁指尖停下，抬眸看她几秒，慢条斯理地将她的裤脚整理好，目光重新放到她的脸上。

“一个人怕不怕？”

虽然没人同睡一顶帐篷，但大家的帐篷都在一起，不过被他这么一问，她鬼使神差地点了点头。

“跟我睡吗？”

带着歧义的话从他嘴里说出来，直白坦荡，听的人却心怦怦乱跳。

李烟想揍他，又被男人握住手腕，毫无反击之力。

两人打闹一番，靳司郁动作停下，看着她亮着屏幕的手机，准确来说是看着她给他的微信备注。

李烟意识到什么，伸手去抢手机，只是男人快她一步，指尖打了一行字才还给她。

原本“全世界最讨厌的靳司郁”被改成了“全世界最帅的男朋友”。

真臭屁。

她想去卫生间，公共厕所离这里有五百米，靳司郁陪着她去。

宽大的外套披在她身上有种安全感，回来的路上，草丛里不知有什么东西动了一下。

李烟吓得往旁边跨了一步，直接撞进靳司郁的怀里，他也顺势揽住她。

靳司郁抬起手机，借着光亮看了眼：“应该是兔子。”

她松了口气，想退开，放在她腰上的手微微用力。

靳司郁意味不明地出声：“脚下有蛇。”

李烟的汗毛瞬间立起，张口想要说什么，唇瓣被压住。

一片寂静里，靳司郁不轻不重地吻着她的唇，把人不断往怀里带，直至紧密相贴。

李烟有些缺氧，才反应过来靳司郁在骗她，但挣扎不开，于是报复般地咬了他一口。

月色迷人，晚风又起。

不知过了多久，靳司郁放开了她，没忍住，又吻上她的唇，调笑：“你的嘴唇真软。”

李烟回来后故意把靳司郁晾了好几天，还把备注改成了“全世界最帅的臭流氓”。

其间刚好准备期末考试，但中途她只要一想到那个深夜靳司郁压着她接吻的画面，心跳就开始变乱。

终于放暑假了，顾阮在法国还没回来。

跟李烟最近一通电话，顾阮还抱怨吃不惯当地的美食，想快点回国。

李烟笑着安慰她几句。

“他要订婚了。”

顾阮的声音平淡，不说名字，李烟也知道指的是谁。

“应该不会，我没听靳司郁说过。”

那一头的人短暂地停顿几秒，又恢复爽朗的语气：“谁知道呢，我瞎猜的。”

又聊了两句，顾阮去忙了。

电话挂断，陆临凑了过来：“姐，这个语法我不理解，讲给我听听？”他确实下了决心想去留学，暑假里天天抱着书学习。

李烟英语刚过六级。她耐心地给他讲完那个语法，陆临还是懵懵懂懂的，有点泄气了：“好难啊，姐，你考不考？要不你先帮我去试试水，反正考这个没坏处。”

她用红笔画着阅读理解的句子，停顿几秒后，说：“再说吧。”

陆临点头，换了一个话题聊：“你什么时候出发，和谁去旅游呀？”

“就……普通朋友。”

“是吗？我昨晚听妈说你谈恋爱了，是和男朋友出去玩？”

估计是某次靳司郁送她回来，又被姑姑看到了。

手机里有信息进来，她拎上行李，敷衍几句，慌乱地离开。

其实也不是去旅游，因为靳司郁新投资了一家游乐场，地点在江南，要去谈资金问题，便带着她一起。

李烟好久没有出远门了，还特地买了件旗袍。

酒店里，靳司郁从她的行李箱里拎起那件粉色的旗袍：“妹妹，你这是陪我出差，还是专门来勾引我的？”

他好久没叫她妹妹了，乍一听，温柔又缱绻。

李烟有些羞恼，一把夺过旗袍：“我借机度个假，对你有影响？”

恰好手机响起，是催他去开会的，他没着急接，抬手覆上她的腰，捏了一下，语气轻佻：“心乱啊。”

他穿着西装，配上脸上的痞笑，颇有几分衣冠禽兽的意思。

李烟刚要开口，他已经转身去接电话，她腰间的热意也在下一秒消散。

靳司郁下午要开会，打完电话就将银行卡以及酒店名片放在她包里，说了串支付密码：“逛街注意安全，要买什么就直接买，迷路就打电话给前台。”

李烟看着他的动作，感觉他就差加一句“不要和陌生人讲话”，故作生气地瞪他：“我有钱，还识字，不会走丢的。你拿走，我不要。”

她的模样一本正经的，让靳司郁失笑——他怎么就看上了这么个没良心的。

门外有人敲门，他没再说什么，离开前揉了揉她的头顶：“乖点。”

江南气温适宜，李烟有点后悔没穿那件旗袍出来，索性脱下外套，身上只剩一条吊带裙。

平江路走到一半，一个背着照相机的叔叔拦住她，说可以给她拍张照。

李烟当然不会拒绝，可拍完，这叔叔跟她要钱。

这还是李烟第一次在景区被坑。

没办法，她付完钱收到照片后，发现拍得还不错，心里也找到些安慰。

偶遇一家古着店，她发现一副民国风的金边眼镜，突然就想看看靳司郁戴上它的样子。

她在这条路走走逛逛，花了两个多小时，回到酒店时天没黑，还下起了毛毛细雨。

她有点累，洗完澡，随意地换上酒店的真丝睡袍。

最近院线刚好重放周星驰的《大话西游》，她躺在沙发上，打开电视找出这部电影。

很有年代感的画质，配上屋外的雨声，没一会儿，她就睡着了，再睁眼，电影已经到了尾声。

男女主角在屋顶上，对着孙悟空的背影说：“那个人好像条狗啊。”

李烟下意识地笑了。

周围寂静无声，雨停了。

她起身，拿出那张在景区拍的照片，抿唇偷偷找出靳司郁的皮夹，直接将照片塞进去。

李烟用指尖弹了下照片，眼眸亮晶晶的，好像这样，就能把自己塞进他的人生里。

而另一边的会议室里，靳司郁来迟了，随便找个位子坐下。

在场还有其他项目的投资老总，个个年过四十岁，他这样二十岁出头的年轻人倒是少见。

话题似有似无地引到他身上。

“我在靳总这个年纪，还只知道谈恋爱、花钱呢，想不到江山代有人才出，惭愧啊。”

“我可看到了，靳总带了老婆来的，打算顺便旅个游？”

靳司郁接上大家的调侃，也没否认：“刘总，这会到底什么时候开始？”

被称为刘总的人连忙回归正题：“好了，赶快开始，靳总急着回去陪老婆。”

一句话落下，引来众人笑，靳司郁也跟着扬起了嘴角。

实则谈判并不顺利，家家争着利益，刚刚还开玩笑，现在就有硝烟的意味。这些是靳司郁最厌恶的东西，会开到最后，他也没什么好心情了。

散会后，他直接回酒店房间。

进入房间，他还没走几步，李烟就急匆匆地跑出来，脸上有惊喜、有慌乱。

“这么急，藏人了？”他说着，还往她身后的卧室看。

李烟刚放完照片，不想让他这么早发现，直接扑进他的怀里，有点任性，有点蛮横。

他措手不及，他的指腹落在她的腰上。

“怎么了？”

李烟摇摇头：“抱抱你。”

“洗完澡穿着睡衣抱我，考验我呢？”

他说着浑话逗她，嗓音里带着浓稠得化不开的暧昧。

李烟身体一僵，后退一步，不动声色地捂住胸口。

靳司郁今天没什么兴致，见她躲闪，也没强求，一边脱外套、松领带，一边往卧室走。

可是李烟又拦住了他。

李烟想到自己找皮夹时忘记合上他的行李箱，只能拖延时间。她依然捂住胸口：“你不饿吗？”

他脚步顿住，垂眸嗤笑：“我倒要看看房间里是藏了什么东西，让你这么慌张。”

李烟知道拦不住他，刚想让开路，手腕被攥住，身体瞬间被束缚于他的怀抱。

两人一路跌跌撞撞地往卧室走，她攀着他的肩，被吻到缺氧。

屋外又下雨了。

“靳司郁……”

他扣着她的手，哑声问：“妹妹，和我在一起开心吗？”

他总是温柔的。

李烟在一片旖旎中看到他的黑眸，幽暗深沉，让她心甘情愿地点头。

这像是一场连绵二十年的阴雨，而她将春天赠予了他。

……

李烟忘记雨是什么时候停的。

靳司郁吻了吻她的嘴角：“宝宝，我叫人送吃的上来。”

李烟动了一下，全身很酸，连回应的力气都没有。

食物的香气扑鼻，她还没有无力到要人喂，终于坐了起来。

她红着脸问：“干吗？”

靳司郁抚了下她的发丝：“辛苦你了。”

李烟气得用脚去踢他，可惜没碰到，又缩回被子里。

吃完饭后，她缓了一个多小时，又去洗了澡，终于穿上了心心念念的旗袍。

旗袍不是定制的，却也合身，勾勒出身体曲线，黑发倾泻而下，妩媚又温婉。

楼下有家苏式糕点铺，靳司郁晚上没什么事，便陪她下去转转。

糕点铺的装修极有江南水乡特色，白墙黑瓦，似乎能体会到白日江南的繁华无边。

李烟找了张靠湖的桌子，捞起旁边书架上的一本诗集。

店员端来茶水，她抿了口，很苦。

靳司郁靠着椅背，难得清闲，侧眸望向姑娘低头的样子。

“腰还疼吗？”他问。

李烟翻着书页，点点头，耳根又红了。

细雨落在湖上，薄薄的烟雾升腾。

靳司郁沉默着，缓缓抬手覆上她的腰，缓缓揉捏。

书上一行字：今晚月色真美。

卫生间的门打开，男人穿了西装，暗灰格纹领带系得一丝不苟，刚刚这个人在她耳侧低声哄她的画面还历历在目。

李烟羞愤地背对他。

靳司郁要请客户吃饭，本来打算喊李烟一起，眼下看她缩成一团，于是轻声在她耳边说：“好好休息。”

李烟动了动唇，说：“少喝点酒。”

他听话地应着：“嗯，知道。”

他的气息还在身侧，李烟缓缓转身看他，语气闷闷的：“你就知道欺负人。”

靳司郁笑出声，抬起她的下巴：“我哪里欺负你了？”

李烟的黑眸水蒙蒙的，抬手要去揍他，又被他禁锢住了，她从一开始就不是他的对手。

靳司郁又调笑几句，被一通电话叫走了。

室内恢复安静，李烟实在太困了，她忘记是什么时候入睡的，甚至没听到靳司郁深夜回来时发出的声响。

她再睁眼，男人的手臂搭在她的腰上。

她悄悄挪动身子，身边的人也跟着动了一下，然后用力将她往怀里带，像是习惯性的动作。

李烟忍不住抬手抚过他的眉眼。

后来他们有很多个热烈的夜，唯独没有像现在这样心贴着心的相拥。

一周的江南之行结束，李烟在回去后才知道，靳司郁去谈的这个项目的利润算出来，达不到预期效果。

男人买了杯热牛奶递给她，解释道："烟烟，这就跟你画画一样，新人刚开始赚钱是次要的，先要让圈内人知道你的名字。总有一天会还人情的。"

李烟很少听他谈工作，他暗色的瞳孔里映着自己的影子，温柔又淡漠。

"你等会儿回公司？"

靳司郁看了眼手表："不用，你陪我去个地方。"

那是座远在郊区的别墅，院了里坐着个中年男人在品茶。

当看到他相似的眉眼，李烟确信，这人是靳司郁的父亲。

"身体还可以？"靳司郁慵懒地靠在那里，一副二世祖的模样。

男人瞥他一眼："你不气我的话，我还能多活几年。"他说着，视线落在李烟身上，"女朋友？"

靳司郁换了个坐姿，点头。

靳宏好像此刻才开始认真打量她。

"叔叔好。"她礼貌地问好，尽量表现得落落大方——早知道是见他爸，就买点礼物了，也不至于这样空手来，徒生尴尬。

靳宏难得扬了下唇："你妈介绍的？"

靳司郁抛了个"你觉得可能吗"的眼神给他。

靳宏似乎不想聊这个话题："我只给你五年时间，翻不起什么水花，就给我安分地回家。"

从别墅出来，李烟轻轻松了口气，相比起来，和韩慧说话好像更为压抑些。

她突然就理解了——他在这样的氛围中长大，难怪非要自己去创业。

韩慧一心想把他往娱乐圈送，靳宏却让他老实地继承家产。

谁想一辈子被父母掌控。

如果他不创业，那么所有事情就不是他一个人说了算，有父母，有各大股东，就连婚姻大事都只能遵循利益至上的原则。

靳司郁站在她对面，丝毫没被靳宏刚刚的话威胁，眯着眼低头抽出一支烟："看我干什么？"

他的衣袖被姑娘扯了扯。

他抬眸看过去。

李烟在普通家庭长大，做不到与他感同身受，她轻轻地抱住他。

"我会对你好的。"

靳司郁神色微僵，又将手里的烟灭掉，语气没什么起伏："烟烟，说这话得负责任的。"

李烟依然抱着他："哦，那我收回，不哄你了。"

他淡笑："渣女啊。"

他们回去的路上，顾阮给李烟打了通电话，约她喝咖啡。

靳司郁将她送到咖啡馆，便回公司了。

几个月不见，李烟看着对面女人脸上的笑意，莫名想到那天聚会时，唐宋独自在别墅外抽烟的背影。

两人聊了两句，不知怎么话题就到了靳司郁的身上。

顾阮慢条斯理地往咖啡里加奶精："你出现之前，我以为他是菩萨，眼里只有众生呢。"

李烟被她逗笑了，沉默几秒，问她："你和那人还联系吗？"

顾阮耸了耸肩："没什么可联系的。"她轻抿了口咖啡，叹气，"他从一开始就告诉我，他有要结婚的人，而我依然选择和他在一起了。"

"为什么？"李烟问。

"因为他那个所谓的未婚妻也有男朋友，很奇怪吧，结婚对他们来说就像是一场仪式，等仪式结束就各自回家。”

顾阮苦笑，说：“其实有没有结果不重要了。”

李烟似懂非懂，但唯一肯定的是，唐宋结婚后，他们在一起也没有意义。

窗外街头有情侣在吵架，男孩抱住女孩哄着，尽管被推搡、被责骂，还是没有松开。

命运是公平的，有多少人在爱里肆无忌惮，就有多少人爱而不得。

# 第六章

## 风月不同路

终于回到家里，李烟足足休息了三天，身体才恢复元气。

陆临有空就过来问几个问题，李烟一边教，也一边跟着他一起学。

她从没想过，升入大学后会在学习中度过暑假。

新学期，韩慧说有时间找她续约，让她继续陪牧子上课。

李烟其实有些犹豫，下学期她想出去实习，现在刚开学，课也多，她可能没有那么多精力去兼职。

手机上，陆临又发来一道阅读题，她低头看了会儿，还是收拾几本书去了靳家。

牧子刚准备上课，眼睛一亮："尼……老师！想……想你……"

李烟温声和他打招呼，坐在他身边，拿出雅思相关的书看了起来。

牧子今天格外活跃，牵着她的手，一边回答她提出的问题，注意力都比以往集中了。

学雅思总是枯燥，手机亮了一下，顾阮发来微信。

李烟随意地点开，是一张照片，饭桌上，靳司郁端着酒杯，身边坐着盛薇，似乎在给他挡酒，一个穿黑色西装，一个穿藕粉色职业套装，莫名般配。

顾阮：这女人和靳司郁是什么关系？

女人总是特别敏锐，顾阮出于好心问她。

李烟却不知道怎么回答，只能说是公司的同事。

她沉闷的思绪被牧子的声音打断。

"尼老师，我跳、跳舞……给你看，要……要笑……"他说着，像只小猴子一样，上蹿下跳的。

李烟真的笑了起来。

如果可以，她真的想和牧子一样，一世无忧，不看透，不清醒。

晚上，张妈留她吃饭，这次她没拒绝。

"韩阿姨呢？"

张妈没来得及说话，牧子的语气里满是骄傲："妈妈电影……得大奖……在副台……帅……"

饭后，她被牧子缠着，陪他玩了一会儿。

牧子积木搭到一半，顾阮的电话打来，说靳司郁喝醉了。

李烟赶到包厢，靳司郁坐在角落，黑色领带有些松了。

她知道这人酒品很好，不会大吵大闹，只是安静地坐着。

眼前灯红酒绿，浮梦三千，他的身影孤单，如同一个旁观者。

靳司郁看见她，嘴角勾出散漫的弧度："你怎么来了？"

盛薇没说话，直接离开了包厢。

李烟没空顾及旁人，坐到他身边："喝这么多啊。"

她目光冷静，语气里还有几分赌气。

靳司郁自然地牵上她的手："陪员工庆祝下。"

李烟点头，没再说什么。

之后盛薇再也没有出现过，顾阮面无表情地走进来，身后跟着唐宋。

李烟不懂这两人之间发生了什么，但一定不是什么好事。

靳司郁带李烟离开，刚起身就引来身边的人起哄。

"靳老板，这才几点就走了，再喝一杯啊。"

"女朋友查岗，不敢喝了。"他坦荡地介绍李烟的身份，他在这方面总是让人很有安全感。

深夜，牧子早已入睡。

客厅静悄悄的，李烟扶着他上楼。

估计是感觉到她情绪不对，刚到卧室，靳司郁就将她抵在门上："怎么了？"

李烟转开视线，不理他。

靳司郁低头吻了吻她："真是来查岗的？"

这种时候还有心思开玩笑。

她推开他："别碰我，去找其他女人。"

靳司郁揽过她的腰，再次将她压在门板上："我就一个女人，还在我面前，我要找谁？"

他轻笑着，随意也轻佻："再说了，你舍得吗？"

李烟愣住，即使这个人对待感情的态度再不正经，她都无所谓，现在他说的话却让她感到难堪。

确实，她有理由舍不得，因为从一开始就是她先招惹他的。

她心底聚集在一起的委屈让眼泪在眼眶里不断滚动。

靳司郁瞬间酒醒了大半，知道说错话，心想着就算她扇自己一巴掌，也认了。他刚哄两句，她直接哭了起来。

"别哭了，我也没犯什么事。"

李烟躲在他的怀里，肩膀一颤一颤的，还趁机拍打他两下："只有犯事了，才能哭吗？"

靳司郁抱着她，感受到胸口的潮湿，那一刻的愧疚是真的，他低声叹道："不会犯事，也不想你哭。"

可李烟的眼泪跟断了线似的，根本控制不住："我不喜欢盛薇。"

四周寂静，只有低低的抽泣声，又委屈又压抑。

他终于明白这姑娘在别扭什么了，俯身温柔地吻去她的眼泪，语气认真，有点像承诺。

"烟烟，我说过，除了你，我没心思伺候别人。"

随着眼泪的落下，憋在心头的那些死结终于松开了，她去洗了把脸。

她出来时，靳司郁正靠着窗户抽烟，烟灰簌簌落下。

李烟眸色一动，转身去包里翻找。

靳司郁站在原地，神情浅淡，模糊在烟雾中。他眯着眼一直看她，似乎想看出些答案。

他记起在不久前，她说的那句"我会对你好的"。

他从未看过世界上有人真的对谁好，只有为了钱、为了名利争得你死我活，包括他自己。

现在想来，这句被他当作玩笑的话未免太过认真，认真到……他也想跟着入戏。

李烟终于找到上次买的那副眼镜，走到他面前，生硬地扳过男人的脸，给他戴上。

如想象中一样，冷硬中添了几分书卷气息。

靳司郁夹烟的手下意识地伸远，明显不习惯戴眼镜：“这是干什么？”

李烟故意不让他摘：“戴着睡觉。”

“别闹了。”

她依然红着眼耍无赖：“你拿我有办法？”

黑夜几乎吞噬一切，连同月亮。

两人对视，陷入沉默。

靳司郁垂眸，半晌后无奈地低声笑：“烟烟，我早就拿你没办法了。”

他脸部轮廓棱角分明，看着她时眼睛里似乎只能装下她一个人，再加上带着宠溺的笑意，便叫人溺毙其中。

李烟败下阵来，移开视线：“我要回学校了。”

“你还回得去？”

已经快十二点了，早就过了宿舍门禁时间，况且靳司郁还喝酒了，没法开车。

她再看手机，有两通云诗的未接来电。

她走到阳台，回拨过去。

“太巧了，我也没回去，你干吗去了，和靳司郁在一起？”

旁边的门被打开，李烟因为蹲着身子打电话，下意识地仰头看去，撞进男人漆黑的眼里。

电话里，云诗“喂喂”地喊，李烟回神：“嗯，我这里有事，挂了。”

靳司郁靠着门框，垂眸俯视。

入秋了，李烟脱了外套，里面是件短袖，手臂纤细，眸子水光潋滟，人畜无害，看得人喉咙发紧。

“洗澡水放好了。”

李烟站起身，难得大少爷给她放洗澡水：“嗯，你去忙吧。”

靳司郁侧过身让开路，却在她经过身边时，把人拦腰抱起。

李烟一惊，挣扎的同时伏在他胸口，也不敢大声说话：“靳司郁，这是你家！”

水汽升腾，热意不断。

洗完澡后，李烟的脸颊布满红晕，一沾被子，迅速拉过躲进去。

靳司郁知道姑娘害羞，偏偏不如她所愿，一边擦头发，一边盯着她，直到她把头蒙进被子里，他才失笑着移开视线。

被子外半天没有动静，李烟缓缓露出一双眼。

他身上只有一条运动裤，指间夹着根烟，正慢悠悠地摆弄着她送的那副眼镜。

“什么时候买的？”

她小声道：“就那次在江南。”

话落，靳司郁放下眼镜，起身倒了杯水递给她：“嗓子都哑了。”

李烟没接，视线扫过他手里的烟，报复般问他：“我听说都会有一段‘贤者时刻’，就是你这样的？”

靳司郁眼底没什么情绪，摁灭了烟：“不满意了？”

李烟一开始没明白他话里的意思，坦荡地点头。

他笑了，还笑得有些控制不住，嗓音都沉了几分：“确实，我也不满意。”

突然，眼前一片漆黑，灯被关了，熟悉的气温覆了下来。

李烟恨死自己这张嘴，一口咬在他的肩膀上。

他们正亲密之际，门突然被敲响。

“司郁，你回来了吗？”

是张妈。

李烟猛然回神，用力推他，下一秒嘴被人捂住。

她紧张得眼里泛起泪光，在那双淡然的黑眸里看见了自己。

李烟生气了。

手机亮起，她看了眼就按灭屏幕。

宿舍里，云诗悄悄地过来，发现她神色不对：“吵架了？”

李烟摇头，他们也不算吵架，而是她单方面冷战。

她气靳司郁只会欺负人，还气自己竟然没办法真正生气。

手机屏幕又亮了，她又点开。

靳司郁：还不理我啊，烟烟？

李烟：我在画画，不要打扰我！

没几秒，那边回复：等会儿再打扰你。

无赖！

她发完消息就关掉手机：等我忙完，你等着挨骂吧。

她终于把今天的作业画完，打开手机，看到靳司郁在一个小时前回复了个“好”字。

李烟：忙完了，你在干吗？

他秒回：等着挨骂。

她莫名觉得他有点乖。

下一瞬，手机弹出来电消息，李烟神色一愣。

是韩慧。

再次去靳家，李烟心不在焉，对面的女人依然端庄地品茶，面前也没有说好的续约合同。

“这是李老师的吗？”

李烟顺着韩慧的视线望过去，是一条头绳，她一眼就看出是自己的。

她没问在哪里找到的，韩慧也没说什么。

沉默中，谁都没开口。

李烟指尖收了又收：“阿姨，我下学期想进 GN 设计公司实习，可能没办法陪牧子上课了。”

韩慧抿唇：“这样啊，也好，李老师的前途重要。”

李烟感觉自己待不下去了，直接起身打算离开。

她的衣袖被人扯住，靳牧子捧着画乱晃：“尼……尼老师……画，画好看……”

李烟眼眶蓦地酸涩，点了下他的鼻尖：“认真学习。”

韩慧换上笑容，将牧子拉到身边：“牧子跟李老师说再见。”她看向李烟时，眼底的笑意淡去，“注意安全。”

李烟在回去的路上越想越气。

跩什么啊。

虽说靳司郁也跩，但也没有这样让人压抑。

想到这里，她又跟司机说了个地址。

到达灿晟后，她轻车熟路地去了靳司郁的办公室，里面却只有唐宋。

唐宋看到她，指了指里面的休息室："靳哥开了一上午会，在睡觉。"

李烟点头，下意识地放轻脚步。

只是，眼前的一幕，让她本就不爽的心情"雪上加霜"。

她知道靳司郁睡觉不喜欢穿上衣，此刻谷雨露着奶白的肚皮，十分惬意地躺在他的臂弯。

他们睡得相当和谐，李烟有种被"绿"的错觉。

她刚抱起谷雨，靳司郁就醒了，他翻了个身："怎么了？"

李烟站直身子："我想谷雨了，不行吗？"说完，她直接转身。

她到外面后，发现唐宋不在了，没多久，靳司郁跟着出来。

李烟安静地撸猫，靳司郁喝了口水，才到她身边坐下，刚要牵她的手，却被躲开。

"还生气呢。"

她没点头，也没摇头："你倒是开心。"这话是对着谷雨说的。

靳司郁看她几秒，嘴角微不可察地牵起："猫的醋也吃，这么小气。"

谷雨跟听懂了似的，直接挣脱她的手，爬到靳司郁的身上去。

"小白眼狼。"她嘀咕。

"跟你一样。"

"我哪有？"李烟反驳，"还有，以后不许那样了。"

靳司郁任由谷雨在怀里撒娇，身上一件白色衬衫，挑眉时有股斯文败类的意味："哪样？"

他明知故问。

李烟的手又被他牵住，她知道挣脱不开，索性没动，一本正经地警告："以后禁止亲我，禁止枕我的腿。"

有时她来办公室玩，靳司郁躺在沙发上休息，会将头放在她的腿上，也是那时候她会感觉，他也是个俗人，会示弱，会累。

靳司郁笑着耐心地跟她扯皮："我错了还不行？再说，我这么疼爱你，你就是这样报答我的？"

他刚睡醒，嗓音带着一丝沙哑。

李烟被唬得一愣一愣的，反应过来后，就要去捂他的嘴。

下一秒，唐宋进来，他身后还跟着盛薇。

听说她在上海那边还有事情，今天回来把事情交接一下。

"走了，回来再腻歪。"唐宋没好气地催促，身后有员工找他，他又拉着盛薇离开。

"她在办公室养猫，不太好吧。"盛薇的语气没什么起伏。

唐宋耸了耸肩："靳老板宠着，我有什么办法。"

屋内，李烟重新抱回谷雨，一旁的靳司郁正在打领带。

她看了会儿，上前帮他系好："我打算下学期去实习，可能会比较忙。"

柔光洒进来，她的睫毛垂着，在眼下打了一小片阴影，他莫名地想吻她。

但等会儿有正事，他忍了忍，只是抱了她一会儿，开玩笑道："那我得想得茶饭不思了。"

他总能将三分喜欢演出满分。

李烟站在原地，看着男人穿衣服打算离开，想问些什么，又没话问，只能沉默着。

"我叫人送你回去。"

"好。"

年底，寒假前夕，李烟成功加入 GN 集团，开始了实习生的工作，也印证了那句话——她确实很忙。

刚刚开会提到外派去法国学习，李烟不太懂，留下来问部门经理钟衍州——这人是她的师父，她打心底佩服他。

“这次外派实习生也有名额，如果你有意向，这是个不错的机会。”

钟衍州看了会儿她从大学到现在的作品：“不过现在很多员工因为国内有牵挂，不愿意接受外派。你要是想去，我可以帮你申请。”

李烟下意识地摆手：“我还没去考雅思。”

钟衍州眉目舒展，笑道：“这个没事，工作签证，公司也可以给你做担保，重要的是你愿不愿意出国。”

这次李烟不说话了。

她当然想去法国，但也正如钟衍州所说——国内有牵挂。

陆临打算出国，如果连她也走了，姑姑和姑父太孤单，她不想这样。

再说，她还有靳司郁。

那么远的距离，总归要放弃些什么，比如陪伴。

一路走到工位，李烟脑子里都是钟衍州问的那句“重要的是你愿不愿意出国”。

她给不出答案。

她点开靳司郁的对话框，两人上一次聊天还是在前天。

他刚打完一场官司。

原因是他们公司有一笔资金来路不明，要不是发现及时，差点帮别人洗黑钱。无论法庭怎么判，都不会牵连到灿晟，只是那五千万元的资金空缺，够他忙上一阵了。

而明天是靳司郁生日，这个消息，她还是从唐宋口中得知的。

将画稿保存成功，她关掉电脑，顾阮已经到她跟前。

看着眼前的一幕，顾阮不禁摇头：“爱马仕铂金包就这样被你用来装绘画板了？”

这是靳司郁上周出差买来送她的。

李烟的动作停了一下，然后继续把充电器装进去：“不然把它供在家里？”

顾阮笑道：“不愧是靳司郁的女朋友，连说话的口气都像了。”

晚上有个饭局，趁着下班早，李烟先逛了会儿街，顺便买了袖扣，灰色的，精致简约，当作生日礼物应该还不错。

算好时间，她提前到达餐厅。

钟衍州和总监已经坐在里面了。

饭局是一个被称为刘总的人组的，他刚在GN定制了几幅壁画，李烟是团队中唯一一个实习生。这少不了顾阮的功劳。

“总监喜欢让实习生敬酒，你可以吗？”钟衍州穿着西装，嗓音很轻。

李烟在公司第一次出来陪客户吃饭，闻言，惊讶一瞬，话刚到嘴边，门再次被打开，明显在场人的目光都被吸引过去。

这好像是他们第一次在应酬场上撞见。

即使有了最亲密的关系，李烟看到靳司郁时还是心猛地一跳。

靳司郁来晚了，他刚处理好公司的事情，神情略显疲倦，视线掠过李烟。

刘总站起来招呼他坐在主位旁边，身边一个花枝招展的女人正在给他倒酒。

他和李烟之间距离很远，他们像两个毫无关联的陌生人。

李烟移开视线，余光里却都是他接过酒杯，没拒绝女人的攀谈。

顾阮自然也看到了，在她耳边说：“那人是刘总的女儿，人家都会给点面子的。”

这样啊，她哂笑：做靳司郁的女朋友真难，不仅要大方，还要装傻。

以前她也偶尔看到过他和其他女人同框的照片，她问过他，他说都是逢场作戏。

她心里是相信他的，他不是那种喜欢勾三搭四的人，况且他也没必要骗她。

只是眼下，看到那两人像多年好友般聊天，李烟觉得刺眼。

整个饭局其乐融融，总监果然喊她起来敬酒。

钟衍州却帮她挡了：“实习生难免紧张，这杯酒，我帮她喝了。”

他语气老练，娴熟到好像经常帮人挡酒。

话落，圆桌上有人静默，有人起哄地笑。

钟衍州半杯白酒喝下去，眉头微皱，嘴角却弯着，让人看不清他在想什么：“欠我一次人情。”

李烟过意不去，连忙倒了杯果茶给他：“你没事吧。”

一道目光扫过来，她抬头，和靳司郁对视上。

李烟不明白他眼底的情绪——怎么觉得有点像看戏。

只一秒，她移开视线，指尖下意识地收紧。

总监依然不打算放过她："实习生就是要锻炼嘛，钟经理帮你敬了刘总，那你也得陪靳总喝一个。"

李烟知道和领导出来吃饭需要敬酒，但是被这样吆喝着，多少有些难受。

她的手还没碰到酒杯，面前的转盘突然转动了半圈，耳边总监奉承的声音继续说着："靳总，你怎么知道我喜欢吃这道葱炒肉片？"

靳司郁靠着椅背，点了支烟，口吻随意："让你看看自己算哪根。"

靳司郁骂人都这么有水平，刘总似乎是第一次见这样的靳司郁，笑着出来打圆场，这事才翻篇。

李烟终究没有喝那杯酒，身边人意味不明的视线若有若无地落在她身上，带了丝调侃。

在他们眼里，自己就跟那些被带出来的女人无异。而李烟不知怎么，习惯了这种目光。

散场后，她目送钟衍州上车离开，本想着和顾阮一同回去，却转身看到不远处的靳司郁。

这人站在这里多久了？

"会开车吗？"他摁灭烟，目光有些涣散。

李烟点头，接过车钥匙，同时手也被人包裹住，暖意融融。

她坐上驾驶座，突然不知道去哪里，男人看出她的疑问，报了一家酒店的地址。

他们上一次来这里，还是因为靳司郁发烧。

"你没回家，就一直住在这里啊？"

靳司郁睡了一路，刚洗完脸，现在酒劲散去一些，他正低头开电脑，似乎有公事要忙："那是你上司？"

话题突然转到这里，李烟不明白他到底想问什么："钟经理是我师父，挺照顾我的。"

他脸上带着笑意，像是随口一问：“只是照顾？”

“不然呢？你以为谁都跟你一样。”

“我怎么了？”

李烟愣了下，一边想他吃醋，一边又极力解释，还语言犀利地去挑衅他。她也不知道自己为什么会变成这样。

这不是和谐的恋爱关系。

她听着鼠标轻响，生出一股无力感。

李烟深吸一口气，直接坐到靳司郁的腿上，同时手臂搭在他的肩膀上。

男人吻了她一下：“乖，等会儿陪你睡。”

李烟将下巴搁在他的肩上：“你能不能认真些？”

靳司郁轻笑：“怎么，你和上司含情脉脉地分别，这会儿说我不认真？”

她抬起头：“你吃醋了？”

“你说呢。”靳司郁摩挲她的手指，挑眉反问她，语气是一贯的散漫，好像世界上除了事业，没有他在乎的东西。

李烟沉默着。

她突然想起那天在办公室要问他什么了。

她想问，这个人……为什么不能多喜欢她一点呢？

认真地爱一个人，真的很难吗？

月光倾泻，星星不见了。

李烟低声道：“靳司郁，生日快乐。”

覆在腰上的手明显顿了下，她将礼物悄悄戴在他的袖口上。

靳司郁反应一会儿才想起来明天是自己的生日。

“不喜欢？”李烟看他愣神，下意识地问。

往年生日都是兄弟几个吃顿饭就过去了，说实话他还是第一次收礼物，他收回视线：“喜欢啊，你送的都喜欢。”

他的语调刻意缓慢，眸光流转。

他问：“手怎么还是冷的？”

李烟都习惯了，轻轻退开些距离：“从小就这样，没事。”

“改天带你去医院看看。”

“好。”

南城罕见地下了一夜暴雨，氤氲的水汽浮在空气中。

靳司郁起得早，忙完昨晚未竟的工作，天色依然阴沉。

这间套房是他长期住的。伴随着淅淅沥沥的雨声，床上还在熟睡的人缓缓翻了个身。

他走近，摸了摸她的脸颊：“烟烟，起床了。”

被角被掀起一些，身体一凉，李烟没睁眼，皱眉往里面缩了缩，继续睡。

靳司郁没再打扰她，起身打着领带。

他看着她的睡颜，突然有点舍不得走了。

他又俯身吻了下她的额头，这才离开。

李烟听到关门声，还想睡一会儿，却怎么都睡不着，腰酸背痛的，她真搞不懂靳司郁哪里来的这么多精力。

她洗漱完，服务员正好送来了早餐。

他依然是体贴的。

到公司后，李烟感觉有几个同事在悄悄看她。

昨天饭桌上，总监吃了那么大的亏，事情都传开了。

钟衍州像是什么事都没发生一样，喊她下午去见客户。

李烟本以为是同组的人一起，没想到就他们俩。

客户家不在市区，他们回来时已经是晚上。

她的手机弹出一条消息，是靳司郁发来的：下班了？

她突然不知道怎么回复他。

钟衍州问她：“直接送你回家吧？”

“不用了，就在公司楼下停车吧。”她停顿了一下，“我男朋友可能会来接我。”

不知为何，如今提到“男朋友”这三个字，她没有往日的欣喜，反而是一种不被外人承认的心虚。

钟衍州点头，沉默几秒后说："我确实没想到你男朋友是靳司郁。"

她自己也没想到。

李烟还没开口回应钟衍州，他停下车："到了。"

晚风习习，李烟刚关上车门，就看到靳司郁的车停在马路对面，他穿着黑色大衣，里面是西装，还系着领带。

他神情冷淡，不知等了多久，指间的烟已经燃了一半。看见她向自己走过来，他才缓缓摁灭烟头。

靳司郁再次看向马路对面，钟衍州的车还没离开，恰好降下车窗玻璃。

靳司郁和钟衍州四目相对，李烟感觉背脊一凉。

下一秒，靳司郁淡淡地收回视线，转身上了车。

李烟赶紧跟上："不是你想的那样。"

他嗯了一声，车厢恢复安静。

他们刷卡进入酒店房间。

"下午去见客户了，所以我才会跟他一起回来的。"李烟解释着，有些挫败，明明他什么都还没问，她倒是主动说出来了。

有手机铃声响起，靳司郁没听到一般，继续玩着打火机，火苗熄灭又亮起，玩了几次，说话时的语气很淡："烟烟，我不干涉你的工作。"他说，"对别人有好感是正常现象，只是有事的话，你要挑明了跟我说，别骗我。"

他明明那么温柔地叫她烟烟，一字一句说出来却如一盆冷水将她从头浇到脚。

李烟以前总是笑话那些在恋爱中哭泣的人，眼下鼻腔一酸，她好像明白了，这个人对爱情的期待值有多低——甚至悲观地、不信任地看待亲密关系中的另一方。

"就跟你一样是吗？"她低下头，"我也不干涉你的事业，但是请你也别骗我。"

靳司郁皱眉："我骗你什么？我单独跟女人开车去谈生意了？"

他很少说话这么冲，这是他们在一起至今第一次像大多数情侣一样吵架。

“我是到了以后才知道只有我们俩去见客户。”

李烟眼圈越发红。

她想赌一把：“靳司郁，你在害怕，对吗？”

你真的也会害怕吗？

她说完，室内一片沉默。

他漫不经心地玩着那个打火机，火苗再也没有跳动过。

靳司郁看着她，漆黑的眼底像是旋涡，没有一丝情绪波动，半晌后，他忽然笑了：“是啊，害怕我们烟烟爱上别人，不要我了。”

这是她想听的话，只是她盯着他含笑的黑眸，心里怎么都高兴不起来。

她那么清醒、冷静的一个人，为什么会变得这么矫情？

好像无论他说什么，她都只会半信半疑。

为什么？她不该是这样的。

她曾经的骄傲，在这段关系里变得卑微、敏感。

他们不该是这样的……

就好像，她对他好，是因为喜欢他；而他可以对她好，可以哄她，却是因为有这段恋爱关系。

见她不说话，靳司郁心里生出一股烦闷，他想开口说点什么，垂眸看着她泛红的眼，自己的喉咙像是被什么堵住了。

他明明可以再耐心地哄她两句，却被她直白的目光看得有些焦躁：“我有点事，等会儿回来。”有几分落荒而逃的意味。

电话铃声一遍一遍地响，靳司郁正在开车，他看了眼手机，依然没接，只是在路口掉了头。

打开家门，茶几上有几张照片，他的视线没多停留，靠着沙发靠背，神色恹恹的：“妈，你这是在拍电影？”

从他进门开始，韩慧就没有什么好脸色：“靳总现在是大忙人，哪里还记得有我这个妈。”

“我无时无刻不想着您呢。”

“你别犯浑。这有几个姑娘，你挑一个，哪天一起吃饭。”

“不好看。”

“那怎样才算好看，像李烟那样的？”

“可以。”

他吊儿郎当的态度让韩慧忍无可忍：“你该喜欢什么样的姑娘，该和谁结婚，我是怎么教你的？”

靳司郁摘下那枚灰色的袖扣把玩着：“我知道啊，谁对自己有利就喜欢谁。”他继续说，“对了，婚后如果对自己不再有利就立马离婚，这也是您教我的。”

韩慧沉默了，再抬头看他时，语气不容拒绝：“我已经帮你定下了，这位姑娘是星乐影视集团老板的千金，你记得周末空出时间来。”

他嗤笑一声：“我有女朋友。”

“女朋友？”韩慧淡声说，“分了就行。”

一杯水被不轻不重地放到茶几上，靳司郁的目光沉了下来，他当然明白这句话的意思：“你动下她试试看。”然后他直接拿过车钥匙，起身准备离开。

韩慧气得胸口起伏，深呼吸几下让自己冷静下来，盯着他的背影：“我自然不会动她，你想要继续和她在一起也行，我倒要看看你那公司能撑到哪天。”

靳司郁懒得开口回答她。

离开家后，他没有回酒店，而是去公司坐了一会儿。

人倒霉起来，连猫都不放过你。

已经是白白胖胖成年猫的谷雨，在他手背上咬了一口，他吃痛，直接把它逮住：“跟你妈越来越像了。”

他逗两句又觉得没意思，起身直奔酒店。

昏暗的卧室里，床上隆起一条，靳司郁无声地松了口气。

他洗完澡上床，抱她的动作都有些小心，不想吵醒她。

李烟睡得迷迷糊糊，被一双大手捞到熟悉的怀里，挣扎一下，最终还是敌不过困意。

——很奇怪，她做了一夜美梦。

本以为之前是随口一提，没想到靳司郁居然真的专门带李烟去见了位老中医。

医生也没多说什么，只说手脚冰凉主要是因为宫寒，给她开了一大堆中药。

中药很苦，靳司郁为了让她喝得下去，总是随身备着糖，在她皱眉一口气把药喝下去时，快速地将糖送到她嘴边。他还跟哄小孩一样揉了揉她的头，那一瞬，她总觉得如果他们能这样过一辈子也不错。

……

这一年结束得相当平淡，新的一年，靳司郁没忘记她的生日，还给她组了个局。

春去秋来，李烟的生活丰富了，对生日不再那么在意。

不止生日，还有友谊——她们都有各自的工作和生活，联系的频率明显降低，但也不至于渐行渐远。

她生日那天，顾阮刚从法国旅游回来，带回来一个重磅消息——她要结婚了。

这个把人生当作体验的女人，竟然要和一个法国人闪婚了。

李烟不理解，甚至劝阻，让她再考虑考虑。

顾阮拍了拍李烟的肩，笑得温柔，说："只是想冲动一次。"

"冲动的结果呢？你能承受吗？"

"既然选择了，我就做好了承受一切的准备。"

李烟没说话了。她做不到像顾阮这样洒脱，更做不到开始一段不求结果的恋爱。

她只是个俗人，想要工作稳定，和喜欢的人结婚，仅此而已。

大厅里，几个男人坐在沙发上闲聊。

屋子背面临湖，茶几上放着精致的三层蛋糕，还有香槟杯，彩带落得满桌都是，证明着这里刚刚的热闹。

刚刚唐宋还说有事，但直到现在都还没走，他颓废地靠着沙发："韩慧现在时刻盯着你，已经搅黄好几个项目了，你打算怎么办？"

靳司郁语气慵懒："她不过是想让我结婚罢了。"

另一边的江越喝了几杯酒，醉醺醺地凑上去说道："那你还有心思在这里陪烟烟姐过生日？还不赶快回去结婚？"

李烟想立马转身离开，可双脚就像焊在原地一样动不了。

他只是说了"结婚"这两个字，他圈子里的朋友便本能地觉得他的结婚对象不是她。

毕竟他们本来就是两个世界的人，是她硬生生地挤进这个圈子里的。

唐宋踢了江越一脚，笑得无奈，唐宋对靳司郁说："你最了解你妈，她不会善罢甘休的，你这辈子总得结婚的。"靳司郁对抗不了现实，只能认命。

韩慧强硬、冷漠的样子历历在目，靳司郁承认自己内心对她的厌恶，他低笑一声："结婚？除非我变傻了。"

世界上有一种人，他们渴望家庭，相信爱情；还有一种人，他们什么都不相信，对爱情更是嗤之以鼻。

靳司郁属于后者。

李烟一开始还有些责怪他，后来想想，他有错吗？这个人拥有太多东西，爱情在他喧嚣的一生里从来不是必需品。

她转身回到顾阮身边，沉默着喝了几杯酒。

"怎么又回来了？"顾阮问。

"他们谈工作，我听不懂。"李烟笑了笑。

灯光暗淡，两人聊了许久，久到李烟忘记她们都说了什么，只记得后来自己脑袋发涨，然后靳司郁来找她。

"喝这么多。"男人声音好听，传入耳里。

李烟没说话，缓缓抱住他，头埋在他的胸前，娇憨又黏人。

靳司顺势揽上她的腰："不开心？"

她摇头，眼圈有些发烫："开心啊。"

不会结婚的想法，他刚刚已经表达得很清楚了，她其实想质问他，可好像无论说什么都显得苍白无力。

远处的几个朋友在玩纸牌，喝着香槟，热闹得仿佛在另外一个世界。

靳司郁顺着她的目光看去：“想玩吗？我叫人陪你。”

她一个眼神，他就懂她，他会无条件满足她的想法。

不管是物质，还是生活琐事，他对她一直是有求必应的。他的温柔就像一座陷阱，让她心甘情愿地往下跳。

她跨过沉沦的一切，试图向永恒开战，根本不需要军旗——但需要一个结果。

也许是心存侥幸，她问：“靳司郁，你爱我吗？”哪怕只有一分。

不远处传来嬉闹声和音乐声。

李烟仰头看着他，想在那双黑眸里找到一丝感情。

靳司郁转开视线，脱下外套盖在她身上，低声笑着说：“烟烟，你喝醉了。”

她大概是真的醉了。

如果爱情一场梦，此刻便是她初醒时分。

李烟是被靳司郁抱着离开的，迷糊间，她看到了车外站着的顾阮和唐宋。

听不清他们说了什么，李烟只知道自那天开始直到顾阮结婚、生子，他们两人再也没见过。

这场大戏真的落幕了。

第二天，刘总不停催促壁画的进度，李烟也陷入忙碌的工作中，所有堵在心头的事情，也暂时淡忘。

钟衍州是几天后得知她的生日的，然后定了晚上的饭局，说给她再庆祝一下。

顾阮下个月要休婚假，好事将近，她显得开心不少。

在饭局上，顾阮打趣道：“钟经理最近挺殷勤，烟烟可是有男朋友的，你这属于挖靳司郁的墙脚啊。”

提到熟悉的名字，钟衍州调侃几句：“李烟很有潜力，我是欣赏她，怎么成挖墙脚了？”

他一句话化解了尴尬。

顾阮的视线在两人身上转了一圈，问李烟："听说你申请了外派学习？"

李烟像是刚回神："嗯。"

"几个月？"

"不知道呢，顺便去散心，说不定会定居在那里。"李烟玩笑道。

顾阮忍不住提醒她："定居？你不要靳司郁了？"

这一顿饭吃得很轻松，顾阮临时有事便先走了。

饭桌上只剩下两人，李烟见时间差不多了，开口说："我们也走吧。"

她刚起身，餐厅的一间包厢门被人打开。

他们坐的是大厅的餐位，隔着三五桌的人，李烟与靳司郁对视上了。

仅仅几秒，又来了一群人和靳司郁打招呼，而后他跟着又进了包厢。

他大抵是来谈生意的。

钟衍州背对着包厢，没看到靳司郁，俯身问李烟："不舒服？"

李烟摇头，回想着靳司郁刚刚的目光，不似以往的淡漠，而是带着冷意。

是的，很冷。

五月初，晚风宜人。

李烟终究还是没坐钟衍州的车，拎着包在门口等了会儿。

大概过了十分钟，靳司郁出来了。

他最近烟瘾好像变大了，嘴里咬着烟，直接将车钥匙扔给身边的助理，而后上来牵住她的手坐进车里。

两人都一言未发，直到酒店的房间，他依然攥着她的手。

他不轻不重地将人压在门板上，一路上忍着的情绪在此刻爆发，语气冷硬："烟烟，第二次了。同一个男人，你要是实在喜欢……"

他对感情的要求很低，合适就谈，不合适就散。只是现在，有些话，他突然说不出口了。

他心中那一点慌乱并没消散，反而越发强烈。

李烟觉得自己挺冤枉的，没沉得住气，就跟他解释："顾阮也来了，只不过在你出现之前走了。"

靳司郁没说话，居高临下地看着她，似乎在判断这话的真实性。

铃声传来，是催他回饭局的。

李烟仰着头，今天他没打领带，西装里面就是普通的白衬衫，领口扣子解开两粒，可能是灯光的原因，他看上去比以往都要好看几分。

她一直是偏执的，一想到这个人往后不再属于自己，他会成为陌生人，甚至一想到他去吻别的姑娘，那股令人压抑的难受、不甘，都能让她轻易地红了眼眶。

两人距离很近，她听到电话里传来的女声，很熟悉，是上次饭局见过的刘总的女儿。

靳司郁没聊几句，皱眉嗯了声直接挂断。他重新低头撞上姑娘澄澈的目光，心里动摇了一下。

"等我回来，可以吗？"

李烟没点头，指尖若有若无地摩挲他的袖口，笑得温软："你抱我 会儿。"

沉默几秒后，靳司郁伸手拉她到怀里。

他情不自禁地低头吻她，得寸进尺，再得寸进尺。

李烟缩在他的怀里，被抱到床上。

还有饭局在等着他，他却跟她缠绵得难舍难分。

李烟含混不清地呢喃："你要走了。"

靳司郁没说话。

夜色朦胧。

耳边是淅沥的水流声，李烟毫无困意，却闭上眼睛躲在被子里。

浴室门被打开，她听见他刻意放轻的脚步，以及穿衣服的窸窣声。

李烟忍不住探出头："少喝点酒。"

靳司郁刚系好领带，闻言走到她身边："知道了。"

她垂下眼，不知怎么又叮嘱一句："以后也要少喝，伤身体的。"

靳司郁本来心情不错，看着姑娘乖巧的模样，突然有些不安，他俯身啄了下她的唇："我会身体不好？"

这么长时间了，李烟依然脸皮薄："靳司郁。"

"乖，等我回来。"

关门声响起，她嘴角的笑意渐渐消失。

李烟慢慢起床，忽然鄙夷这样的自己。

她一遍一遍地提醒自己不要被他蛊惑，温柔本身就是一片沼泽，陷得越深，越难挣脱。

她总是纠结于靳司郁对她的喜欢，他好像很喜欢她，又好像不那么喜欢她，猜来猜去，现在才知道，这个人这辈子可能都不会结婚。

李烟猛地揉了揉眼睛，穿好衣服。这次她没有等他。

# 第七章

## 曾几何时，他错过了整个银河

靳司郁在酒店耽误了很长时间，因为晚到，又多喝了几杯。

合同敲定了，众人谈笑风生。

刘念蕾笑容得体，凑近靳司郁，给他倒水，生怕他看不见，还将水杯往他面前推。

靳司郁靠着椅背心不在焉地抽烟，表情是冷淡的，没分半点视线过去，甚至没听她在说什么。

他在想刚刚离开酒店前，李烟太乖顺了，乖顺得让他觉得烦躁。

“靳总？”

靳司郁目光一闪：“怎么？”

刘念蕾搭上他的手臂，水眸柔柔地看着他：“喝这么多，我帮你订个房间休息吧。”

他躲开触碰，看了眼手机：“不用。”

被他拒绝，刘念蕾也不计较，语气依旧温和：“女朋友催你回去？她很黏你吗？”

靳司郁似是不耐烦了：“你没谈过恋爱？你谈恋爱不黏人？”

他没等到这场饭局结束，拎上外套起身离开。

路上有些堵车，赶到酒店后，他放慢动作，不料房间内一片漆黑，空荡荡的。

……

李烟刚到家，便接到了靳司郁的电话。

她有些诧异，那一边的人先开口问她：“怎么走了？”

“刚准备发信息给你，明早我有个会议，酒店离公司太远，我回家住比较方便。”她在撒谎。

她边说，边开电脑：“你回来得这么早？”

靳司郁玩着袖扣，心里莫名不舒服，眉头轻皱又松开：“明天一起吃饭吗？”

李烟没着急说话，她本来就打算明天去找他。她点开邮箱：“好啊，上次画的陶瓷小猫，我想放到你办公室里，正好再去看看谷雨。”

“不想见我？”他笑。

“想的。”她说。

“敷衍我啊。”

李烟一顿，不知道靳司郁今晚是怎么回事，好像有点黏人？

“你喝醉了？”

“嗯，想见你。”

李烟本以为靳司郁只是和曾经一样说着玩逗逗她的，没想到他真的来了。

已经深夜十二点，烧烤店正是营业高峰期。

姑姑在厨房里，没注意到她又出门了。

空气带了初夏的热意，李烟一开车门，便嗅到酒气：“司机呢？”

靳司郁牵上她的手：“先离开了，他等会儿再过来。”

她点头，想到什么后，眼眶泛酸：“我们拍张照吧。”

这种小情侣都会干的事，他们从来没有做过，但他向来对她有求必应。

李烟发现靳司郁真的很上镜，尽管是原相机拍照，依然俊朗。

灯光很暗，她绑着的马尾在这一刻松散下来，遮住微红的耳尖。

记忆的黑匣子突然被打开——那天她站在街边无暇顾及头发，羞涩得不敢看他。一想到此，他的目光暗沉了几分。

李烟整理了下头发，看着镜头里的自己，调好拍照角度：“不太好看。”

“好看。”

他的声线沙哑，她下意识地侧头看去，跟他对视上了。

“你今晚为什么突然来找我？”李烟问道。

以前她也有提前离开的时候，他也只是发条消息问一下，从未连夜跑过来。

靳司郁的指腹缓缓摩挲着她的手背，不知道该回答什么，他想来就来了：“想你啊。”

他们之间的距离很近，某一瞬间，李烟的内心有被戳中的感觉。

他似乎很善于拿捏她的弱点，不，是所有女人的弱点。他在她面前披着无害的羊皮，让她舍不得离开。

她的话刚到嘴边，鼻子嗅到酒气，他轻轻低头便能吻到她。

夜的黑色似乎能将灵魂溶解。

他的气息滚烫，却轻柔地吻着她。

李烟怕司机会上车，慌忙挡住他的动作："你松开……"

靳司郁又去吻她："我错了，烟烟。"

"不原谅，除非跪着求我。"

周末，闹钟没响，李烟难得睡到自然醒。

她整理了下房间，又帮着姑姑做午饭。

"烟烟啊，你跟你男朋友谈蛮久了吧。"

她一愣，昨晚她跟靳司郁在一起，又被姑姑看到了。

"嗯。"

李春红笑得眼角皱纹都出来了："哪天带他回来吃顿饭，我看着挺喜欢的。"

李烟也被逗笑了，没多说什么。

直到去往灿晟的路上，她才开始回想，他们之间的这段关系从什么时候开始风雨飘摇的。

好像在她告白的那一刻，靳司郁就是这个态度——没有过多欢喜，也没有直接拒绝。

他们的关系就像是顺水推舟，好像换作任何一个人，他都可以接受。

昨晚那场绚烂的梦结束以后，她回到房间后久久不能入眠。

如果当时她在车内再问一遍："你爱我吗？"

靳司郁依然不会给她答案，但是依然会对她好。

这种梦，她不能再做了。

她犹豫很久了，终于受够了那些患得患失的情绪，她不要玩猫捉老鼠的暧昧把戏，她要的不过是直白的、赤裸的，能在白纸上写下答案的爱。

这听着再简单不过，但靳司郁给不了她。

手机上弹出消息，她外派的申请通过了，出发时间就在下个月月初，如今已是本月月底。

李烟到了靳司郁的办公室，他不在。唐宋说他去合作的公司开会了。

他明明昨天还说一起吃饭的。

李烟习惯了，她将东西放到桌上，粉色陶瓷小猫与这里的装修格调完全相反。

很不搭。她心里叹道，还是将东西放到休息室去了，然后她又逗了逗谷雨才离开。

最近这两天，李烟忙完了工作交接的事。

顾阮约她吃了顿外派前的“散伙饭”。

顾阮和她老公打算在国内定居，眼下有些舍不得李烟：“靳司郁那个大忙人，你最近在国内都见不到他几次，还指望他经常去法国看你？异国恋不好熬的。”

靳司郁正处于事业上升期，李烟和他在一起两年，他一直都挺忙的，就像这两天，连在手机上聊天，他都只有寥寥几句。

她不知道他在干什么。喝醉了吗？身边有女生吗？

刚恋爱时，她或许还会闹脾气，现在已经不在意了。

李烟失笑地回复顾阮：“不指望。”

顾阮看她几秒：“烟烟，跟他们那种人谈恋爱不能太计较，他们所处的环境和普通人不一样。你想和他在一起，只能睁一只眼闭一只眼，有些事情，他也身不由己。”

就像大多数豪门一样，即使发生再多丑闻，老婆也从不发声，甚至能宽容地原谅对方。

可李烟就是死脑筋，眼里容不下半粒沙子。

吃完后，两人分别了。

李烟茫然地走出餐厅，靳司郁就站在门口，身边还有几个中年男人，也是刚吃完饭的样子。

她站在原地，看着他送完那些人离开，然后他拿出了手机。

下一秒，李烟的手机屏幕亮起。

“在哪里？”

靳司郁发完消息，伸手掏出烟，眉间的倦怠还没散去。

他的手机振动了一下。

“你身后。”

他动作一滞，蓦然转身。

在他的眼里，她几乎让四周的一切都变成幻影，她笑意嫣然的模样引得他心脏剧烈地跳动了一下。

“你怎么在这里？”

李烟看着他为自己披上外套：“今天和同事吃饭。”

他没再多问：“我叫个代驾。”

“不用，我们散散步吧。”

靳司郁没拒绝，暖风吹入怀，他的心情也轻松几分。

因为他没心情和刘念蕾兜圈子，刘总那边的投资也暂时没了后文，这几天他一直在应酬，终于把事情都安排好了。

两人很久都没说话，后来还是靳司郁先开口：“我后面能休息一段时间，你想去哪里玩？”

李烟还在默默组织语言：“我申请了外派，去法国。”

他点头，似是没放在心上：“去几天？”

“三年。”

靳司郁停下脚步，目光深沉，让人窥探不出任何异样：“什么？”

李烟知道他听清了，也是时候“听清了”。

她敛眉轻轻挣脱他的手，拖了这么长时间，眼下她实在装不下去，她似乎用尽了全身力气才说出口：“靳司郁，我们分手吧。”

风声停住了，车流不断，鸣笛声却变得虚幻。

她的语气平静得就像是在说天气。

靳司郁指尖动了动，想再去牵她的手，却被躲开。他定定地看着她，扯唇笑了笑：“烟烟，什么时候学会闹脾气说分手了，我这两天事情多，现在……”

李烟打断他："我没闹，我真的想分手。"

再次安静下来，他的表情有些怔然，而后点燃一根烟，烟雾散开，也难以压住他眼底的戾气："想清楚了？"语气很淡。

"嗯。"

她以为这种场景会是轰轰烈烈的，可真到了此刻，她才知道，分开原来是这样平淡。

分手从来都是人生里的一件小事。

夜还漫长。

唐宋过来的时候，靳司郁一个人坐在卡座，端着酒杯，指间还夹着一根烟。

舞台上乱晃的灯光隐隐照出他的脸，阴沉、冷冽。

除非应酬，否则他是不可能喝酒的。

唐宋给自己倒酒，开了句玩笑："刘总的女儿对你心心念念，让你装模作样陪人家吃吃饭、说说话，你都不愿意，这么大的单子就这么没了。"

靳司郁没说话，目光晦暗不明。

唐宋猜测道："家里着火了？吵架了？"

这次靳司郁倒是回答了："没吵。"

"哦，那就是家没了？分手了？"

靳司郁冷睇他一眼，一杯酒直接喝到底："我对她是不是不好？"

唐宋想了下，别的不太了解，印象里，靳司郁对李烟没什么可挑剔的。他说："挺好的。"

那她提什么分手？靳司郁烦躁地摁灭烟，被音乐吵得更烦了："叫人把音乐关了。"

这人今晚是发什么疯，还是喝醉了？

唐宋忍不住笑："这是DVIS，酒吧，你自己的酒吧，不做生意了？"

靳司郁沉默了，许久后低声骂了句，直接起身离开。

李烟没有直接回家，她先去公司收拾完东西，坐上末班公交车后，大脑依然是空白的。

直到路途过半了，她才缓过神。

她和靳司郁真的分手了，还是她提的。

她好像也没有很难过，眼泪却毫无征兆地流下。其实故事一开始，她就猜到结局了，只是她自欺欺人，以为真诚能打败一切。

“姑娘，到终点了，不下车吗？”司机问道。

风早就吹冷了眼眶的热意，今天回家的这条路真短啊。

李烟揉着发涩的眼睛，低声说：“下车。”

公交站点离家有几百米的距离。

到家还有几步之遥时，她停下脚步。

靳司郁就站在她家门外的拐角处，正偏着头在跟姑姑讲话。

他长身而立，挺拔、冷清，像是感觉到她的存在，两人的目光在半空中相撞。

“烟烟，快过来，你手机怎么关机了？男朋友都找到家里了。”李春红不知道他们之间发生的事，刚笑着和李烟说完，店里面有人喊，又朝靳司郁笑了笑，才进去忙事情了。

李烟没打算躲他，走到他跟前：“我会跟姑姑解释清楚，你回去吧。”

擦肩而过时，她的手腕被牵住。

他淡声说：“等下。”

这里是风口，发丝滑过眼睫，李烟觉得眼睛有些痒。

她抬头，那双她看了无数次的眼睛少了平日里的散漫。她耐心地问：“怎么了？”

靳司郁沉默着，他之前想了一路也没想明白：“烟烟，你总得给我个理由吧。”他只能这样问。

他的语气听着有些无奈。

他抽出一根烟点燃，烟雾在指尖散开。他蹙眉看了眼远方的霓虹，又垂眸望着李烟：“你去法国那事，没必要，你要学什么，我找人单独教你。”

好像两人的思维根本不在同一条线上，他总是这样理智。

李烟攥紧手："你觉得我是因为这个提分手的？"

烟不断燃烧，他毫无察觉："你到底想要什么？"

想要什么？她自嘲地笑了。

最后一次了，她想让自己更清醒点："靳司郁，你爱我吗？"

靳司郁愣了一瞬，他不耐烦地灭掉烟："爱不爱很重要吗？爱，谁都会说，可有用吗？"

他什么都能给她，只要他有，只要她待在自己看得见的地方。

气温好像降了几摄氏度，冷到刺骨。

李烟很少听他提到"爱"字，他的态度是不屑的，甚至觉得这个问题是幼稚的。

她终于感觉到心痛了，酸涩的感觉几乎将她淹没，心脏仿佛被翻搅一般疼。

原来他不是不爱，而是根本不知道什么是爱。

"是啊，没用的。"她喃喃道，眼泪从眼角滑下。

靳司郁喉结微动，心好像缺了一角，他忍不住抬手去抱她："烟烟，留在我身边，好吗？"

在她哭的这一刻，好像很多事都不重要了。

李烟抹了下眼睛，推开他。她深吸了一口气，尽量让自己显得不那么狼狈："靳司郁，你和我在一起是因为喜欢我才答应的，还是因为不讨厌我才没拒绝？"

她不是圣人，没办法普度众生，也只有现在才惊觉，以往他的漫不经心统统是他不在乎的证据。

她说的每一个字都清晰入耳，他被她用这样冷漠、平静的目光看得心里发闷，竟无从辩驳。被按捺住的烦躁再次冒出来了，他只能不断抽烟，火光忽明忽暗，心里越发失落，底线也一降再降。

"我改，你别走。"

他的声音暗哑，态度是坦然的。

人一旦遇见长得好、比自己社会地位高的人，很难不心动。

于是在这段感情里，李烟不知不觉中把自己放得很低很低。

都说"低到尘埃里，只要心里欢喜，也能开出花来"，只是她心中的这朵花不再漂亮。

她不想等他改了。

她不想再把期待寄托在别人身上，寄托在虚无缥缈的未来里。

“靳司郁，分手而已，好聚好散，别让我瞧不起你。”她的嗓音轻柔，这句话在雨声中模糊不清。

他这么骄傲的人，估计是第一次听到女人跟他说这种话。

靳司郁冰冷的目光一直锁着她。他哄也哄了，也让步了，她就是要分手，他不可能毫无底线地让步。

半晌后，他轻笑出声：“行啊，你走那天，记得通知我，我送送你。”

风乍起，冷雨包裹着身体。

他的身影走入朦胧细雨中，很快便彻底消失在她的视野里。

李烟一直紧握的手指也缓缓松开，她摸了摸脸颊，有水，但不是眼泪。

人间六月天，她爱过一个人，如这世上绝大多数的爱一样，越是诚恳，看起来越是狼狈。

一辈子太长了，有的人只是遇见过、爱过，也足够了。

云诗上班的公司离她家很远，开车也要四五十分钟。

得知李烟要去法国，云诗请了假过来看她。

“恭喜你。不过，靳司郁怎么办？”云诗坏笑着调侃。

李烟动了动唇：“我们分手了。”

安静了几秒，云诗慢慢瞪大双眼：“不会吧？李烟，跨国恋而已，也有很多成功的例子。你们怎么就分手了呢？”

李烟懒得解释：“我太悲观了，不敢继续下去。说说你吧，好久没见周锦了，你俩怎么样了？”

话题转开，云诗说了很多话，李烟安静地听着，时不时被逗笑。

窗外阳光明媚，世界无论少了谁，都依然在不断运转。

……

李烟是在六月的第五天坐上去法国的飞机的，她并没有告诉靳司郁。

初来总部，人生地不熟，她一开始只和中国的员工交流。需要画的画有很多，要没日没夜地加班，还没赚到钱，说不定身体就先垮了。

钟衍州会借工作之便来看她，那次他提了一下市场部运营。

她在设计部的工作是画画，而市场部的工作是卖画，需要嘴皮子厉害，需要应酬，还要懂得人情世故。

李烟起了点心思，心里仅存的那点情怀终于消失殆尽。

她开始努力学习法语口语，主动跟外国人交流，跟在领导后面学习，也越来越会喝酒。

深夜趴在洗手池上吐的时候，是她最想家的时候。

尽管如此，她看到业绩后，还是开心的。

难免遇见对她有心思的男客户，利益面前，她学会了游刃有余地周旋。

她有时挺理解靳司郁当初的处境。

圣诞节，她收到从国内寄来的礼物，是顾阮寄给她的围巾，手机上还收到一条陌生号码发来的短信：圣诞快乐。

她以为是哪个客户发来的祝福短信，没搭理。

后来，这个号码依然会发短信过来，比如晚安，比如天冷多穿衣服，比如新年快乐。

直到她生日那天——在法国，她从未告诉过任何人她的生日是哪天。

那天她一个人窝在公寓里，一一回复了国内朋友发来的祝福，而后随便看了部电影，是以前看过的那部《大话西游》，她又听到了那句“那个人好像条狗啊”。

她的眼眶蓦地一酸，曾经她不屑于应酬，瞧不上为利益与人打交道，如今她收敛脾气，不再任性，不就是条狗吗？

她好像变成了以前自己讨厌的那种人。

手机振动，她缓慢点开，依然是那个陌生号码发的短信：生日快乐，烟烟。

世界上只有一个人会叫她烟烟，是靳司郁。

原本她还能忍住的眼泪，此刻无声地落下。

幕布上滚动播放着片尾的演员表，她压抑的低泣声，伴随那首流传至今的《一生所爱》缓缓响起。

靳司郁。

分手半年了，再次念出这个名字，她仍然感觉怅然若失。

“苦海泛起爱恨，在世间难逃命运。”

浮生若梦，人总是把错过认为是命中注定。

真的可以释怀吗？

真的能释怀吗？

一年后的某个下午，李烟在咖啡厅和客户签合同，接到了陆临打来的电话。

他说不来法国了。

“姐，我先留学再到工作稳定，又得几年。我和女朋友在一起四五年了，她在最好的年纪跟了我，我考虑了好几天，舍不得再让她等了。”

相隔八千多公里的城市，从来不是浪漫的乌托邦，人生中的每个选择都是一场豪赌。

你看，世界上还有人是爱里的勇士。

李烟当然祝福他，她本想着等他来法国，自己要抽空多回国陪陪姑姑和姑父，现在看来不必了。

“李烟，发什么呆，还想不想你的江总签字了？”

面前这个说话随意的男人叫江意礼，他们是半年前认识的，他在她手里定制了好几幅画，两人竟慢慢处成了朋友。

“就一天没见，你怎么脸皮就变厚这么多？”

江意礼笑得前仰后合，反驳了几句，默默签字：“我给你介绍个男朋友吧，是个华裔，很帅。”

她瞥了他一眼：“这个华裔，不会是你吧。”

江意礼挑眉：“你怎么知道？”

这段对话意外地让人觉得有点熟悉——存在于她脑海深处的画面里，她红着脸说“你变态呀”，那个男人也是这样散漫地笑着说：“你怎么知道？”

李烟有一瞬的愣神，目光越过面前的人，落在咖啡厅门口，她似乎看花了眼，刚刚一晃而过的男人的侧影……

太像了。

太像他了。

“喂，又发呆……难道你早就暗恋我了？”

“……”

时间总在不知不觉中缓缓流逝。

云诗和周锦订婚了，顾阮也怀孕了，李烟远在他乡，除了祝福，还是祝福。

那天李烟和顾阮通电话，偶然听见她和老公说话，和李烟印象里的她不同，她像个孩子一样撒娇，说不想吃饭。

李烟想起了往事，纵使繁华万千，也不会有任何人永远驻足在原地。

江意礼对她的意思越发明显，先是找她吃饭，又是送礼物。

“李烟，你是菩萨吗？是不是只有世界末日，才能让你的心起波澜？”在公司门口，江意礼靠着车身跟她开玩笑。

因为妈妈是法国人，他的五官比亚洲人更为立体，那双淡蓝色的眼眸直勾勾地盯着她，目光认真又深邃。

李烟正在发消息，他不知道她有没有听见他说的这句话。

她放下手机：“你来找我有什么事啊？”

“没事就不能找了？你站得那么远干什么，怕旁人误会我们之间的关系吗？”

她忍不住笑了下，他肉麻的直白让她的手臂起了些鸡皮疙瘩：“你非要说得这么大声吗？”

江意礼没反驳：“没办法啊，追女人不就是得高调点。”

这么长时间相处下来，李烟和他说话时心情一直都挺轻松的：“我现在想以事业为重。”

也就是在她说完这句话的第二天，她收到通知，要她回国——国内开了一家分公司，缺人才。

放眼整个公司，李烟每个月的业绩都是名列前茅的。

现在是她外派的第二年，她疑惑着用法语问经理："为什么这么突然？"

经理是个棕色头发的中年男人，他笑着坦白说，他也不明白其中情况，只传达上级的通知，可能只是正常的人事调动。

劳务合同上写明了公司可以根据工期安排她回国，况且她没什么理由拒绝——分公司给她的薪资很可观。

对于自己提前一年回国的事情，李烟没多大感觉，倒是江意礼跟着她一起坐上了飞机，让她有些意外。

李烟对他的印象就是个富二代，本以为他只是玩玩，现在她有些不知道该说什么了。

江意礼忽略她的欲言又止："我上次去中国还是三年前。"

"江意礼，你没必要这样的。"她曾考虑过去尝试一段新的感情，只不过对象不是江意礼，她只把他当朋友。

"你还有心理负担了？"江意礼偏着头看她，脸上挂着没心没肺的笑，"我自己想去中国玩不行吗？过两天就走，我也忙呢，放心。"

随便他吧。

下了飞机，一月的冷风让李烟打了个寒战。她先回了趟家，姑姑早就大门敞开着等她："我们烟烟真的长大了，司郁呢？什么时候一起来吃个饭？"

突然听到靳司郁的名字，李烟有些反应不过来——姑姑和他什么时候这么熟悉了，都直接喊他司郁了？

"我们已经分开了。"

李春红诧异了好几秒："怎么突然……算了，我侄女开心最重要。"

听到这话，李烟鼻头有些发酸。

……

又一次换了新的工作环境，李烟忙得不可开交。

钟衍州升上总监了，邀她当女伴，参加公司的年会。

在场还有很多有价值的客户，那天她用心打扮了，白色长裙，长发松松地绾起，没戴任何配饰，也难掩风情。

进门前，钟衍州抬起手臂让她搭着，语气依然温和："李总，请。"

李烟被调到分公司当了个不大不小的项目总管，在她这个年纪，算是极少数了。

她有些羞涩："师父，您就别笑话我了。"她边说边往里走，眼一瞥，没想到会在自家公司的年会上遇见靳司郁，他似乎刚好要出去。

他穿着深灰色西装，模样好像没发生什么变化。在他身边的人说了什么，他扬起了嘴角。

不过两年，像是过了千百年。

与靳司郁四目相对，李烟搭在钟衍州手臂上的指尖轻轻收紧一下。

她的视线掠过他，朝他身边的人点头："唐宋，好久不见。"

唐宋蒙了下，看了眼靳司郁，尴尬地笑了笑："你什么时候回来的？"

"前几天回来的。我们先进去了。"

明明周围热热闹闹的，靳司郁这边的气氛却异常沉重。

唐宋火上浇油："我刚刚是真的尴尬，她怎么就和我打招呼？不过，李烟交男朋友了？那人看着还不错。"

靳司郁的目光明显深沉了几分。

李烟刚刚对他视而不见的冷漠样子历历在目，她是想跟他撇清关系。

听到"男朋友"三个字，靳司郁扫了眼那两人离开的背影，低声说："我去抽根烟。"

他没走远，就在露台上，有认识的人过来聊天，他心不在焉地回两句，抬眼沉默地看着不远处女人脸上的笑意。

他记得她不喜欢这种场合的，如今却跟人攀谈，状态收放自如。

两年前她决绝地分手，说什么别让她瞧不起，他自己确实也有了脾气——他什么时候为了女人那般退让过？

后来他冷静下来又回去找她，不过两天的时间，就听她姑姑说人已经走了。

他们在一起这么长时间，她就那样头也不回地走了，真的不要他了。

“靳总？”面前的人试探地提醒他。

靳司郁回神，烟蒂几乎燃烧到指尖，他缓慢摁灭，收回目光：“有机会再谈。”说完，他抬脚离开，朝着李烟所在的方向走去。

这一边，李烟刚跟钟衍州分开，见到总经理，打了声招呼。

“欢迎回国。”顾文杰和她一样是从其他分公司调过来的，两人还是有些共同话题的。

李烟笑了笑，话刚到嘴边，就看到顾文杰眼睛突然一亮：“我给你介绍个人认识。”顾文杰越过她，向她身后举起酒杯，“这位是灿晟风投的董事长，靳司郁。”

听着总经理介绍完，李烟侧过身，不自觉地抿紧嘴唇。即便穿了高跟鞋，她还是刚到靳司郁的下巴。

两年过去，靳司郁的事业蒸蒸日上，公司早已在这个圈子站稳脚跟。

总经理在场，她出于礼貌，举了举酒杯：“久仰。”她的眼神毫无波澜，带着陌生，往日他们极致缠绵，如今她只是淡淡地叫他一声“靳总”。

靳司郁没着急说话，眼睛一眨不眨地看着她：“不认识我了？”他语气轻佻，带着笑意，表面上像是随口一问，实则在逼她回答。

李烟沉默了，顾文杰一见都是熟人，语气更热情了：“靳总不是在装修吗？要不要定制壁画？正好我们的项目总管在这。”

这件事如果发生在以前，她估计会很开心，眼下她直接推辞：“我对国内业务还不太了解，您可以介绍其他人……”

靳司郁打断她：“顾经理都这么说了，我肯定是要捧场的。”

李烟冷笑：“谢谢你。”

他低声回道：“客气。”

对话里是浓浓的硝烟味，顾文杰终于意识到他们的关系不简单，说了几句便离开了。

只剩他们两人，李烟也打算离开。靳司郁站在她对面，百般情绪涌上心头：“你没什么话想跟我说吗？”

“有。”李烟抬眼，“让开。”

靳司郁不但没让路，还将酒杯递给她，语气认真起来：“我找你买画，李小姐就这态度？”

李烟动作一顿，她认为合格的前任就应该装作不认识。她最擅长的就是和客户周旋：“您可以联系我们公司，公司会根据您的需求为您团队定制。”

“联系之前，我让李小姐介绍一下，这个要求不过分吧。”

她表现得游刃有余，靳司郁却比她更懂人心——在这方面，她从来不是他的对手。

李烟浅浅地叹气，重新扬起礼貌的笑：“靳总的预算是多少？”

靳司郁抿了口酒：“你要多少，我给多少。”

语气狂妄，他还是一贯的浑蛋样。

李烟说：“这样啊……我刚回国，暂时不想接大项目，可惜了。”

靳司郁忽然笑了：“烟烟，本事见长。”

简单的一声“烟烟”，不过是个称呼，却让李烟僵住。她正好看到同事在朝她招手，她跟同事点点头，离开前没忘记跟靳司郁道别：“失陪。”

靳司郁站在原地，李烟淡然地与他擦肩而过。

纵使人声鼎沸，他的世界只剩下一片寂静。曾几何时，他错过了一整个银河。

唐宋找过来时，发现靳司郁边喝酒，边下意识地去看李烟，李烟正和人热热闹闹地交谈。

这两年，李烟这个名字好像从他们的生活中割舍了一般，再无人提及。

而靳司郁好像变了，又好像没变，他这人心气高，从为人处世中就能看出来，他可以退让，但不会低头，他的人生就没有“后悔”二字。

分手后，他一如既往地应酬、谈判、挣钱，只不过面对任何投资商介绍的女人，或者带有别的心思的女人，他都懒得周旋了。

能合作就合作，不能就下一个。

唐宋靠着酒柜，轻飘飘地问：“怎么，你现在后悔了？”

“后悔什么？”

“后悔分手啊。”

靳司郁没说话，放下酒杯，表情风轻云淡，语气也没什么起伏：“走了。”

那天晚上，李烟有点失眠，睡着后还做了乱七八糟的梦，醒来又想不起来具体梦到了什么，反正不是什么开心的事。

早上开会，总经理给她灌了碗“鸡汤”，说人要跳出自己的舒适圈。

一大早来公司，她就收到了通知。靳司郁真的联系公司定画了，还指名道姓，要她负责。

李烟坐在工位上发呆，手机亮了一下，上司把靳司郁的联系方式推了过来。

他什么都没换，头像、昵称还是原来的。

他的微信在两年前就被她删掉了，如今又得加回来。

李烟想想，也认命了，总不能因为对方是前任而影响到工作吧。

她甚至不用点进他的朋友圈，添加微信的页面上，她看到他唯一一条朋友圈显示的照片——这张照片是那天他们坐在车内拍的，她想拍合照，结果他吻了她，导致摄像头只拍到两人十指相扣的手。

她记得当时自己仔细看了好多遍，所以印象才会这么深。

李烟放下手机，电脑屏幕上方显示着合同的甲方：靳司郁。

她发怔，权当他是因为事情太多，忘记删照片了。

加完班后，天早已漆黑，李烟接到江意礼的电话。

他喝醉了，要她过去接他。

“你让你朋友送你回酒店。”李烟揉了揉脖子，有些心累。

他的嗓音带了笑意，撒娇似的说：“他们也醉了，都有人接，就我没有！”

毕竟他只身一人跟她回国，有点可怜。

李烟没办法，接到人后，将他扶进酒店：“你再乱晃，就自己走。”

江意礼哼笑：“这是我能控制的吗？”说着，他抬手刷房卡。

李烟没搭理他，看着他的动作，接连刷了几次，门都没开。

她心一跳，快速拿过房卡一看房号，发现江意礼的房间是在对面。

下一秒，他们面前的门从里面被打开了。

李烟都快忘记了，这是靳司郁常住的那家酒店。

现在已经是深夜十一点，靳司郁的白衬衫还没换下，领带松散地挂在脖子上，垂着的指间夹着一根没点燃的烟。他见到此景，很难不误会些什么。

“抱歉，打扰了。”李烟移开视线，拉着江意礼想转身离开。

“男朋友？”靳司郁开口，嗓音没有任何起伏。

江意礼喝醉了，说话不经过大脑，摇着头含混地说了句：“还在追。”

李烟已经足够尴尬了，她没说话，拽着江意礼到对面房间刷卡进屋。

他确实喝了不少，一沾沙发就安安静静地闭眼睡觉了。

李烟没打算多待，再打开门时，脚步顿住。

靳司郁站在走廊上，手里拎着外套，他半靠着墙壁抽烟，侧脸线条凌厉。

侧头看见她出来，他将烟头摁灭在旁边的垃圾桶上：“我送你回去。”说完，他的外套已经盖了过来，动作自然，不容她拒绝。

她拒绝：“我记得我已经说得很清楚了。”

“说清楚什么？”他问。

李烟不懂他到底想干吗，她将衣服拿下，递给他。

她还没开口，便被热意环抱，还是熟悉的体温。

即使再冷静，她的心弦也颤了一下。

“烟烟，你一点都不想我吗？”他的嗓音低沉，满是无奈、妥协。

思绪飘远，她回忆起独自在国外的那两年，也许有那么一个瞬间是想过的吧。

他抱得温柔，并没有让人觉得有冒犯的意思，又或许是李烟习惯他的拥抱了。

灯光下，李烟的眼眸清澈明亮，她后退半步，像是在划清界限。

世间讲究门当户对、两情相悦，况且他漫不经心的暧昧情话，有几分真、几分假，她都没力气再去分辨了。

她轻声说："以前的事都过去了，我们现在是工作关系，请不要搞得好像很熟一样。"

走廊里寂静无声，李烟早已离开。靳司郁这两年的烟瘾变大了，他站在原地一根接一根地抽烟，烟雾消散在空中。

刚刚李烟走进房间后，他在外面等的那几分钟里，他在害怕，这个感受骗不了自己。

靳司郁承认，他本身是个理智的人，缺乏对爱的期待和信仰，即使是谈恋爱，他对她也没有过多要求，她要离开，他便让她走。

他对待恋爱和结婚的态度是一样的，但人总会变。

分分合合都是人生常态，可他心里像是憋了口气。刚开始他还能忍着，故作冷漠，后来忍不住一直给她发消息，但消息都石沉大海了。

一年后，他去国外出差，特地转机飞了趟法国，他坐在车内看见她从公司出来。

她瘦了，头发长了，也成熟许多。

直到他在咖啡厅见到她和一个男人相谈甚欢，他根本冷静不了，想立刻让她回到自己身边来。

她不在他身边也行，至少在他看得见的地方。

他想让她的笑容、目光，都属于他，只属于他。

李烟说的那句"都过去了"，不断在靳司郁的脑中回响，他咬着烟，扯起嘴角嗤笑了一下。

他还真就过不去了。

# 第八章

## 任暴雨狂澜，淋不到屋内的人

李烟一夜好眠，早上是被江意礼的电话吵醒的。

对方跟她道歉，又说临时有事，要回法国。

李烟打算送他去机场。

江意礼宿醉，今天脸色不怎么好，见到她，挑了挑眉："昨天谢了。"

"怎么喝那么多？"

"好久没见朋友了，就多喝了几杯。昨天那个是你前男友？"昨晚的事，他其实有点印象。

李烟没打算否认。

"两年不谈恋爱，就为了他？被伤得挺深啊。"江意礼玩笑道。

她摇头："不是因为他，而是没遇见合适的人。"

"我不合适？"江意礼故作悲伤，又很臭屁地说，"我这么帅，还有钱，你怎么就看不上呢？"

李烟听后笑了："你父母给你介绍的对象，说不定才适合你。"

本就是打趣的话，却让江意礼的神色突然变得有些不自然，他看了眼时间："走了，过两天再来烦你。"

李烟站在原地，看着男人走远，又停下转身朝她挥手。

手机响起，她移开视线，安静地听着那一头的人说话，眉头皱了一下："我马上来。"

这个时间，正堵车。

待李烟到达瑞府，已经是两个小时后。这里位于南城中央别墅区，临湖岛屿式布局，欧洲建筑风格的园林设计，倒是让李烟开了眼界，也觉得自己格格不入。

顾文杰穿着西装，抱着记录本，他好歹是设计公司的总经理，站在靳司郁身边，却像个售楼的工作人员。

看见她后，顾文杰急忙道："大小姐，你总算来了，靳总等你两个多小时了。"

李烟抱歉地一笑："路上堵车。"

唐宋也在，不怀好意地调侃：“没事，靳哥两年多都等了，不差这两个多小时。”

她有些听不懂唐宋的话，下意识地瞥了眼靳司郁。

靳司郁也没否认，看向顾总经理：“说到哪里了？”

顾文杰回神，尴尬地笑道：“说到靳总想要什么风格的画挂在家里。”

李烟神色木讷地拿过记录本，快速地看着房屋布局和测量的各种尺寸。

“你觉得呢？”

她一时分不清他这话是对谁说的，一抬眼，对上一双黝黑的眼眸。

“问你话呢。”顾文杰推了推她。

李烟哦了声：“家里的话，温馨一点吧。”

靳司郁敛眸，漫不经心地点头：“听她的。”

唐宋正在喝水，笑得肩膀微颤。

确定完风格，还要去公司签合同，李烟和顾文杰坐在车后排。靳司郁没着急出发，抬手将车内的温度调高了些。

这个角度刚好看见男人的侧影，李烟默默移开视线，却蓦地停留在他抬起的手腕上。

——灰色的袖扣。

记忆排山倒海而来，某个夜晚，她坐在他腿上，耳鬓厮磨地说“生日快乐”。

他给她所有的痛和温柔，如今想来，如黄粱一梦般。

她转头看向窗外，风景倒退，靳司郁那么随意的一个人，竟也念旧吗？她自嘲地一笑。

身边的顾文杰突然凑到她耳边：“李烟，靳总是不是在追你啊？”声音很轻，像说悄悄话，人也挨得近。

李烟并不反感，在国外时，还要跟别人贴脸打招呼呢。

她的话刚到嘴边，突然一个刹车，她的身体不受控制地前倾。

顾文杰的身子离她远了一些，还朝靳司郁客气地笑笑：“靳总开车小心。”

是红灯，靳司郁看了眼后视镜，嗯了声。

要不是因为顾文杰，这些签合同的事，李烟完全可以交给下属。

眼下她一直保持沉默，明眼人都能看出来——一路上她都直接忽略了靳司郁。

他们刚到办公室，一只猫就跑了过来。李烟目光一颤，心软了几分。

谷雨今年四岁了，看得出来，伙食不错，现在完全是个大胖白猫。

靳司郁一次性定了二十幅画，顾文杰早就被金钱冲昏了头脑，在靳司郁身边说个不停。

李烟坐在沙发上，谷雨直接跳到她的腿上，爪子不停地给她按摩。她忍不住弯了嘴角，抬手点了点它的脑袋，低声说："真乖。"

阳光洒进来，曾经穿着单鞋、长裤的女孩，如今穿上了高跟鞋、职业装。

"靳总？"顾文杰抬手在他面前晃了晃。

靳司目光一动，再次低头，嘴角牵出一丝苦笑。

都是被她抛下的，她能对谷雨笑，对他却视而不见。强烈的落差感，让他心头仿佛压了块石头般。

连一只猫都比他重要。

靳司郁扔下签字的钢笔，靠向椅背："李小姐不是设计部负责人吗，不来看一下合同？"

顾文杰这才想起李烟来，跟着附和："是啊，李烟，虽然我是帮你签合同，但你也要亲自看一看合同。"

没办法，李烟抚平半身裙起身，走到靳司郁身边，仔仔细细地看了一遍合同："没问题，交钱开工就行。"

说着，她放下合同，看到了他电脑旁边的粉色陶瓷小猫。

当年是她将这玩意送过来的，以为分手后他就扔了，没想到现在还原封不动地摆在桌面上。

交往两年，她知道靳司郁的性格，对前女友的态度从来都是不在乎、不联系。

"粉色的东西摆在这里不合适吧。"

靳司郁顺着她的视线看去："你怎么知道不合适？"

李烟突然接不上话了。

靳司郁已经在合同上签了名字："晚上一起吃个饭吧。"

他的声音很淡，不知道是在对谁说的。

李烟不知道他在想什么，还留着与她有关的东西："我不……"

"好啊，应该的，我刚想约顿饭。"顾文杰接过合同，帮她回答。

他们先回公司放合同，顾文杰笑得连眼角鱼尾纹都出来了："提成我跟你四六分，够意思吧？今晚吃饭时说不定靳总的朋友也会定几幅画，这个月发财了。"

李烟叹了口气："确实发财了。"

"不高兴？靳总追你都那么明显了。"

"哪里明显了？"

靳司郁放下身段追人？这种事李烟没见过，也没想过。

"眼神啊。"

她没说话，其实她想说不要被骗了，他惯用这种伎俩，让你以为他喜欢你，其实他完全置身事外，如旁观者般看你沉沦。

况且他们之间还有个本质的区别——李烟这辈子是打算结婚的。

晚上，顾阮也来了，她怀孕有六个月了。

她和李烟有特别多的话题聊。

"李总今年二十六岁了吧，事业风生水起，下一步打算干吗？"顾阮握着她的手，调笑问。

"才二十五岁好吗？"李烟强调。

年龄真是奇怪的东西，二十五岁之前，大家尽情挥霍，没感觉到时间流逝；二十五岁之后，谈两年恋爱，结婚再生子，时间就如同流水一般一去不复返，一眨眼就三十岁了。

电话响起，是姑姑，李烟直接点了接听。

因为她没出去接，饭桌上大家的说话声也小了下来。

"外企工程师？"她问道。

姑姑连说几个"对"字："我见过他，小伙子长得不错呢。你什么时候见一下？”

李烟不排斥相亲，只是现在饭桌上突然安静，让她有些无所适从，她小声应道：“先微信聊聊吧，有话题聊的话，可以见面。”

姑姑又说了几句，便挂断电话。

室内又热闹起来。

顾阮听出她要去相亲，脸上笑意明显：“你刚刚还没回答我呢，下一步有什么打算？”

饭桌上另一边的人还在边喝酒边交谈，靳司郁应付着，视线若有若无地往李烟那里投。

他听见她笑着说：“终身大事呗。”

在场还有其他相识很久的朋友，当年也听说过靳司郁和李烟分手的消息。现在靳司郁看起来一副很无所谓的样子，如今他们两人关系生疏，果真是过去式了。

顾文杰带了女朋友，她大大方方地站起来敬酒：“靳总，敬你一杯，听文杰说，你单身很久了，我闺密比你小一岁，能不能和你认识一下？”

一句话让大家又安静下来，顾文杰扯了扯她的衣袖，示意她少说两句。

姑姑做事的效率很高，直接把男生的微信推过来了，对方已经在跟李烟问好。李烟一门心思低头回消息。

靳司郁视线滑过李烟，缓缓放下酒杯，他面上没什么表情：“小一岁，画画的？”

这话就差指名道姓了。

顾文杰的女朋友摇头：“学金融的。”

“那算了。”

李烟关掉手机，抬头发现大家都在看她，顾阮也在内。

“怎么了？”李烟小声问。

顾阮敛下眉，摸着肚子，啧啧摇头：“李总，苦尽甘来啊。”

苦尽甘来，真诚是永远的底牌。

这场饭局持续到十点，顾阮被老公提前接走了。

李烟去了趟卫生间，没和大家一起走。

穿了一天高跟鞋，她的脚后跟磨得生疼。

等电梯的时候，她的腿微微放松，缓解一下，身后突然有人打招呼，是她的老客户。

李烟习惯性地挂上职场微笑："徐总，好久不见。"

是老熟人了，叫徐总的人挺着啤酒肚，上来直接与她握手："什么时候回国的？改天赏脸吃个饭啊。"他说着，手也没松开。

徐总这人没坏心，不过是轻浮了些。李烟笑了笑："好啊，时间您定，我们顾经理上周还念叨您呢。"

客气地聊了几句，李烟不太想和他搭同一趟电梯，把人送走，又摁了次电梯按钮。

靳司郁刚从吸烟室出来，本以为李烟早走了，出来就看到她和别人交握的手。

他脸色微沉，皱着眉头等她将人送进电梯。他又想抽烟了。

"和客户都这样？"

李烟看他一眼，回想起刚刚的一幕，扬唇随意道："逢场作戏罢了。"

他曾经也是这般想的，工作场合避免不了逢场作戏，这些社交手段是理所应当的，可如今见她对外人这般亲密，他如鲠在喉。

电梯的门再次打开，李烟站久了，腿有些麻，鞋跟不小心踩到电梯门下缝隙，好在没有扭伤脚，脚腕上的系带却松了。

靳司郁就这样蹲在了她面前。他动作温柔，手指似有似无地摩擦到她的脚腕，酥麻感蔓延开来。

空气像是凝固了，她听到了自己的心跳声。

她后退半步，他也系好鞋带起身，低声对她说："送你回去。"

李烟心烦意乱地别开视线："不用，谢谢。"

到了一楼，她刚要迈腿踏出电梯，手腕就被一股力量拉住，电梯门又关上了。

靳司郁握紧她的手腕，浓浓的戾气压在眼底："不谢，我自愿的。"

这是重点吗？

他还真不是一般的霸道，装了这么多天的不在意，今天终于暴露本性了。

李烟有些生气，挣扎几下，手腕却被握得更紧。

电梯到了地下停车场，他扣住她的手。

一直走到车前，李烟都没有挣脱：“你到底想干什么？”

靳司郁站在她对面。他到底想干什么？他不想她对别人笑，心疼她脚后跟被磨红了的皮肤。

他在心里叹：“带你去买双平底鞋，不过分吧。”

“不用。”李烟移开视线，侧身离开。

靳司郁直接把人塞进了车里。

车门发出砰的一声，靳司郁开了反锁。他打开车窗，抽出一根烟咬在嘴里，隐忍的烦躁几乎要烧光他所有理智。

方向盘转了一圈，车开出了停车场。

李烟还是了解靳司郁的——这人吃软不吃硬。手机在振动，她先回复微信消息，是相亲对象发来的一张搞笑的表情图。

她看着表情图，忍不住弯了一下嘴角。

靳司郁扫了她一眼，冷声问：“要去相亲？”

李烟关掉手机，系上安全带，忽略他的问题：“前面路口左转。我有平底鞋，你直接送我回家。”

靳司郁没说话，冷风吹进车内，他点了两次打火机，火焰都被吹灭，索性扔下烟：“那我要是非要带你去买呢？”

李烟抿了抿唇：“可以，但我有条件。”

可能因为跟他在一起过，她这谈条件的语气，跟他如出一辙。

靳司郁心情好了些：“讲。”

“今天过后，不要再来打扰我。”

红灯亮了，靳司郁停下车，转头看她，她依然盯着手机回消息。之前她对他冷言冷语，他心里还有些底，以为她至少还在意这段关系，此刻她像是什么都不在乎了。

“行啊。”靳司郁气笑了，收回视线，重新启动引擎。

到达商场后，李烟根本没花心思挑鞋子，随便指了双鞋，拿了就走人了。

到了家门口，她一句话都没和他说，开门下车，甚至习那句“路上小心”都没说。

她一次都没有回头。

靳司郁一直盯着她的背影，手机铃声响起，他接通电话，沉默了几秒，低声说“知道了”。

靳家。

靳司郁无力地靠在沙发上：“难得啊，叫我回来有什么事？”

牧子见到哥哥回来，拿着积木跑到他跟前，依然笑得单纯：“哥哥，想……你……”

靳司郁抬手摸了摸牧子的头：“继续玩吧。”

韩慧放下手里的东西，坐到沙发上。两年前，她竭尽全力阻止靳司郁创业，但他也不是吃素的，直接投资了一家经纪公司，不为赚钱，就为了专门和她对着干。

光脚的从来不怕穿鞋的。

到底是她儿子，两年过去，她也累了：“听说李烟回来了？”

听到熟悉的名字，牧子蓦然抬头，开心道：“尼……尼老师……”

靳司郁随意地玩着车钥匙：“怎么？”

韩慧瞪了眼牧子，两年了，以前怎么没觉得这兄弟俩对同一个女人这么念念不忘。她收敛情绪，继续开口：“我还是那句话，婚姻大事，你得听我的。”

靳司郁笑了：“妈，我现在还需要联姻吗？”

联姻不过是通过结婚的方式，扩大各自利益。他靳司郁现在不屑，也不需要那点利益。

“你嚣张什么？你看看圈子里，要是只有你娶个没有家世背景的女人，我面子往哪里放？”

说到底，她还是为了脸面。

靳司郁慢条斯理地端起水杯抿了口，不知道有没有把她的话听进去：“我嚣不嚣张，嚣张到什么程度，全看您的配合度。”

他这口吻，气得韩慧差点心梗：“你……”

靳司郁已经拎上外套起身了，离开前目光扫过牧子，停留了几秒，而后落在韩慧身上，不知是故意刺激她，还是随口一说：“你一大把年纪了，该歇歇了。我结婚记得来捧场。”

韩慧起身：“你给我站住！”还反了不成。

靳司郁只留给她一个背影，牧子嘴里还念叨着“尼老师”。

她自己教育出来的儿子，怎么现在管不住了？

韩慧重新坐回沙发上，叹着气，闭了闭眼。

靳司郁坐回车内，偏头点燃一支烟。他将手肘搭在窗沿上，垂头吐了口烟雾。

他一个小时前发给李烟的消息，到现在都没有收到回复。

他知道她还在生气，也知道她不想见她，心底的烦躁让他喘不上气。

真活该。

李烟是洗完澡才看到微信消息的，靳司郁说明早来接她上班。

因为工作关系，她没办法删掉他，可是谁要他来接？

没回复他消息，她直接关机睡觉了。

第二天，她刻意早起去公司，到达工位后，靳司郁的信息又弹出来。

估计是知道她不会等他来接，这次他问：什么时候交初稿？

合同刚签，他就这么着急吗？

李烟推了个微信名片给他：进度问题问我的助理，谢谢。

另一边几乎秒回：我“社恐”，不敢。

李烟忍着脾气：你答应过不打扰我的，做人不能不讲信用。

靳司郁：我这人没道德。

等会儿要开会，李烟没再理他，但也去设计部提醒了一下，没想到他们早就收到通知，靳司郁还被列入重要客户的名单。

她觉得有些奇怪，怀疑的心思一旦被激起，无限放大。

为什么他会出现在GN的年会上？为什么她会突然被临时安排

回国？

李烟开了电脑，找到公司官网下分公司的董事会构成，一眼便在第二排看到了灿晟风投的大名。

一股火气噌噌往上蹿，工作上的问题，她习惯找钟衍州，又想起他出差了。

没办法，她好不容易熬到下班，相亲对象约了她吃晚饭。

外面阴云密布，这场雨下得令人猝不及防。

电梯门打开，出来的同事突然朝她眨眨眼："李组长，楼下等着的是不是你男朋友啊？好帅啊，我看着有点眼熟。"

一旁的人也跟着调侃："你怎么看见帅的都眼熟？"

李烟以为是相亲对象，否认说不是男朋友。

刚走到一楼大厅，她目光一颤。

——原来是他。

靳司郁握着一把伞，一身黑色西装衬得身形修长，他缓缓抬起眼皮看向她。

周围人的目光有意无意地扫过来，他统统没在意："不穿外套？"

李烟回神，才发现自己只穿了件卫衣，她皱眉想说什么，然后就看到门口停了一辆车。

车窗玻璃降下，露出一张陌生的脸。估计是姑姑给他看过自己的照片，这人一眼就认出了她。

"不好意思，路上堵车，我们约好吃晚餐的，还记得吗？"

相亲对象嗓音温和，长相端正，李烟对他印象不错，直接越过靳司郁，对他扬起嘴角："没事。"

她又一次跟靳司郁擦肩而过，只留下淡淡的玫瑰味，他的心脏微不可察地一缩。

有一丝丝的尴尬气息在空气里蔓延。

靳司郁周身的气压低得瘆人，他敛住情绪，握着雨伞的指尖收紧，侧头盯着她逃离似的开门上车。

两年多了，好像只有他站在原地，而她早已往前走。

餐厅里很安静，他们第一次见，有些不知道聊什么。

他叫温阳，看起来挺老实，抬手推了推眼镜："李小姐，我的工作也会经常加班，但结婚的话，我希望我们都能把重心放在家庭。"然后，他又补上一句，"毕竟要一起分担嘛。"

既然相亲了，大家有什么要求都会开门见山地提出来，结婚要承担责任，不可能两个人都一门心思扑在工作上。

"我理解你。"她说。

大雨来得快，去得也快，餐厅离家挺近的，结束后李烟没让对方送。

初春，鼻间都是潮湿的气息，有些冷，她双臂环抱，慢悠悠地往家走。

大人总说，先嫁给生活再培养感情，嫁给爱情只会烂在生活里。她这个年纪的人连谈恋爱都在权衡利弊。

她年少时一门心思想要纯粹的感情，后来真正走上工作岗位，才发现生活里从来没有纯粹的感情。

有人的地方，就有利益，不管是工作，还是婚姻。

明明相亲对象各方面都挺让人满意的，甚至婚后的事情，人家都会提前跟她沟通。可是……她到底在"可是"什么呢？她的心里还是空落落的。

自分手后，她似乎把自己活成了靳司郁的样子。

原来当意识到爱情不是人生的全部后，她真的可以做到理智、冷漠。

风吹来，李烟停下脚步，心里想着的那个人就站在她家门口。

不知道他等了多久，一如从前，他站在那里等她的模样。

身影半隐在阴影下，脚边几个烟头散落，手里夹着一根忽明忽灭的烟，有些落寞、孤寂。

李烟想装作看不见，路过他身边的时候，他摁灭烟，拉住了她的手。

"满意了？"他看着她，声线沙哑。

她听不懂："我回去了。"话落，她的身子被揽入怀抱，浓烈的男人气息包裹住她。

他很喜欢抱她，从前亲密过后，他也是还要黏着她抱一会儿、亲一会儿才离开。

靳司郁喉头微动，从她在他面前上了别的男人的车那一刻起，他是真的怕了。换作以前，他会直接把人带走，但如今，他怕把她推得更远："烟烟，别玩我了，我真的错了。"

阴沉的天空中突然响起一道闷雷。

李烟红了眼眶，她什么困难都挺过来了，却受不了他低沉的一声：烟烟。

记忆里的靳司郁不是这样的，她好不容易清醒过来，决定分手，为什么他总是一次又一次出现在她面前。

为什么总是这样？

"我们已经分手了，靳司郁。"她轻声，一字一句地说。

重逢这么久以来，她第一次挑明和他说这个事实，语气也染上一些嘲讽。

"这就忍不了了吗？我们在一起两年多，你身边出现过多少女人？你觉得是逢场作戏，如果我不问，你有跟我解释过吗？你没有，你以为我永远不会离开你。"

她还是很委屈，还是想哭。

靳司郁的心像被刺到一般，剧烈疼痛："对不起，我浑蛋。"

李烟偏头躲开他的触碰，她不知道讲这些有没有用，但宣泄出来之后，心情也好了一点。

"我跟你不一样，我是要结婚的，如果真的觉得对不起我，你就别来找我了。"她抹了下眼，直接推开他。

靳司郁盯着她，思绪停留在"结婚"那两个字上。

记忆回溯，好像有一天，他喝了点酒，唐宋问他结不结婚，他满脑子都是韩慧给他安排人生的强硬模样。当时他的随口一说，被她听到了。

"可以一样的。"他说，"只要是你，可以一样的。"

"但我不爱你了。"她回道。

没有谁会在原地等着谁，让桥归桥，让路归路，纠缠着没有结果的东西，都是没有意义的。

任暴雨再疯狂，也淋不到屋内的人，她是暴雨，而他还是他。

她不敢再接近半步。

梅雨季节，整整一周地面都是潮湿的。

灿晟的办公室，唐宋一进去，差点被烟味呛到。

“你怎么回事，不就是失恋吗？”

靳司郁看着眼前的文件，抬手将烟摁灭：“你才失恋。”

他还开始暴躁了。

唐宋看破不说破，将手里一大摞商业策划书递给他：“那你好歹认真工作吧，你现在这样子，跟摆烂有什么区别？”

靳司郁安静地听着，倒也拿起文件翻看着：“你什么时候结婚？”

唐宋耸了耸肩膀，随意道：“下个月吧。”

“你爱她吗？”

唐宋听笑了：“这叫什么话？见面次数十根手指头数得过来，你说爱不爱？”

明明是很常见的烂事，靳司郁却觉得烦，特别是想起李烟那句“但我不爱你了”。

他第一次觉得“爱”这个字有千斤重，压得他几乎没心思想别的。

“那你娶她干什么？”

“你今天怎么了？这是我能决定的？”

靳司郁没说话，站起身来，脸色阴沉，终于跟自己妥协：“你就当我犯傻吧。”

晚上有个局，在DVIS，靳司郁一进包间门就看到了眼熟的人，好像叫周锦，这次的项目跟他们公司有关联。

两个男人对视半秒，点头，当作打招呼。

靳司郁今晚没打算喝酒，坐到沙发上，整个人郁闷、懒散。异性过来搭讪，他瞥了眼，说了三个字——“有女人”。

好像这么多年，他自始至终认的只有那一个女人。

下一秒，包间门被打开，云诗今天好不容易得空，正逢周锦在酒吧，她拉着李烟一起来玩。

看到靳司郁，云诗的嘴角一僵。

李烟也惊讶了一瞬，快速恢复如初，但内心有些后悔出来玩了。

“烟烟，我真不知道……他也在。”云诗凑到李烟的耳边抱歉地说道。

李烟摇头，她和靳司郁已经把话说开了，没必要再尴尬：“没事。”

她坐到角落，温阳最近和她有一句没一句地在手机上聊天，现在问她在哪里。

李烟报出了地点。

“要我去接你吗？”

看到信息，她指尖停顿，缓缓打了个“好”字。

热闹的气氛冷了许多，唐宋看着那两人，一个在认真玩手机，另一个在盯着认真玩手机的人。他莫名想笑，直接招呼大家玩棋。

又是斗兽棋。

李烟本来不想上前的，但是被唐宋挤到了人群中间。

“我不太会玩。”她推辞着，视线一分都没分给对面的男人。

靳司郁忽略心中的烦闷，低声说：“我让你。”

周锦觉得过意不去，他都忘了给女朋友发信息说靳司郁也在，眼下他想帮忙解围，只不过是刚上前一步，就被唐宋拦了下来：“下一把让你挑战。”

这么多双眼睛看着，李烟没办法甩脸色走人，她不打算认真下棋，只想着走一步看一步。

只是两分钟不到，她轻而易举地占领了他的兽巢。

靳司郁的身体靠向椅背，扯了下嘴角，声音深沉：“你赢了。”往后她都赢了。

李烟没说话，手机响起，是温阳。她起身拎上包：“我朋友来接我了，先走了。”

云诗知道她最近有个相亲对象，故意道：“什么朋友啊，这么着急，是不是男朋友？”

话落，包厢里有一秒钟的寂静。

李烟瞪她一眼，没答，看起来像是承认，随后直接离开了。

大家纷纷看向靳司郁，他脸上看不出情绪，施施然地抬手点燃了一根烟。

火光猩红，他却再也没抽一口。

温阳已经到楼下，身前站了个女人，女生上前一步，他便顺势后退一步。

看见李烟后，他对身边的女人说了两句，便朝李烟走来。

不知为什么，李烟并没有生气的感觉，更没有问他那个女人是谁，就像他们第一次共进晚餐前去接她时，他也没问她站在身边的男人是谁一样。

谁还没有个过去？

“你就在附近吗？好快。”

温阳点头：“正好出来吃饭。”

李烟没再说什么，她没注意身后路过一大群人，手腕突然被握住，温阳将她拉开了，让出道路：“小心。”

她轻轻挣扎，很不自在：“谢谢。”

“嗯。”

两个人一路上闲聊，温阳问一句，李烟回一句。

直到下车，她说完“路上小心”，看着车驶远，放松般叹了口气。

很无力，她像是在被什么东西推着走，温阳估计也是和她同样的想法。

只是……他们真的要这样认命地度过余生吗？

江意礼即使在法国，依然给李烟发消息，这次拍了张穿西装的照片发给她，还说明天要来中国找她。

这人其实比她小两岁，含着金汤匙长大的，跟个孩子一样。

“最近比较忙，没空招待你。”

李烟拒绝得很明显了，江意礼隔了好几分钟后直接弹了个电话过来：“我真的没机会了吗？”

李烟握着手机：“嗯，我不想折腾了。”

身在不同的国家，不同的人生轨迹，她不想折腾了。

分公司的人员变动比较大，李烟在各种客户间周旋，一个多月忙得脚不沾地。

她本以为往后不会跟江意礼有交集，他却竟然真的从法国过来了。

“别误会啊，我这次是真的有事。”男人戴着墨镜，站在人群里格外显眼。

“什么时候回去？”

“我这刚下飞机，地砖都还没踩热，你就赶我走？”他气得摘下墨镜，像一个得不到糖的少年。

李烟笑了：“行，大少爷，你想待多久就待多久。”

江意礼这才满意地点点头。他肚子饿了，拉着她一起去吃饭。

他毕竟是她的大客户，她选了家相对高档的餐厅。

“李总，你这也太客气了。”江意礼举着酒杯，优雅地调侃。

李烟白了他一眼，与他碰杯：“还指望江总照顾生意呢。”

他像是想到什么，神色认真起来：“你昨天说的话，我想了很久，就算我爸要我联姻，我也不会同意的，毕竟……”他脸红了，“我喜欢的是你，我们可以试试。”

李烟没料到他突然这样告白，有些不好意思，放下酒杯，拒绝的话到嘴边，却不忍心说出来。他快哭出来似的，李烟问：“那个……能不能先吃饭？”

“你不回答，我味同嚼蜡。”

在中国待的时间不长，他都这么会用成语了。

李烟叹了口气，他没经历过她的过去，不懂她的顾虑，更何况她对他没有那种心动的感觉。

“我不想失去你这个朋友。”

她说完，没安静几秒，江意礼耸耸肩：“那就继续做朋友吧，慢慢来。”

李烟还想说什么，后来又放弃了。

吃完饭，李烟要去公司，江意礼把她送到楼下。

“我晚上来接你。”

“不用了，你忙自己的事。”

“这就是我要忙的事，还是说公司里有你暗恋的人，怕被我发现？”江意礼玩笑道。

李烟没搭理他，笑着开门下车，同时看见从公司出来的靳司郁。

他怎么在这儿？她转念又想起，这人是股东。

靳司郁站在原地没动，她看不清他脸上的表情，索性就当作没看见他。

江意礼本来坐在车内，发现不对劲，也跟着下车：“我送你进去吧。”

李烟点头，路过靳司郁身边，手腕却被他攥住。

靳司郁的视线扫过她身边的异性，感觉到她的挣扎，又缓缓松开手，沉声说：“我的画，麻烦李组长跟进一下。”

李烟摸着手腕，轻轻点头：“会的，不劳靳总提醒。”

江意礼莫名闻见火药味，认认真真地观察着她这位前男友，待他们走到大厅，用手臂碰了碰旁边沉默的女人：“你前男友挺帅的，你们为什么分开？”

李烟不想再提以前，随口说了句“不合适”。

前台员工看见李烟，直接捧了一大束粉色玫瑰花给她，还有个项链盒，她第一个就想到了靳司郁。

她蓦然转身，门口已经没有男人的影子。

她正在纳闷的时候，同事对她说了句生日快乐，她才记起今天是她的生日。

江意礼一听是她生日，在西方待久了的他，在大庭广众下直接拥抱了她，还来了个贴面礼：“生日快乐，亲爱的。”

不远处马路边的车内，靳司郁不动声色地看着这一幕，看到他们拥抱以及姑娘嘴角的笑，他离开前她轻飘飘说的那句“不合适”，不断在耳边重复着。

副驾驶座上的唐宋目睹了全程，露出充满深意的笑容：“那人年轻，又是混血，李烟万一把持不住……靳总怎么办？”

这话直击要害，靳司郁收回视线，想到李烟会和别人恋爱，他握着方向盘的手指用力得微微泛白。

唐宋也识相地沉默了，手默默地抓紧了安全带。

江意礼确实是因为要帮家里谈生意才到中国的，好巧不巧晚上有饭局，抱歉地对李烟说下次请她吃饭。

李烟巴不得他去忙。

她下午联系了快递，把礼物退回灿晟集团，只是礼物随后又被原封不动地放到她办公桌上。

手机弹出消息，是钟衍州，他明天才能回来，跟她说“生日快乐”。

李烟刚打完“谢谢”二字，经理过来告诉她，靳司郁否定了初稿。

“二十幅，全都否定了？”

“差不多，你去灿晟沟通一下。”顾文杰对待工作还是很认真的，“不管怎样，他毕竟是公司第二大股东，而且他订购的画其中有几幅还是挂在婚房的，你别懈怠了。”

命运的齿轮不断转动，因为一些破事，总是将他们两人牵连着。

婚房，李烟的思绪停留在这两个字上，愣怔一瞬，又盯着玫瑰花，无奈地揉了揉眉心。

这花束太大，带走会很显眼，她丢不起这个人，扔了也是浪费，于是将九十九朵玫瑰分给同事，整个办公室瞬间充满了初恋的气息。

有个小姑娘多问了几句，李烟说：“是靳司郁送给你们的。”没想到，办公室里炸开了锅。

不管过去多久，他依然是受欢迎的，依然还有小姑娘追捧，可能没有结果，但总有人心甘情愿——代价不大，一段少女时光而已。

……

李烟没有跟灿晟的前台预约，直接去了靳司郁的办公室，把项链礼盒放在他的办公桌上：“靳总，我们之间的私人恩怨，也不用在工作上找碴吧。”

靳司郁没穿外套，白衬衫的袖口挽起，露出一小截手腕。

他像是料到她会来，谷雨正在他腿上玩，他把猫放在地上，调子很轻：“我们之间有什么私人恩怨？”

她沉默片刻，不答反问：“那靳总觉得初稿有哪些问题？”

“感觉不对。”

甲方就是甲方，给她一个“感觉不对”的理由。

“您提意见，我通知设计部修改。”

男人啧了声：“感觉不对，我怎么提意见？”

李烟听后笑了：“不然弄幅卡通画挂在您婚房的墙上？我看很合适。”

靳司郁停顿半秒，挑眉：“你觉得合适，也行。”

李烟知道他在故意找碴，冷静下来后，想起这位是个吃软不吃硬的少爷：“靳总，以您的装修风格，挂卡通画肯定不行，我们把初稿整体的色调再修一下，可以吗？”

“好。”他的语气诚恳、认真。

李烟挪开视线，心想：要是早知道他会这么爽快，就不浪费这么多口舌。

她刚打算转身离开，靳司郁叫住她：“你东西忘拿了。”

她看了眼：“不需要。”

“李烟。”

这是她回国后，他第一次叫她的全名，如叹息般。

李烟呼吸一紧，他已经走到跟前，谷雨也在她脚边黏人地乱蹭。

靳司郁看了眼谷雨，才抬起眼皮：“你喜欢那个人？”

“那个人”指的是江意礼。

李烟反问：“关你什么事？”

他站在她对面，她看到他眼底一闪而过的失落，竟然有些愣神。

再次递过来礼盒，他说：“收着，是唐宋给你的生日礼物，不是我。”

“这话你自己信吗？”

“你可以信。”

他刚说完，唐宋本人就敲门进来了，还有一声清脆的：“尼老师！”

熟悉的嗓音，让李烟一愣，身子已经被抱住：“牧子……”

自从没签家教续约合同，她就再也没见过牧子。

他好像长高了些，脸上的神情依然单纯、稚气，像个不食人间烟火的瓷娃娃。

李烟内心五味杂陈，还是靳司郁把人拉开，淡声：“别动手动脚的。”

牧子似没听到般，看着李烟，极其兴奋，用力咬字道：“尼老师……漂亮，想……尼老师……”

唐宋无声地挑唇——果真是亲兄弟啊。

李烟挂上笑容，揉了揉牧子的头：“有空请你吃饭，我先走了。”

“牧子明天要上课，不如就今晚吧。”靳司郁靠着办公桌，冷不丁提了句。

牧子直接紧紧地拉住她的手，可怜巴巴地说：“尼老师，吃饭……一起……”

电话响起，李烟顺势接了，任由牧子牵着手，她还没忘记瞪了眼靳司郁：“学姐，怎么了？”

唐宋的手已经搭上门把手，刚打算离开，闻言，动作一顿，隔了几秒才开门离开。

顾阮在产检，找李烟聊会儿天。几分钟后，李烟摁灭手机屏幕，没管靳司郁，对着牧子耐心道：“老师现在要回公司。今晚一起吃饭也行，让张妈带你来找我玩，好吗？”

牧子眨眨眼，点头，而后和一道目光对上，又慌乱地摇头。

靳司郁收回视线，转念道：“知道了，我送你回去。”

李烟拒绝：“靳总时间宝贵，就不……”

一声声“靳总”，让他直皱眉，他打断她的话：“知道我时间宝贵，就别浪费了。”

“你敢上前一步，我宁愿辞职，也不要管这个项目了。”她底气有些不足，但逼着自己不躲闪。

一句话拿捏住靳司郁，他忍了忍，还是缓慢地放下车钥匙：“不敢。”

关门声响起，靳司郁坐到沙发上点了根烟，烟雾在面前散开，谷雨满办公室跑，牧子在后面追：“谷……夙……包……”

靳司郁脸色又黑了一度：“你骂谁呢？”

牧子怕得在原地罚站，双手绞在一起：“哆啦……A梦……”

靳司郁夹着烟，揉了揉后颈，心想自己跟个小屁孩计较什么？他抬眼见牧子还在原地罚站，烦躁道：“把外套穿上。”

牧子听话地去找外套：“哥哥……干吗？”

靳司郁吸了口烟，然后摁灭：“找你嫂子去吃饭。”

# 第九章

## 只有那年，胜过年年

今天李烟没加班，不对，是整个运营部都没加班。

她怕牧子来得早，提上包就下楼。原本挺好的心情，在见到那辆车时，她的眉头轻轻皱起。

靳司郁降下车窗玻璃，神情没半点心虚，他慢悠悠道："妹妹，我也不想来，可是张妈离开了，家里没其他人。"

李烟没办法，去开车后门，被锁了。

"靳司郁。"她低声警告。

男人直接帮她把副驾驶的门开了："这里不让停车太久，违章我没钱交罚款。"

她刚上车，后座上的牧子探出头来，笑嘻嘻地嘀咕了一句话。

李烟没听清："什么？"

牧子玩着她的头发，重复一遍："嫂，嫂子……"口齿依然含混不清，但这次她听清了，黑眸颤动一瞬："你乱教他做什么？"

靳司郁微微勾起嘴角："我单身，你说我想做什么。"

李烟扭头看向窗外，留给他一个后脑勺："我已经放下了。"

一路上畅通无阻，她长时间盯着窗外某个点，眼睛有些酸，脑海里都是他的回答——"我放不下，烟烟"。

刚到商场，牧子闹着要吃肯德基。

靳司郁是纵容他的，但李烟不乐意，抓着他的手："快餐没营养的，老师带你去吃能长高的，好不好？"

她语气半哄着，牧子听话地点点头。

靳司郁跟在身后，看着这两人手牵手，脑海里突然出现她以后和孩子逛街的模样。

这些是他从未想过的画面，现在居然一点也不反感，他牵着唇加快脚步，跟了上去。

李烟一心和牧子聊着天，没感觉到靳司郁的靠近。不远处开过来一辆商场供给孩子坐的游览小火车，她还没反应过来，靳司郁扯了下她的衣袖，不算用力，她的身子却靠到他的怀里。

身高原因，她的头顶碰了下他的下巴，那一秒几乎感觉到他的呼吸，他的气息熟悉到她想自我唾骂。

刚退开半步，她又被他拉过来："靠近点，人不见了，我找谁要人？"

李烟瞥他一眼，极其自然地说："我识字，还有钱，我知道回家。"

靳司郁笑了，她说什么都对："嗯，那去你家要人。"

他们找了家淮扬菜馆。菜是靳司郁点的，都是她以前爱吃的。

李烟刻意忽略这一点，手机有消息进来，她点开回复。

靳司郁看着她，好奇到底是什么内容能让她笑着打字，一股躁意油然而生。

因为工作，李烟还愿意跟他搭话，他庆幸的同时又看不懂她到底在想什么，无力又失落。

被人漫不经心地对待，就是这种感觉吗？

他沉下脸，拿纸巾擦了擦手："你那个相亲对象，还在跟你聊？"

李烟抬头，发现牧子剥了只虾给她，而碗里剥好的虾肉都快满了，心疼了一瞬，敷衍般嗯了声。

她揉了揉牧子的脑袋："你吃，老师自己剥。"

牧子乖巧地点头，还不忘朝哥哥眨眨眼。

靳司郁都快被气笑了，明明是他剥的虾……算了。他想说点其他的话题，视线看向窗外，他的瞳孔微不可察地缩了缩。

他冷漠地收回视线，手随意地搭在旁边的椅子上，声音低下去，还有些委屈："那男的哪里好？"

李烟以为听错了："什么？"

靳司郁缓缓坐直，蹙眉一字一句地说："他是比我有钱，还是比我帅？再说，他能有我听话吗？"

他还挺理直气壮的。

李烟僵硬地躲避他的视线，咬牙道："你还有底线吗？"

靳司郁的眉目舒展开来，语速缓慢："有啊，就坐在我面前。"

李烟在贫嘴方面比不过他："他比你老实，可以吗？"

"我不老实？"他如今碰都不敢碰她一下，这还不老实？

门口突然有几个送花的，几个人手里抱的加起来得有十几束玫瑰花。李烟纳闷地看着他们一桌一桌地送，配上店内适时放着的音乐——《How Long Will I Love You》。

气氛轻快、浪漫，耳边传来其他女生诧异的感谢声，直到李烟这一桌，她才发现是玫瑰伴着草莓的花束："你们店里搞活动？"

那人解释说自己只是负责送。

牧子的嘴角就没放下来过，手指着说要吃草莓。

李烟低下头耐心地拆包装，颈椎有些酸，抬手揉了揉，嗓音听不出有什么情绪："你搞的？"

靳司郁没怎么动筷，神色闲散："我没那么闲。"

她半信半疑，不再多说。

匆匆吃完饭，李烟和牧子逛了会儿，刚回到车内，就看到个蛋糕，也不知道靳司郁什么时候买的。

她和牧子坐在后排，门开着，靳司郁撑着车顶，微微俯身，拿出打火机，点燃蜡烛。

跳动的火光映在李烟的黑眸里，牧子眼睛一亮，激动地不断拍手："蛋糕，尼老师……许愿……"说着，他又期待地望向靳司郁，"哥哥，也……许愿……"

靳司郁点头："我去抽根烟，等会儿回来。"

李烟看着男人离开的背影，思绪轻轻起伏，这是两年来第一次有人陪她过生日。

她低下头继续和牧子玩，只是脸上的笑意有些淡。

温阳突然被服务员通知门外有人找。看着面前的人，觉得有些眼熟，他推了下眼镜："请问找我什么事？"

靳司郁扫过餐厅里坐在他对面的女生："相亲？"

温阳坦然地点点头："没什么事的话，我先进去了。"

靳司郁抬手松了松领带，李烟对这人印象不错，说他不嫉妒是骗人的。

相比她不属于自己，他更见不得有男人对她不好。

温阳刚抬脚，领口被人攥住。靳司郁眼神冰冷，低声笑了下："兄弟，同时找俩姑娘，贪得无厌了吧。"

对方显然有些蒙，被逼着后退一步，皱眉回忆起什么："你是说李烟？我们已经一个月没聊了，她对我没那意思，我才答应家里出来相亲的。"

周围有路人驻足，安静地坐在里面的女生也跑了出来："你干吗呀？"

靳司郁有些愣怔，这个年纪打架会显得人有些沉不住气，但刚刚他确实有这个想法。他指尖松了下来，还不忘帮温阳抚平领口："抱歉，认错人了。"

李烟和牧子在玩"你画我猜"，正投入游戏中，驾驶座的门被打开，牧子的心思就全在他大哥身上了："哥哥，许愿……等你。"

靳司郁扯下领带，扔在副驾驶座上，没有说话，不知在想些什么。

李烟舍不得让牧子失落："许一个吧，牧子在等你。"

她话落，他紧接着开口："我想要你做我女朋友。"他的手肘靠着方向盘，嗓音里带着浓稠到化不开的温柔，"我是认真的，烟烟，我后悔了。"

就算投资出问题，他都一笑而过，从来没后悔过。

现在他后悔了，后悔同意分手，后悔分开的那两年多蹉跎而过。

车厢里安静得就像是一个无声的世界，她以为自己会对他的追求无所谓，就像是一颗石子掉入深潭，没有水花。

她现在一点都不在意靳司郁对待感情的随意、懒散的态度，他本身就是这副样子。

可如今，回想起他重逢以来的纠缠，李烟再装傻，也能看出，他好像有些变了。

她垂下眼："你没体会过我曾经的处境，不是后悔二字就能一语带过的。"

他的指尖收紧一瞬："体会过了。"他低声，"这次我不会放你走。"

直到家门口，李烟再也没有说一句话，是靳司郁帮她开的车门。

牧子依依不舍地拉着她的手："尼老师……找我……玩……"

她笑着点头，转身时直接撞进男人的怀里，她后退了半步。

靳司郁垂眸："生日快乐。"声音低低沉沉的。

李烟脚步微滞，不可避免地心跳怦怦，她别开眼轻轻点头，路过他离开。

靳司郁站在原地，他不止一次这样看着她离去的背影了。

风吹得她发丝飘扬，她好像又瘦了。

牧子手指着天空："哥……星星！眨眼睛！"

"风大，坐车里去。"

牧子不满地瞪他一眼，上车后，嘴里还念着："哥……坏……"

靳司郁嗤笑，没心情和他计较，把车门关上，也抬头看天。

即使满天繁星，也没有那年的星空美。

那年有她，只有那年，胜过年年。

她说，你会成功的。

那时候他就开始对她上心了吧，不想让她失望。放不下、不甘心都不是理由，是他心甘情愿地为她下坠、着迷。

李烟刚到家就被姑姑叫住，她和温阳之间不了了之后，姑姑又想介绍对象给她。

"不用了，姑姑，我还是想自己找，相亲目的性太强了。"她解释。

李春红不觉得奇怪："你是不是还想着司郁啊？"

李烟反驳得很快："没有。"

李春红叹了口气，随意道："那孩子人不错，你去法国，陆临又在外地上学，逢年过节，司郁都会来陪我和你姑父。可惜了……"

这是李烟从来没想过的，她怔在原地："你们怎么没和我说过？"

"他说是你让他这么做的。"

深夜，李烟一洗完澡就躲到被窝里，辗转反侧，那些花、礼物、蛋糕，还有靳司郁说的那句"不会放你走"，说他"后悔了"。

他的态度高调又坦荡。

她突然有些害怕，她怕靳司郁后悔做了这些，怕自己给他回应。

压抑着烦乱的心绪，她好不容易才睡着。

第二天刚到公司，李烟就发现椅子上有台颈椎按摩仪，还没拆封。她问同事："这是谁放的？"

同事摇了摇头："早上来就看到了，不是你自己买的吗？"

"发什么呆？"钟衍州去日本出差了一个月，昨晚飞机落地时太晚了，就没去打扰李烟，"不喜欢？"

李烟回神，这才注意到办公桌上的礼物，是个路飞的手办。她记起去年她提过一嘴在追《海贼王》："喜欢，谢谢师父。"

钟衍州客气道："你喜欢就行。"

"还有，谢谢你的按摩仪。"

"这不是我送的，估计是公司有人追你吧。"他看着她，语气有些不自然。

李烟缓慢地眨眼，莫名就反应过来这是谁送的："都是同事，追什么啊？"

快到上班时间了，办公室里的同事也多了起来。

有人调侃："总监出差怎么只给李组长带礼物？偏心啊。"

"是不是追我们李组长啊，那还不快讨好一下我们办公室的人？"

大家你一言，我一语。

钟衍州笑得温和："有空请大家吃饭。"他没有否认。

李烟微愣，不管是工作还是生活，钟衍州都对她照顾周到，从来没有逾越。于是她也从未怀疑过其他，以为他只是把她当成徒弟。

再说要是他喜欢自己，为什么好几年过去了，他都没有表明？

也不知道怎么回事，李烟内心的第一反应是尴尬。

……

李烟在食堂撞见钟衍州，礼尚往来，她请他吃饭。

这一举动，让同事间的传言也越发暧昧，当然也有靳司郁的原因。他每天变着花样地送礼物，还不留名，大家都算在了钟衍州的头上，李烟根本没空搭理他。

靳司郁不管她回不回消息，依然时不时地发信息给她，甚至来公司接她。

江意礼终于忙完工作，约着李烟一起吃午饭，但她又忙起来了。

“我还想着一起吃个饭，明天回国呢。”

李烟举着手机对着自己，另一只手依然握着鼠标：“那挺好啊，一路平安。”

江意礼像是被气笑了，沉默了一下：“我真的没机会了吗？”

李烟动作停住，盯着电脑屏幕，轻轻嗯了一声。

快到端午了，公司发了福利，其中有一条编制的手链，李烟为此还特地发了朋友圈。

那天下班，手机屏幕亮起。

靳司郁：今天有雨，带伞了吗？

李烟没急着回复，因为前台的同事跟她互相加了微信，早就拍了张照片给她，说上次那个帅哥又来等她了。

那人长了张让人过目不忘的脸，公司谁人不认识他。

靳司郁是从灿晟过来的，还穿着西装，本以为还要等一会儿，没想到李烟已经出来了，他眼底染上笑意：“一起吃个饭？”

“我吃过了。”

他点头：“那正好陪我吃。”

她以为自己会直接拒绝，可对上他认真的眸子，突然就犹豫了。

“李烟姐，我们一起去看电影吗？”助理的声音在身后响起，身边还跟着钟衍州。

李烟回神，看了眼靳司郁，低声说“好啊”。

靳司郁啧了声，看了一眼钟衍州——又是他。

靳司郁的目光冷淡下去，抬手想牵李烟。

姑娘已经侧身离开。

靳司郁垂眸，喉咙一阵酸涩——难得见面，她就跟他说了一句话。他自嘲地一笑，沉着脸开车回公司。

办公桌上躺着些珍珠和编织线，他皱着眉直接把东西都放进抽屉里。冷静下来后，他又拿出来，还没弄明白，手机振动了一下，是唐宋发来消息。

“靳哥，我在看电影，要不要给你透露点剧情？”

靳司郁没兴趣，打了俩字：随便。

“李烟和一位斯文的绅士在电影院，共吃一桶爆米花。”

李烟其实是想让助理坐在中间的，但小助理像是被收买了，直接让她坐在钟衍州旁边。

电影是部科幻片，她看得入神，手不小心和旁边的人相撞。

她一惊，立马缩回：“抱歉。”

钟衍州笑了笑，没在意。

电影结束，助理先走了，李烟其实能感觉到观影期间旁边男人投过来的视线。

“师父，我自己回去就行了，你先走吧。”

钟衍州看了眼时间：“女孩子一个人不安全，我送你。”

他们认识四年，这人一直温文尔雅，对哪个员工都这样。

以前除了工作，他最多也就是送她回家，最近从送礼物再到看电影，真的让人有些不自在，感觉他是最近才把心思放到她身上。

“师父，你这几年在国内怎么没找个女朋友？”

他语气不变：“没遇见合适的，后来发现合适的也许就在身边。”

李烟眨了眨眼，他以为自己在骗刚入职场的小姑娘？

“还是不用……”

“我送她回去，你放心。”

李烟心猛地一跳，靳司郁已经站在身边。手腕多了一道力量，她顿在原地，忘记了挣扎。

相比之下，她还是更适应他的触碰。

“你……”

靳司郁笑了，职场上城府再深的人，他都见过，但依然最烦比他还会装的。他耐着性子：“我是她前男友，有问题吗？”

钟衍州的视线在俩人身上扫过，充满深意道：“前男友？我还真不放心。”

靳司郁移开视线："我知道你，这几年，谢谢你照顾烟烟。"

"客气，是你不懂珍惜。"

"对，我有错在先。"靳司郁语气深沉，却透着浓浓的压迫感，"但我给你两年时间，你是追不到，还是温水煮青蛙？外面没姑娘找了，你就想起自己的员工了？"

话说得很难听，两个男人站在一起，气场不同，却针锋相对。

职场里，上下级恋爱是最能引发闲言碎语的。李烟从未想过和钟衍州有什么其他关系，她扯了扯靳司郁的袖口，而后被他直接将手包裹进掌心。

明明他说话那么冲，强势到半步不让，动作却温柔。

"李烟，我第一次觉得你眼光……"

钟衍州刻意没说完，眼神中是让人看不懂的情绪。

靳司郁听完，笑意更深，想说什么，耳边传来姑娘轻柔的声音。

"我觉得我眼光挺好的，至少他比你帅。"

靳司郁第一次发现长得帅这么有用。

钟衍州已经走了，靳司郁压着嘴角，依然没放开李烟的手："看你这么护着我，请你看电影。"

李烟倒是觉得没什么，抛开恋爱时他对待感情的漫不经心不谈，她始终觉得他是个骨子里很正直的好人。

"是你帮我解围，况且我不是护着你。"

"我知道，你是实话实说。"

无赖！

李烟甩开他的手："我得回去了。"说完，她的肚子不合时宜地叫了声。

……尴尬。

靳司郁直接拉着她往外走："吃饱了再跟我吵。"

"靳司郁，你这人怎么这么霸道！"

"霸道还帅，我要是女生，有像我这种男人可以追，我早就答应了。"

“变态！”李烟一边气，一边又忍不住想笑——他这都是什么理论？

“我喜欢你啊。”

话落，俩人都沉默了，靳司郁愣了几秒，与她十指相扣，耳尖微红，声音低低地重复一遍：“我喜欢你。”

韩慧教他只看利益，男女之情总是虚幻的，可人奋力挣脱原生家庭，为的不仅仅是独立，还有重塑自我和改变。

李烟没说话，呆呆地跟着他走，脚步很轻，那句话如同从梦境中飘来。

他说，确定吗？要跟我。

他说，妹妹，我挺喜欢你这性格的。

他说，和我在一起开心吗？

以往说过的话里，字里行间都是戏谑，他从未有像这样一刻这么冷静、认真地说“我喜欢你”。

“饿傻了？”

她目光一晃，接过靳司郁手里的菜单，随便点了几个菜，手机响起。

李烟本能地去看，因为工作，她基本上手机不离手，要随时随地回复客户消息。

万一她回复迟了，客户很有可能就找了别人。

靳司郁看着她垂头的模样：“为什么会去市场运营部？”

“有钱赚。”她应。

男人点头：“不打算画画了？”

听到这句话，李烟打字的手停了几秒：“当作业余爱好吧。”

靳司郁的视线一直落在她身上，语气有点像领导：“挺有规划，加分。”

“加什么分。”

“在一起不会分。”

李烟抬头，嘴角抖了一下：“你什么时候变得这么土了？”

靳司郁扬眉，还挺骄傲：“我实话实说。”

雨停了，吃完饭，靳司郁说自己没开车，偏要跟她一起散步。

李烟走在路牙上，没注意旁边的非机动车道，被靳司郁拉到自己身边，他声音温柔："你从来不看路，出现意外，让我怎么办？"

像是生怕她会甩开，他牵得很用力，她皱眉："疼。"声音很细，像是呢喃。

靳司郁蓦然放松了些力道。

见他沉默，李烟又想挣扎，又被握紧。

"再动，就回车里动。"

"你不是没开车吗？"

"你想去车里？"

当初那个"臭流氓"靳司郁又回来了。

李烟想到什么："谢谢你帮我照顾姑姑。"

靳司郁脸上的笑意散了些，指腹摩挲她的手背。

其实他第一次去她家时，以为那人是她妈妈，后来才得知她父母在她很小的时候就走了，他从未了解过她。

"对不起。"

李烟没明白："怎么了？"

男人侧头看她："烟烟，你甩不掉我了。"

月光如水，行人步履匆匆。

停下脚步，李烟悬着的心像是找到一个停留之处。

她在怕什么呢？怕重蹈覆辙，怕再一次真心错付？可男人看向她的目光清澈，字字砸在她心头，他缓缓抬手拨开她被风吹乱遮住眉眼的发丝："先回家，别着凉。"

这一夜，她总归是没睡好。

"李烟姐，在想什么？"助理倒了杯水给她。

李烟下意识地说："没事。"她问，"对了，你感觉钟总监是个什么样的人？"

助理有些过意不去："他昨天说给我转正，我才帮他喊你一起看电影的。李烟姐，抱歉。不过我听他前女友说过，他们分手的原因好像是他和实习生走得太近了。"

李烟从不听公司八卦，再加上她刚回国没多久，完全不了解钟衍州这两年在国内的事情。

又聊了两句，她去设计部跟进靳司郁订购的那几幅画的修改进度。

站在设计师后面看了会儿，李烟眉头一直皱着，半晌才说道："能不能让我试试？"

设计师当然同意。李烟将近两年没碰画板了，没想到还是这么熟练，时间一分一秒地走，她揉了揉脖子，终于站起身："保存吧，直接将画稿发到我邮箱。"

手机铃声响了，李烟接听后感觉对方的声音很熟悉，但没想起来是谁。

"你是？"

那一边的人笑着回道："我是江越，你不记得我了？"

她听说江越去留学了，不知从哪里知道了她的电话号码，约她聚一下，她没好意思推托。

她到了包厢，与江越寒暄了几句。

江越看起来成熟许多，但性格一点没变，热情地给她倒酒："姐姐，你又变漂亮了。这杯我干了。"

在场还有其他人，李烟依然不适应这样的环境。

江越上一次见她还是在两年前。

唐宋来得晚，刚开门就看见他们两人在谈笑，又悄悄退了出去——怎么什么事都叫他给撞见了，挺有意思。

唐宋拨通电话："靳总在干什么？"

对方的声音有些疲惫："赚钱。"

"来 DVIS？"

"不去。"

"给我一千万元，告诉你一个八卦。"

靳司郁嗤笑："你当我是傻瓜？"

"算了，那今晚只能让江越送你老婆回家了。"

李烟都在想着离开的理由了，包厢门被打开，进来的人是靳司郁。

男人的领带有些乱，也没整理，扫了眼全场，然后将视线停留在李烟身上。

江越实在没想到他哥会来，犹豫着要不要让位置：“哥，你们……不是分了吗？”

气氛尴尬，靳司郁身上的气压很低，眼眸漆黑，压着冷意。江越吓得肩膀一塌，还是让开了位置。

不知为何，靳司郁出现后，李烟原本放松的心情一下子紧张了起来。

靳司郁坐下来后，两人都没说话，其间有认识的朋友来敬酒：“靳老板不轻易出现在这种场合的，给江越接风？”

在生意场上，靳司郁向来为人谦和，他起身喝酒。

恰好音乐响起，李烟没听清他们说了什么，只感觉朋友眼神暧昧地看她。

然后这里就只剩他们两人坐着了，靳司郁跟服务员要了杯饮料，换掉她面前的酒：“你能喝冷的吗？”

李烟点头，疏离且礼貌地笑笑，当作感谢。又坐了会儿，她看一眼时间：“我还有事，先走了。”

“我送你。”

靳司郁跟着起身，不远处的江越逮到机会，连忙过来：“人是我请来的，还是我负责送吧。哥，你歇歇。”

门关上，靳司郁啧了声，从来没想过会被江越压一头，回想着她刚刚的模样，他烦躁地扔下外套。

李烟是被推着走出包厢的，走廊上，江越像是在憋笑。

“怎么了？”

“没事，看见我哥吃瘪，有点想笑，活该啊。”江越摸摸嘴角，“对了，听说前两年你去国外工作了，是去了哪个国家啊？过得好吗？”

李烟闻言应道：“去的法国，我挺好的，你呢？”

江越明显有些愣住，好几秒后脸色才恢复如初：“我在意大利，怪不得我哥来找我都要从法国绕一圈，原来是去看你，他还嘴硬呢。”

江越在店门口碰见熟人，聊了几句。路过的几个醉汉走路摇摇晃晃的。

李烟对醉汉的印象一直不好，况且她现在思绪很乱，身子下意识地避让。

事情发生得猝不及防——刚刚路过的那几个醉汉之间不知发生了什么口角，争吵扭打起来，将酒瓶乱砸，碎片混着酒液四处飞溅。李烟还没反应过来，手腕就被握住，紧接着她整个人被护在怀里。

混乱中，传来靳司郁低沉的声音："没事吧？"

李烟的心都快跳出来。她感受着熟悉的气息，他好像是刚抽完烟，身上有一丝丝的烟草味以及酒精味——分明是她不喜欢的味道，在他身上却不难闻。

江越匆匆赶来，他满眼都是自责："有哪里受伤吗？"

李烟说没有，呼吸慢下来，手背上忽然感受到黏稠的液体。她低头，这才看清，血液沿着男人的指尖滴落。

警察来了，江越带他们去医院。

车内，李烟时不时地就去观察靳司郁的手背——被纸巾压着，红色已经渗透出来："忍一忍，马上到医院了。"

靳司郁想说没事，但看到她脸上的焦躁，带着私心道："疼。"声音不大，有些委屈，还有可怜。

毕竟他是因为她才受伤的，她找出干净的纸巾，给他换上。

正在开车的江越从后视镜收回视线——用脚指头都能猜到他哥现在有多开心。

靳司郁手上伤口不算小，在急诊缝了几针。李烟全程看着，心上泛起密密麻麻的疼。

云诗听闻李烟去医院的消息，打了个电话过来，随后顾阮也打来电话。

李烟一一解释："是靳司郁受伤了。"

挂断电话后，她安静地抬眼看着男人正在包扎时的侧颜，忘了移开视线。

即使你走的路再远，见识再多，真正你在意的又在意你的人，也就是那么几个家人和朋友。

他们从医院出来已经快十二点了，夜风带着闷热和潮意。江越把车开过来，非要和靳司郁对着干：“哥，我不顺路，不能送你了。你要不要打辆车？”

靳司郁看都没看他一眼，拉了拉李烟的手臂：“我不太方便开车。”

受伤的手在她眼前晃动，像是一下一下敲击着她的良心。

“这个时间好像不太好打车。”

不过是手受伤，又不是腿断了，江越有点受不了靳司郁：“上车吧！”

第二天早上李烟去上班，她在地铁上礼貌地问了下靳司郁的伤势。

对方直接打了视频电话过来。

他刚睡醒，嗓音带着疲倦，叫了下她的名字。

靳司郁那边很安静，与李烟这边时不时响起的到站广播形成鲜明对比：“我打扰到你了？”

“求之不得。”他翻了个身，听筒摩擦着被单，听得人心绪起伏，“中午一起吃饭吗？”

“时间来不及，我在食堂吃。”

“那晚上？”他不等李烟开口，就继续道，“洗澡时手沾了水，不知道有没有发炎，还是右手，吃饭都困难。”

“……”李烟纳闷——伤口不能碰水的，“活该。”

耳边传来他隐隐约约的低笑声，他沉声说：“烟烟，就当是陪我。”

餐馆离她公司不远，靳司郁来得比她早。她刚落座，菜就陆续上来了。

李烟确实有点饿了。

这顿饭吃得没什么压力，他们就像朋友一样和平相处。靳司郁吃得慢，好在手还能拿筷子。结束后，李烟说一起去医院检查一下。

靳司郁不乐意：“小伤，养几天就好了。”

“都缝针了，还小伤？”

“你关心我？”

李烟神色微顿，瞪了他一眼：“我怕你出什么意外，牵扯到我。”

明明很冲的话，听起来却像是故意赌气似的。靳司郁笑了，揽上她的肩：“也对，我现在就有点头晕，扶着我。”

这个无赖……

李烟挣扎，但也没敢太用力。男人像是早就预料到这一点，嘴角的笑意更深。

他们到医院重新消毒，折腾到七八点。街边人群熙攘，二人往车的位置走，发现今天出来玩的小朋友特别多。

车内，靳司郁没着急开车离开：“等我一下。”

李烟不知道他要干什么，他已经开门下车，回来时递给她一根棉花糖。

她眨眨眼——他就是为了去买这个吗？

“谢谢。”

靳司郁嗯了声，声音含混不清：“儿童节快乐。”

李烟差点以为自己听错了，再看街边在父母身边玩耍的小孩，她才想起来今天是六月一号。

“我都二十六岁了。”

靳司郁没再看她，嘴角扬了一下，启动引擎：“那也是小姑娘。”

李烟沉默下来，咬了口棉花糖，望向窗外，街景倒退，一片一片往后倒，齁人的甜也从舌尖缓缓蔓延。

李烟最近忙得整天都没怎么看手机，突然有电话打过来，她看都没看就接起：“哪位？”

“没良心啊，李烟。”

对方的嗓音熟悉，是靳司郁的声音。

李烟问：“怎么了？”

“在做什么？”

她已经能想象到男人靠着老板椅惬意地给她打电话的模样。

李烟缓慢地翻看文件：“工作。你手拆线了？”

靳司郁嗯了声，听筒里一片嘈杂，他想问什么，李烟焦急地回了句：“领导找我，我先挂了。”她直接挂断。

靳司郁看了眼手机，没生气，反而无奈地笑了。

李烟刚轻松没几秒，顾文杰就来找她了，说晚上徐总在荣阁组了个饭局，喊她一起过去吃饭。

又得喝酒……

李烟终于明白为什么靳司郁除了应酬必要，其他时候都滴酒不沾——那东西是真的难喝。

地点在市中心，属于高档餐厅了。计算好时间，刚好踩点到，却在大厅撞见了韩慧。

韩慧也看到了她，主动上前："李老师，好久不见。"

换作以前，李烟是有点怕她的，如今却只当叙旧："韩阿姨，您越来越年轻了。"

韩慧挂着得体的笑："在 GN 当设计师？"

"嗯，但在运营部。"

"我说过，这个行业很适合你。"

适合吗？可能在别人眼里，能赚钱的就是合适的工作吧。

还有饭局，李烟不便多待，留了张名片给韩慧，弯着嘴角："韩阿姨，有需要的话可以联系我。"

人已经匆忙离开，韩慧捏着名片，脸色不好不坏，打算递给助理，想了想，还是放到包里。

李烟刚到包厢，徐总第一个招呼她，她这才注意到，钟衍州也在。

而钟衍州的旁边正坐着一个实习生，她莫名就联想到当初坐在他身边的自己。

钟衍州看了她一眼，还笑了笑，就像上次的事情从未发生。

李烟突然想起他好像永远是初见那般斯文。

相比这种半分情绪不露的人，坦率直白的人更好共事。

果然，饭局一开始，他就起身帮实习生挡了杯酒。

饭局过半，李烟也被劝着喝了三杯，徐总今天心情不错，扬言他们喝一杯，他定十幅画。

她经常遇到这种情况——有人不缺钱，就是图酒桌上的开心。

手机上有未读消息，是靳司郁：我在荣阁吃饭。

荣阁？不就是这里吗？

今天这酒度数高，李烟的头已经有些昏沉了，她抬手打字。顾文杰在旁边调侃：“徐总，这可是你说的啊，我和李烟能把你喝到心疼。”

徐总摆手，眼睛看向他们身后，直接起身去迎接：“靳总可算来了。我给大家介绍一下，这是我大哥，靳八亿。”

“……”

徐总真的喝醉了，五十多岁的老顽童叫靳司郁大哥。

听说，不知是哪个大型项目，灿晟风投一次性投了八亿元，可想而知这几年靳司郁的事业做得多大。

李烟的信息还没发出去，抬眸撞进男人的视线里。

这是靳司郁今晚的第二场饭局，他手臂上搭着西装，看见她，也意外了一下。他直接在她身边坐下：“怎么不理我？”

李烟放下手机：“我才看到消息。”

俩人说悄悄话似的，徐总又嚷嚷着继续刚刚的话题：“李组长，喝一杯买十幅画，我绝不食言。”

李烟握着酒杯的指尖收紧——这本是她习以为常的事，可现在因为靳司郁在场，她有些局促。

下一秒她的酒杯被人拿走，靳司郁抬起眼皮，淡声说：“我帮她喝。”

徐总摸着啤酒肚看戏：“这是什么情况？”

靳司郁笑了下：“你叫我的人喝酒，我当然要帮了。”

众人沉默了片刻，随后有人笑着起哄。

徐总一拍大腿，比了个“2”：“那要喝两杯。”

靳司郁无所谓：“行啊，喝完，人我带走。可以吗，徐总？”

对方点头，说：“当然可以。”

“你的伤口刚拆线，不能……”李烟想去阻止，桌下的手被握住，像是安抚。

靳司郁拿着她的酒杯，很快，两杯白酒已经喝完。

在众人的注视下，他带她离开。

这酒后劲很大。李烟双脚发软，这两年靳司郁的酒量不知道到了什么程度，居然面不改色的。

“刚刚……谢谢你。”

他们所在的楼层很高，观光梯四面全是玻璃。李烟没穿外套，只穿一条纯黑吊带裙，皮肤白得晃眼。

靳司郁的身子靠着玻璃墙，就这样看她。

李烟被他盯得脸颊发热，转过脸去：“你是不是觉得我活得挺累？”

她低下头，扯了扯嘴角：“但人嘛，总要跳出自己的舒适圈……”

她话没说完，面前就覆上一道阴影。靳司郁上前一步，揽过她的腰，偏头毫不犹豫地吻下去。

李烟睁大眼睛，头被迫轻微后仰，手拍打着他的胸口，又被他攥住，压在冰凉的玻璃上。

夜晚静悄悄的，从电梯里可以一览整个南城的灯火繁华——真实也虚幻。

他嗓音喑哑：“把擅长的事做到极致，即使待在舒适圈也不丢人。烟烟，我想你开心点。”

过程或许只有十几秒，却像度过了半生。

细雨朦胧，李烟穿的长裙、高跟鞋，思绪还停留在刚刚，没看见脚下的水坑，腿一软，差点跌倒。

靳司郁扶住她的手臂：“扭到了？”

她摇头：“我自己能走。”

不知是酒精造成的，还是因为害羞，她脸颊微红。靳司郁牵唇，无声地脱下外套盖在她身上，把人打横抱起，让她想起那年雨天，她撒着娇要他背着走。

她的耳边是他的心跳声，他说话时，胸腔也跟着轻微震动。

“瘦了。”

李烟攀着他的脖子：“硌人？”

“有点，小猪都不壮了。”

李烟气得想打他，挣扎着，小腿乱晃。

靳司郁笑了：“别闹，摔下去，我不负责。”

雨丝不断，她怕妆花了，额头贴着他，闷声说：“你全责！”

靳司郁把人放进车里，临起身时揉了揉她的脑袋：“嗯，我全责。”

这一天好像过得格外漫长，她在车上不知道什么时候睡着了，醒来时已经在家里。

她的妆还被卸干净了，宿醉后头疼得厉害，桌上放着一杯水，还有两片维生素 C。

门打开，姑姑进来帮她开窗散酒气。

李烟扶着额头起身，感觉手腕上有些重量，定睛一看，是条手工编织的手链。

她完全没印象是什么时候买的，嗓音有些哑：“姑姑，我昨天什么时候回来的？”

李春红看起来心情不错，脸上挂着意味不明的笑：“司郁待到半夜才走，还特地给你买了维生素，说怕你醒来头疼。”

李烟眨眨眼，一点一点回忆昨晚的事。

一闪而过的暧昧画面，现在想起来还耳根发烫，她的视线落在那条手链上。

——除了他，没人有机会给她戴上。

手链上的珍珠圆润饱满，她的心房像是被什么东西填满。

洗漱完，吃了点面包，李烟犹豫几秒，还是缓缓拿起维生素 C 放进嘴里。

维生素 C 这么甜吗？

暴雨过后是天晴。

人一旦有别的心思，就心猿意马了。

她天天往设计部跑，甚至会亲自上手修改被退回来的画稿。

靳司郁要的画的初稿过了，就等着交成品，她压力也小许多。

而靳司郁本人天天来接她下班，被不少同事看到，八卦又传开来。

那天，李烟晚上有同事聚会。靳司郁靠着车身，突然问她：“烟烟，我总感觉你是不是得给我个名分？”

李烟站在原地，抿了抿唇：“什么名分？”

“你说呢？我天天过来，被你们的前台当猴看。”

他可真是无论什么话都张口就来。

李烟压着嘴角，眼角笑意满满：“你自己忍忍。”

靳司郁看着她远去的身影，忽然目光落在她左手手腕上——他费了心思编的自我感觉良好的那条手链。

她竟然没扔，可他又联想到她对他忽远忽近的态度。

这种被吊着的感觉是真不好受，她的一举一动影响着他的心情。

电话响起，是唐宋：“哥，我等你吃饭呢，你去哪里了？”

靳司郁又抬眼看了一瞬李烟的背影，笑得无奈：“来跟我未来的女朋友说两句话。”

# 第十章

## 世间何来双全法

公司最近有个公益活动，去乡村给房子的外墙壁画画。

李烟直接报名了。

也是那天收到了唐宋婚礼的邀请函，她有些诧异，毕竟没有听到他任何恋爱消息，怎么就这样突然结婚了。

她也没有理由不去。

到达婚礼现场，场景布置以金色为主色调，目光所及之处都是富贵的气息。

江越也来了，闹着要跟李烟坐在一起，很快就被靳司郁赶走。

靳司郁西装革履，左胸别着一朵伴郎红花，李烟纳闷："你不去帮唐宋吗？"

他挑眉："兄弟哪里有女人重要。"

这话，唐宋要是听到得哭死。

李烟很少看他喷发胶，黑发凌乱，透着股痞气，他比以前成熟许多，但外貌依然让人过目不忘。

盛薇这两年一直在上海发展，距婚礼仪式正式开始还有十分钟，她才姗姗来迟，估计是刚下飞机就赶来了。

盛薇看见李烟，点了点头，李烟回了个微笑。

往事如过眼云烟，在人生里留下轻轻的一笔，或许只有回忆起才会觉得遗憾，但他们已是陌路人。

新人正在交换戒指，李烟看得愣神——这场仪式，几人欢喜几人愁。

她总会消极地想，命运是不可抗的，即使人奋力摆脱枷锁，可谁又能知道，你以为的枷锁其实是你本身的劫。

谁在渡劫，谁在反抗，谁抛弃一切，谁甘之如饴？

世间从来没有双全法。

大家举杯将祝福送给新人，李烟喝的橙汁，真是有点渴了，她一饮而尽。

靳司郁剥了虾肉给她："唐宋喊我陪他敬酒，你一个人别跑得不见了。"

李烟点头：“你以为我是小孩子？”

他擦了擦手，抿了口酒，轻笑着看她：“是我的小画家。”

她心头一动，在运营部待久了，别人都不记得，只有他记得她曾经是一心喜欢画画的。

总有人让你相信，世间定有双全法。

喉咙涌上酸涩，她想说什么，靳司郁习惯性地揉了揉她的头顶：“等我回来。”

这一场婚宴持续到晚上十点才结束。

李烟到门口时，发现盛薇还没走，盛薇的笑容带着释然，语气疏离：“好久不见，靳司郁把你请回来的？”

李烟疑惑，盛薇继续说：“我猜到了，他两年前警告我，不和带有私人感情的朋友做生意，我就知道，他栽在你身上了。”

直到盛薇离开，李烟依然站在晚风里。

不知道旁边是不是在拍电影，有人工降雪。

李烟下意识地往旁边走，在风口处立住。

她忍不住仰头看，明明是初夏，这场雪却把人带入她大二那年的初雪时。

靳司郁买了瓶热牛奶给她，温柔地问她过敏吗。

“烟烟。”

李烟侧头，循着声音望去。

印象里高高在上的人，终于从神坛跌落，舍弃信仰，沦为凡人，向她走来。

“不是让你别乱跑吗？”

路灯光下，车流不断，两人对视，雪花飘飘洒洒地落下，美得像电影画面。

“我就是好奇。”她笑道。

悄无声息间，她又变成了曾经的小女孩，有了底气般，笑得肆无忌惮。

靳司郁没说什么，垂下眸，眼前的姑娘明眸似水，粉色丝绸裙衬得她更好看了。

他缓缓移开视线，但是没忍住，目光又回到她身上。

真是越活越回去了，他怎么跟个毛头小子似的，仔细地看着她的模样。

有雪粒子沾在他的肩膀，李烟抬手轻轻拂开。

她的手腕被攥住，靳司郁缓缓抱住了她，声音沙哑、低缓：“烟烟，我好爱你啊。”

没有什么比这句话更好地表达内心，也没有什么话语比这句话更沉重了。

他的气息洒在她的脖子上，声音回荡在她的耳边，带着无尽的虔诚。

雪花也在颤抖，每一片都在诉说——我爱你。

他们都变了。

曾经闭口不谈的话题，如今坦然承认。

曾经放弃纯粹的信仰，要找个合适的人结婚，不想因为爱情烂在生活里。

可现在她发现，会抓着人坠入地狱的感情根本不是爱情。

爱会让人有面对生活的勇气。

那句俗话——爱是终生浪漫的开始。

不夜城，街头的车辆呼啸而过。

李烟顿在原地，男人放开她，他眼眶泛红，视线从她的发丝移到鼻梁又移到唇，怎么看都看不够，他压低声音说话。

恰好有喇叭声，与他的说话声一同响起，她没听清：“你问什么？”

靳司郁语气温柔：“问你，还要不要我。”

时间宛如静止了。

她明明那么努力地试图放下过去，可现在他们依然能这般站在一起。

原来只要见到他，靠近他，那颗心还是会继续怦然跳动。

她也红了眼眶，吸了吸鼻子，轻声说：“要啊。”

靳司郁这辈子都没这么紧张过——失而复得，所思所想皆实现。

他俯身的同时，眼睛看着她，眼里只有她，声线低沉：“我刚刚说的是，烟烟，我想吻你。”

这人怎么这么坏啊，李烟被他抱在怀里接吻。

雪停了，晚风混在彼此错乱的呼吸里。

他手掌的温度仿佛能灼伤肌肤，李烟挣扎，又被抱得更紧。于是她轻轻踮脚，抬手攀上他的脖颈。

这个世界或许并不需要更多成功的人，而是需要的是能够疗愈的人，会说故事的人，还有懂爱的人。

吻了两三分钟，靳司郁才肯放开李烟。

她的唇瓣红了，显得脸越发白皙。

两个人回到酒店门口，唐宋正和朋友谈笑，看见他们牵在一起的手：“你们跑哪里去了？”

“谈恋爱，不明显吗？”靳司郁接过旁人递过来的烟。

唐宋笑出声：“明显啊，您就差把‘李烟是我的’写在脸上了。”

李烟还有些晃神，心里还在翻来覆去地想——她又和靳司郁在一起了。

“新婚快乐，唐宋。”想归想，她还是送上祝福。

男人扬眉：“敢情我结个婚还能促成一段姻缘。”

靳司郁喝了不少酒，不打算久留，离开前对唐宋说：“结婚了就好好过，别想那些没用的。”

“嗯，我能想什么？”

李烟安静地听着，总感觉心里闷闷的。

靳司郁送她回去，刚刚还心平气和地与人聊天的人，此刻将头懒懒地靠在她肩上，黏着她，不让她下车。

李烟点了点他的手背：“我要回去了。”

已经是深夜，靳司郁没办法继续留人，帮她把外套穿好，还不忘占便宜，啄了下她的唇：“明天见。”

忽然的举动吓了李烟一跳，好在司机没注意他们。

李烟这才想起来：“明天我要参加一个公益活动。”

她说了个大概，靳司郁皱眉：“我跟你一起去。”

“怎么了？”

“不放心。”他说。

李烟眼角染上笑意：“还怕我跑了不成？”

靳司郁回应：“怕你不认账。”

就像飘浮的风筝，线在她手里——这种悬在半空中的心情，如今他体会到了。

李烟看他几秒，安抚道：“就两天。”

靳司郁心里低叹：“明天记得吃早餐。”

他又叮嘱了两句，李烟开门下车。

一身酒气，她洗完澡，困意袭来。

这一夜她梦见了茫茫大雾，连自己都看不清，却看清了靳司郁的模样，男人从雾里走来，牵住她的手，再也没有松开。

李烟早上醒来，手机里有两条未读消息。

靳司郁：那个男“狐狸精”去不去？

隔了一个多小时，他又发消息：小没良心。

李烟裹在被子里，嘴角微不可见地勾了一下，她还在想“男狐狸精”是谁，发现唯一有可能的只有钟衍州。

她仔细回忆了一遍两人曾有过的交集。

刚开始她还是实习生，钟衍州给她挡了杯酒，以为她会感动，猎物唾手可得，但没想到她男朋友是靳司郁。

虽说钟衍州这类人在职场中挺常见，但在工作上也教了她不少。他以为能“温水煮青蛙”，可那两年她完全是自我封闭状态，心里除了工作，还是工作。

这类人的可怕之处就是利用温柔刀，不知有多少刚入职场的小姑娘成为“刀下鬼”。

回过神，她发了个“早”字，然后起床洗漱。

电话响起，是顾阮。

她预产期快到了，一直待在家里养胎，得知他们和好的事，完全不惊讶：“我就说嘛，靳司郁那人不服管，认定的事不可能放手。我这辈子都没见过那么会来事的男人，他拿钱砸我，每天托我问你的消息。”

李烟在法国那段时间，顾阮每天都会发信息给她，甚至还寄了几次快递给她。

李烟顿住：“那条围巾……”

她没说完，那年圣诞节收到那条围巾，顾阮说是手工织的，还不停地问她丑不丑。

当时她还客气地说不丑，但也就戴过一回，原因是织得太松，不太保暖。

顾阮笑出声：“是不是特别丑，我嘲笑他好久，你说这男人‘恋爱脑’起来……”

李烟没注意听顾阮后面说什么，像是被什么东西堵住喉咙。

其实她在国外不止收到过顾阮寄的快递，还有许多匿名快递。

她和靳司郁分手的原因如大多数情侣一样——看不到希望，便坦然放手。

见她沉默，顾阮又问：“你为什么答应他复合啊？”

这个问题，李烟也问过自己，为什么和好？她也不知道，大概是只有和他在一起，她才能做自己。

没有尴尬，不会权衡利弊，他只是他。

他让她有跨越阶层的勇气。

公司租了辆大巴，八点半出发，李烟刚上车，听到旁边的同事谈论，说本来钟衍州也在公益活动名单内的，但早上突然被一个项目绊住了。

突然，经理在李烟前面喊：“李烟，你的外卖。”

她没订外卖，疑惑地看着接到手里的热牛奶、面包，下一秒手机亮起。

靳司郁：早上多吃点。

李烟早上没胃口，有时候甚至吃颗糖就能当作早饭。

他们在一起的那两年多，靳司郁硬生生地帮她把这个毛病改了。

可惜两人分开后，因为工作繁忙，她又变回以前的样子——不爱吃早餐了。

她拆开吸管，打字回复：“你开完会了？”

“正在开。”

“巧克力味的牛奶没有了。”

“我中午有个饭局。”

李烟皱眉，看着信息一条一条传来，这个人竟然抱着手机“摸鱼”：认真开会。

靳司郁：“不要。”

“听话。”

“好。”

李烟盯着这个“好”字，心想：他有时候确实是很听话的，强势的时候九头牛都拉不住他，在她面前又很会示弱。

靳司郁和投资商有个饭局，还是他爸引荐的。这两年灿晟发展得很好，靳宏见了自然高兴。

靳司郁借口下午有工作，没有喝酒，听着对方讲话，自己心不在焉地看手机。

对方是个中年谢顶的富商，似乎对有事业心的年轻人格外欣赏：“你可以啊，比你爸有原则。”

靳司郁瞥了眼依偎在富商身边的两个女人，她们还在羞涩地对靳司郁暗送秋波。

他面无表情地呵一声：“您少喝点，身体吃不消。”

富商笑道，自然地攀上旁边女人的肩膀：“这就是你们年轻人不懂了，到我这个年纪，自然会吃得消。”

靳司郁没说话，又熬了半小时，随便找了个理由，拎上外套，起身走了。

待在这个大染缸里面，他早就对这些司空见惯，也自始至终瞧不上一些人。

身上沾染浓郁的香水味，他径直走向垃圾桶，把外套脱了扔进去，然后打电话，找李烟。

李烟吃完午饭，把随行物品放到住所，刚好接到靳司郁的电话。

“吃完饭了吗？”

他的语气有些疲惫，好像在抽烟。

李烟：“刚吃完，你呢？”

“我能不能去找你？”他问她，好像受了什么委屈似的。

李烟当然不同意：“我明天就回去了。”

那一头沉默片刻，半晌吐了口烟雾，低声道：“注意安全，别和陌生人讲话。”

李烟扬着嘴角，躺到床上揉了揉脖子，开了个玩笑：“万一有帅的，我说不定会和他说两句话。”

他轻笑：“始乱终弃啊。”

“对。”

“占我便宜不负责？”

“我什么时候占你便宜了？”

“那我现在过去让你占，尽情地占。”

这个浑蛋……

李烟说不过他，还是叮嘱他不要来，因为以他的性子，他真的会过来。

挂断电话，李烟便开始出去忙工作。

大家各司其职。工作并不复杂，她负责宣传栏，画完，太阳也快落山了。

“李组长，想不到你画画这么棒啊。”几个同事过来夸赞。

李烟摘下手套，笑道：“我本来就是从设计部调过来的。”

大家恍然，帮忙一起收拾东西回去。

洗完澡，她终于得空拿起手机。

公司给他们安排住在当地村民家。这户人家就老奶奶一个人住，老奶奶不停和她聊家常。

老人面善，说她的家人一年回不来几次。

李烟放下手机陪老人家聊天，说说笑笑，竟然过了一个多小时。

门口有喇叭声，老人家站起来：“丫头，你休息吧，我出去看看。”

李烟不放心，穿上外套，搀扶她一起出去，然后看到靳司郁的车横在门口。

李烟愣住：“你还真来了？”

男人靠着车身，穿着黑色西装，他看起来心情不错：“不是说好……”

李烟猜到他要说什么，连忙上前捂住他的嘴，没好气地瞪他。

靳司郁笑意更浓，识相地不说话了。

这里距离南城有些远，开车至少要半天。

他应该是中午挂完电话，忙完公司的事后就过来了。

李烟让奶奶进屋休息，老人离开前还好客道：“家里房间多，都收拾好了，小伙子留下来住一晚都行。丫头，你来安排。”

晚上风大，李烟把靳司郁带进屋内：“唐宋还在休婚假，公司不忙吗？”

靳司郁开了半天车，见到李烟后，疲惫也消失了，他喝了口水：“你半天不理我，说不定去和帅哥说话了，我哪里还坐得住？”

她一下午都在忙着画画，回来又和老人家聊天，确实没来得及回复消息：“那你也不至于开车过来吧。”

“生气了？”他牵上她的手，嗓音里带着笑，“烟烟，没办法，我忍不住。”

这一晚，李烟终究没赶他走。

奶奶的孙子在外地上大学，跟靳司郁的身高差不多，T 恤、运动裤大小也适合靳司郁。

李烟以为这样养尊处优的大少爷会不习惯穿别人的衣服，没想到他道完谢，洗完澡直接换上了。

屋内，李烟正在看手机，房门被打开，男人的头发湿漉漉，宽松的白色 T 恤难掩好身材。

他好像比两年前更有男人味了。

“靳司郁，你背着我健身了？练哪里了？”

他擦着头发，闻言，动作微顿：“练腿了，要不要看看？”

李烟有点不好意思，收回视线，淡声说：“你的房间在隔壁。”

说着，她活动了一下脖子——一下午都在画画，颈椎酸痛。

靳司郁扔下毛巾，走过来帮她按摩。

她坐着，他站着，他身上好闻的皂香弥漫开来。

他其实不想她这么累，她要画画，他可以给她开个工作室；她想卖画，他可以每个月叫人在她这里定五十幅、一百幅都行。

但他也明白，这是她的工作，有她的热爱，也有价值，他得尊重。

按摩的力道刚好，李烟的心七上八下的，回想起今天靳司郁的行为，她突然道：“你今天好黏人啊。”

靳司郁哼笑：“不黏着你，你跟别人跑了怎么办？”

他目睹过父母，甚至亲朋好友为了钱争吵，总觉得爱会在利益里消耗殆尽。

但他很怕她跑掉。

原来，当你爱一个人的时候，会患得患失，会害怕，会鬼使神差地放低姿态。

指腹碰到李烟的皮肤，触感温热又细腻，靳司郁哑声问：“好点没？”

按摩后，颈椎轻松许多，李烟点头：“可以了。”

靳司郁又按了会儿才松手，看了一眼她随身包的肩带：“怎么弄的？”

李烟顺着视线看去：“下车的时候人多，不小心扯断了。”

“我明天叫人送新的过来。”

刚刚奶奶给了她针线包，她拒绝：“不用，缝一下就好了。”

靳司郁没说话，坐到她身边，没舍得让她干这些，自己动手将东西拿过来缝。

他的动作生疏，李烟看着他，有一股暖流直达心底，脱口而出：“想不到你针线活做得还挺好的。”

靳司郁停下动作，牵着唇侧眸看她：“怎么感觉你在羞辱我？”

李烟拍了下他的手臂：“那我不说了。”嗓音绵软，撒娇一般。

靳司郁皱眉道：“我缝得不好，明天还是买个新的给你。”

李烟看着参差不齐的线头，确实有点难看：“不影响使用，能背就行。”她想起什么，黑眸亮晶晶地看他，“顾阮学姐送我一条手工织的围巾，跟这个一样……”

靳司郁神色没什么变化：“一样丑？”

李烟忍不住笑，没说话。

靳司郁移开目光，身子靠着床头，手里玩着她的手指，低声开口：“顾阮织了三个多月，没有功劳，也有苦劳吧。”

李烟没想到男人会不承认，不知怎的，眼眶泛酸。

他是真的不会表达，每个人对爱的理解不同，其实明里暗里为一个人改变，也是爱的一种表现。只是那时他们都太年轻，不懂这些，她偏执，他固执。

靳司郁不明白自己哪里说错了，眼前的姑娘快哭了似的。他坐直身体，抬手刮了下她的鼻尖：“怎么了？”

李烟摇摇头，将眼眶的热意逼退，可他的眼神认真，盯得她避无可避。

靳司郁干燥的指腹摸着她的脸颊，俯身吻她的唇，温柔地哄着：“别哭，是不是被欺负了？”

李烟侧头躲避，鼻尖发红：“没有。”

靳司郁笑了，又凑过去，吻一下又退开，再吻一下：“可你现在的表情，让我看得想欺负你。”

这种时候，他还有心情逗她。

李烟将手撑在他的胸口：“我要睡觉了，你去隔壁房间。”话落，眼前一黑——停电了？

然后，靳司郁搂着她的腰，微微用力，将人压在身下。

李烟都不敢大声说话：“你再得寸进尺，我咬你了。”

靳司郁轻笑：“咬啊。”

李烟忸怩地挣扎，说话含混不清：“靳司郁……”

他将脑袋埋在她的肩头，嗓音喑哑：“烟烟，我怕黑，可以一起睡吗？”

当然不可以！

九点集合，李烟睡到了八点半才起。

李烟从房间出来，看到靳司郁正在和奶奶说话。老人家看见她醒了，连忙道："丫头，昨晚突然跳闸，没影响到你吧。"

李烟下意识地看了眼靳司郁，他面不改色，牵唇回视。

"没有，我都睡着了。"

"快来吃早饭，都要凉了。"

老人家脚步轻快，殷勤地招呼着。

靳司郁握住李烟的手："你昨晚睡得挺早。"

他明明昨晚在她房间待到半夜才走，她想想就有气："你睡得很迟？"

"怕黑啊，我一直睡不着。"

"……"

他们快速吃完早饭，考虑到时间，靳司郁下午有个重要会议，现在就要离开了。

李烟好不容易把人送走，自己到达集合点，发现靳司郁昨晚来找她这事，早就传开了。

同事凑过来："公司本来没安排早饭的，还是靳总临时叫人送的，真是多亏了李组长啊。"

这些她全然不知，也明白靳司郁一直是闷声做事的。

李烟还没说话，耳边传来阴阳怪气的声音："又是总监，又是靳总的，天下的便宜都让一个人占了。"

说话的这个人叫楚蓉，李烟上半年的业绩比她领先很多，再加上靳司郁横空出现，定了多幅画，这人肚子里有怨气也正常。

职场上，避免不了明争暗斗，可钟衍州的事与她何干，明明她什么都没做，恶意就向她袭来。

她一般不会搭理这些闲言碎语，可眼下没沉得住气："天下是你家的？你管得着？"

楚蓉本身就心虚，更没想到平日里安静本分的李烟，今天会突然出声反驳，这让她尴尬得不再开口。

经理喊大家准备工作了，同事相继离开。

李烟身边的人给她比了个大拇指：“我早就看她不爽了。李组长，那个人，你小心点，她在我们圈子里风评很差，专门截和别人谈下来的单子。”

她点头：“我知道了，谢谢。”

今天主要是做一些收尾工作，大家很快就完成了。

坐在返程的大巴上，李烟又睡了一觉。天色渐暗，他们才到南城。

经理请客，大家聚了餐。他们出来时，靳司郁已经在门口等着了。

顾文杰多喝了几杯酒，他晃晃悠悠地拉住靳司郁的手，大着舌头道：“我……代表我们整个部门，把李组长……交给靳总了！”

靳司郁心情不错，任由他拉着，难得地抬起另一只手覆在他的手背上，顺着他的话一本正经地说：“一定不负众望。”

几个同事还在起哄。李烟把两人分开，顾文杰显然没说够，又要去拉靳司郁的手，而靳司郁还很愿意配合。

终于，几个同事一起拦住了顾文杰。

车内，李烟脸上还挂着笑：“你跟一个醉鬼闹什么。”

靳司郁系着安全带：“也算半个娘家人，当然得讨好他了。”

李烟戳了戳他的手臂：“那我要不要找唐宋聊聊天？”

“行啊，那你嫁给我。”

车内一片寂静。

这话说早了，靳司郁别扭地移开视线，李烟看见他微红的耳尖，像是发现了什么新奇的东西：“靳司郁，你害羞了。”

“热。”他皱眉，说着，还开了空调。

李烟低下头抠着指甲，嘴角上扬：“这两年韩阿姨逼你相亲了吗？”

“嗯。”他答得坦荡，“但感觉对不起你。”

“为什么？”

“想想以后身边睡的人不是你，我就恶心。”

这话够直白，也叫人脸颊泛起热意，李烟硬着头皮问：“那你不怕我和别人在一起了？”

“抢回来。”

“万一我结婚了呢？”

“等你离婚。”

李烟气笑了，突然发现旁边有个包装精致的盒子：“这是什么？”

靳司郁看了眼，这才想起来：“牧子做的巧克力，送你的。”

李烟有些惊喜，缓缓拆开盒子，看到巧克力都是小动物的形状，她拿起一块放在嘴里：“谁教他的？还挺好吃。”

“我妈。”他说。

李烟一愣，没有说话。

靳司郁像是看出她在想什么：“烟烟，别在意别人的看法。我喜欢的，就是最好的。”

这段时间，靳司郁又把李烟宠上了天，她也体会到了这个男人有多黏人。

李烟依然工作忙碌，客户要求改画，她亲自动手去改，奇怪的是，只要她改完，画稿就能定下来。

她重新有了信心，工作重心往设计部回归，也和领导交流了想法，顾文杰虽然觉得可惜，不过也同意了。

那天大厅突然骚动——有个女人闹事。

李烟认得那个女人，是她以前的客户，那幅画也是从她手上定下的。闹事的原因是画上出现划痕，可能是搬运的过程中出现问题，和她没太大的关系。但那个客户不懂这些，不讲道理地跑来公司瞎闹。

顾文杰没办法，想着毕竟是李烟的客户，还是找她下来解释一下。

李烟刚到就被眼前的场景吓到了——前台的宣传栏、盆栽都倒在地上。

她简单说明了一些可能的原因。

女人全身名牌，摸着手上的鸽子蛋钻戒：“这明明是被人故意划的，你们今天不给我个满意说法，我不介意把事情闹大。”

现在闹得还不大吗？

李烟看了眼画，在左下角有道黑色的划痕。她想说什么，顾文杰适当插话：“林小姐，这确实是我们的问题，按合同，我们帮您重画一幅，我亲自安排人送到您家。”

“只画一幅就想这么算了？我搬新家最忌讳这个，你们最少给我赔偿同样质量的三幅画！”

李烟在运营部待过，有这方面的工作经验，解释道：“合同上有写明搬运过程中出现损坏，以一赔一……”

李烟的话没说完就被女人打断，她手指着李烟：“在你手里买幅画，你就高人一等了？知道我男朋友是谁吗？你算个什么东西？！”

这么多人看着，李烟被指着鼻子骂，眼睫微颤。

下一秒，传来一道声音：“你男朋友是谁啊？”

李烟抬眼看去，靳司郁不知什么时候出现在公司，他走到她身边：“谁高人一等了？”

女人似乎认识靳司郁，立马换了表情，笑道：“您误会了，我男朋友是高寻啊，灿晟的总监，我们还一起吃过饭呢。”说完，她环视一周，又补充，“靳总，这真的不是我闹事，画就在这里。你看，就是被人故意弄坏的。”

这么多人围观，靳司郁也在，顾文杰反应过来，叫众人回岗位，只留下当事人解决问题。

靳司郁看了一眼画，黑眸深不见底，语气冷静、沉稳：“不管这幅画是怎么弄坏的，GN 都有责任，但关于赔偿，要不你回去问问高寻合同的法律效力，再来闹？”

他主次分明，一句话抓住要害。

林小姐明显僵住，她知道自己的男朋友是靳司郁的下属，不能受到牵连，她的语气瞬间客气起来：“是我太急躁，我们按照合同赔偿就可以了。高寻还不知道这事，我给靳总道个歉。”

靳司郁侧身：“不必，你给我女朋友道歉就行了。”

今天他来参加股东会议，恰好撞见这事，闹事的女人再不情愿，也说了声“对不起”。

现在人已经走了。

走廊上，李烟想着要是没有靳司郁，现在估计林小姐还在闹，不过也只能闹，合同上白纸黑字写得清清楚楚，怎么都更改不了。

“刚刚谢谢你。”

靳司郁揉了揉她的脑袋：“你去调一下监控。”

靳司郁的存在给了她很多便利，但同事间的传言也不断，他不多管后续的事情，也是在为她着想。

李烟整理了下头发，小声道：“上班呢，头发都乱了。”

靳司郁靠着墙壁，仔细打量她：“今天换口红了？”

她点头：“新买的，好看吗？”说完，她还露出一个微笑。

靳司郁看了几秒，低头碰了一下她的唇，挑眉坏笑：“嗯，但难吃。”

“喂……”李烟目光四处扫，还好没人路过。

他没再逗她，看了眼时间，没忍住，又提醒道：“记得调一下这条走廊的监控。”

李烟没有回工位，先去了趟监控室。

因为没有权限，她又把顾文杰找过来。

如果靳司郁不提醒，这件事就会按搬运过程中受到磕碰而损坏处理，因为以前也有过这种情况。原本顾文杰觉得调查监控是多此一举，想说点什么，然后就见屏幕上突然出现了一个跟这事无关的人——楚蓉。

这一天过得很快。

靳司郁帮李烟撑腰的事已经在同事间传来。

群里十分火爆的八卦是楚蓉为了针对她，故意在画上动了手脚。

——愚蠢也自私。

顾文杰已经把楚蓉叫走了。

后来的事，李烟没具体了解，只听说楚蓉可能会被开除。

靳司郁还在楼上开会，李烟安心地坐下画画。

时间消失得悄无声息。

李烟按了保存键，伸懒腰的同时手机响起。

“下来。”

她动作一顿：“你怎么还没走？”

电话里传来打火机点燃的声音：“等我女朋友下班，不可以？”

李烟累了半天，原本沉闷的心情好转一些，她起身收拾东西，电话还没挂，她下意识道：“你求求我，我立马下来。”

男人像是笑了下：“求你下来，宝贝。”

他的声音温柔又宠溺。李烟本就是开玩笑的，没想到他真说了，差点手机没握住，慌乱地把包拎上：“马上来，挂了……”

今天阴天，李烟刚出公司大门，一眼就看见站在车边的靳司郁。

他的臂弯搭着西装，衬衫领口解开两颗扣子，懒散地咬着烟，嘴角扬起，一直看着她走到跟前。

“你等多久了？”

靳司郁抬手取下烟摁灭，打开副驾驶座的车门：“没多久。我们去哪里吃饭？”

直到车开到市区，李烟也没想好吃饭的餐厅，挽着他的手：“随便吃什么，我都行。”

两人还是去了上次吃过的淮扬菜馆，今天不是周末，店里人不多。

李烟不赶时间，缓慢吃完，靳司郁又包了个情侣厅，带她去看电影。

影院的VIP座位连在一起，整个厅里只有他们俩。

李烟接过男人递来的爆米花：“你不吃吗？”

“你先吃。”

李烟把爆米花放在座位中间，靳司郁以前从来不碰零食，但今天也时不时地吃几颗爆米花。

幕布上放映的爱情片，是个因为误会而分手又重逢的故事。

看到最后，靳司郁搂着她的肩膀，发表了踧哥式评论：“没长嘴的傻瓜。”

估计他是第一次看这种狗血爱情剧，李烟被逗笑了：“就你有嘴。”

两人并肩走出影厅，外面雨下大了，她带了伞。

有车经过，水花乱溅，下一秒李烟的身子被人抱住。她虽然被挡住，但裙摆、高跟鞋都沾了水。

这里离他常住的那家酒店很近，他们驱车前往酒店。

靳司郁看了眼屋外的雨："今晚睡这里吧。"

李烟的裙摆黏在腿上，有些难受，仰头看他，水眸清亮："等会儿看雨停不停。"

靳司郁点头："那你先去洗澡。"

卫生间灯光明亮，她洗着热水澡，手脚才渐渐回温。

靳司郁给她吹干的头发。李烟随手在袋子里翻了翻，发现他贴心地把她明天要穿的衣服也买了。

雨还没停，已经快十二点了。

李烟只好给姑姑发消息，撒谎说在同事家住。

深夜，她穿的浴袍有些不舒服，她想脱掉。靳司郁将手搭在她的腰上，碰到浴袍系带，也没解开："不热吗？"

李烟根本睡不着："怕你乱来。"

他的嗓音带了笑："我想乱来的话，这层衣物挡得住？"

既然他这么说了……李烟有点相信他，手刚握上系带，他便倾身压了过来。

是很暧昧的姿势，她没反应过来，熟悉的男性气息充斥她的鼻间。

虽然她已看透男人的嘴脸，却依然会上男人的当。

醒来的时候，骨头跟被拆过一般，李烟试着起身，却浑身无力干脆躺回去。

房门被打开，靳司郁今天没去公司："帮你请好假了。"

李烟不看他，用被子蒙住脸，嗓音模糊不清："你还挺'未雨绸缪'的。"

他摸着她的头发，轻笑："主要也有我的责任。"

李烟红了耳根："你出去一下，我要洗漱。"

靳司郁不为所动："又不是没看过。"

李烟气得用枕头砸他，被他躲过，恰好门铃响了，服务员来送早餐。

她慢吞吞地站了起来，去浴室快速洗漱完，中途靳司郁进来拿剃须泡沫。

李烟起了玩心，踮着脚拿着剃须刀，靳司郁怕她费力，把人抱起来，让她踩在他脚上，手稳稳地扶住她的腰。

她一门心思专注于手上的动作，忽然感觉到男人炙热的视线。

动作一顿，她退开一些距离："我不会弄。"转身，她落荒而逃。

习惯了快节奏的生活，这是李烟回国后第一次睡醒起来无所事事、不慌不忙地吃完一顿早餐。

电话响起，靳司郁安静地听了几分钟，放下手机："等会儿陪我回趟家。"

李烟喝着豆浆："怎么了？"

"牧子想你。"

李烟点点头。上次分别后，她给牧子专门画了幅Q版肖像图，定制成玩偶，正好已经到货了，今天拿上，一起带过去给他。

车上，靳司郁都快气得冒烟了，单手握着方向盘，另一只牵住她的手有些用力。

"亲弟弟的醋也吃啊？"

靳司郁看了李烟一眼，一副"这还要问，快来哄我"的模样："你最好给我们一家三口画张全家福。"

李烟一顿："哪里来的三口？"

"谷雨——你忘了？把'孩子'扔在我这里两年，不管不问。"

李烟当然没忘，笑了笑："你不是将它照顾得白白胖胖的？"

靳司郁沉默片刻，眼睛一直看着前方，随后道："万一它少两斤肉，我怕你回来骂我。"

他的声音很低沉。

李烟突然就想起唐宋说的那句话——两年都等下来了，不差这两个多小时。

她胸口有些闷，开了窗，微风并不能把思绪吹乱："你知道我第一次见你是在哪里吗？"

她第一次说起这件事。

红灯了，他停下车。

“你用车灯给我照了一路，明明那时候还不认识你，我就已经喜欢上你了。”她语气轻松，如同在怀念一件小事。

靳司郁看着她，直到后车的喇叭声响起，他才想起来启动引擎。

他记得，那天韩慧骂了他一顿，还找人去酒吧闹事。

他处理完，独自去后巷抽烟。

也是在那时候，一个姑娘从拐角走过来，她身形纤瘦，晚风吹得她碎发晃动，明显脚步顿了一下，离他远了点——敢情是把他当成混混了。

不过他本身就不是什么好人。

眼看着几个男人向她走近，他也是一瞬间的冲动，开门上车，开车灯为她照亮，一路相送，直到她出了巷子。

后来他在酒吧帮她解围，也是因为看她眼熟，他被动地答应她的告白，甚至本能地对她好。

刚刚她说在还不认识他的时候就喜欢上了他……这让他满心懊悔、愧疚。

此刻他终于明白为什么当初她走得那么决绝　　都是他自找的。

只是他也没想过，那时候不过是多看了她两眼，如今她便成了他白天黑夜永不落的星。

“对不起。”他说，“以后我会一直在你身边。”

过去是过去，以后是以后，他就像是给她打了一剂名为安全感的针。

李烟轻轻嗯了声，从她答应重新在一起的那一刻起，很多东西就改变了。

她不再认死理，就算这段感情还是失败，她也有能力承担后果。

世界上多的是难走的路、难并在一起的肩，她想要结果，就要认真地过好当下。

他们到靳家时，发现难得靳宏也在。

牧子抱着玩偶爱不释手，后来还是被靳司郁用拼图转移了注意力。

靳司郁拎着玩偶看了会儿，说实话，这玩偶的五官也有点像他，他心里好受了些。

靳宏坐在沙发上翻了翻杂志，眼睛看向旁边。

小姑娘陪牧子玩拼图，靳司郁正接着电话，应该是在谈公司的事，手里端着杯热水吹了吹递过去，小姑娘喝完，又把杯子还给他。

画面和谐。

印象里一直叛逆的大儿子好像突然长大了，他强硬地想去创业，也成功了。

一个企业家身上有少年的热血，有孩童的善良，有成年人的坦然，现在他有想要陪伴到白头的爱情。

这很不容易。

靳宏微微叹气："你教育出了一个好儿子。"

这话没半点贬义。

韩慧顺着靳宏的视线瞥了两眼，继续回复手机里的消息："还能怎么办，他就偏偏看上了。"

"人家姑娘也不差吧。"

"那我以前也是为他好啊。"

"怎么说了两句话，你就这么冲。"

"我说话冲吗，这里我也就能管管牧子……"

两个长辈突然就吵了起来，靳司郁带着李烟和牧子离开，看样子是习惯了。

李烟没多问，韩慧没说不同意她和靳司郁交往，也没单独找她谈话。

李烟觉得很好，不硬融入靳司郁的家庭，跟韩慧和平相处，两个人都舒坦。

靳司郁过段时间要去江南出差，看了一下时间，刚好是她双休，于是决定带着她一起。

牧子听到了，闹着也要跟着一起去。

靳司郁皱眉："你去干什么？"

"陪……尼……老师……"

“我陪就行了，你学习。”

“不要！”

靳司郁这个人表面很凶，对牧子却是纵容的。

没办法，他最后叮嘱牧子，只要听话，就一起去。

之后的几天，李烟突然觉得时间好漫长，她不想承认自己有点期待这次旅行。

其间牧子还拿手机打了通电话给她，语气天真地说他最近很听话，哥哥已经答应带他去了。

当时李烟刚洗完澡，擦着头发随意地笑道：“牧子怎么这么开心啊？”

“喜欢嫂子……还有……哥哥，开心……”

李烟好不容易听懂了他的话，心也柔软许多，叮嘱几句早点睡，才挂断电话。

在临出发前一天的晚上，她收到靳司郁发来的晚安，她确实也有点困了，只是一夜辗转反侧，心很乱，甚至眉头都疼。

她醒来无精打采的，手机不小心调到静音了，有很多未接来电。

她先点开一条未读消息，看着看着，心猛地一缩，泪直接模糊了双眼。

有的人，真的见上一面，就再也见不到了。

明日隔山岳，生死两茫茫。

靳牧子昨夜被韩慧带出去吃饭，在玩耍的过程中被人绊倒，手里的筷子捅进鼻腔，直达颅顶，抢救无效，死亡。

那个总是笑嘻嘻地喊她“尼老师”，怯生生地说想尼老师，任性地要跟着他们一起去玩的孩子……没了。

世界上有那么多不公平的事，上天好像从未对牧子心软，如今还夺走他的生命。

靳司郁在凌晨三点给她打了通电话，她盯着他的名字，久久不能回神。

她不知道靳司郁会怎么样，他这么一个善于隐藏情绪的人，此刻心情是难过还是崩溃。

手机屏幕再次亮起，是韩慧。

屋里安静得只听得到电流声，良久，女人声音沙哑：“你来见牧子最后一面吧。”

# 第十一章

## 这一生，敲谁的钟，做谁的佛

前一天还活蹦乱跳，说想和哥哥嫂子一起去江南的人，转眼就在这个世界上消失了。

为什么？她也想问为什么这么突然，就算是生病也好，至少能好好道个别。

到达殡仪馆，感觉整个世界都灰蒙蒙的，没有人说话，只有低泣声。

韩慧哭得晕了过去，被人搀扶到休息室。

靳宏红着眼眶，招待悼念者，尽管内心山呼海啸，依然要强撑着顾全大局。

牧子躺在床上，脸色惨白，嘴角上扬，像是安睡的娃娃。

靳司郁就这样坐在旁边看着牧子，四周人影晃动，都与他无关，他只是看着牧子。

李烟走过去，捏了捏他的肩膀，叫了声他的名字。

半晌，男人的眼睛终于动了一下。

他清冷的黑眸布满血丝："烟烟。"

李烟坐到他身边："我在。"

靳司郁垂下眼，昨夜韩慧庆功宴前，牧子还跟他开心地说陪妈妈出去吃饭。

那时候他开了一天会，打算休息，也难得地问牧子吃什么。

他以为这一生的时间很长，可人类永远不知道意外何时扑咬过来。

他根本不知道自己能做什么，不是说好牧子听话就带出去玩吗，为什么还是不听话？

——不听话地一声不响地离开。

靳司郁扯了扯嘴角，低声呢喃："是我对他不好。"

她的掌心覆上他的手背，试图传递过去一些温度："你对他很好，牧子很喜欢你。"

如果对牧子不好，靳司郁不会在他被人辱骂时大打出手，也不会明知道是个电灯泡，还是找理由带他去玩。

长久的静默。

“我是不是没弟弟了？”靳司郁突然问。

李烟呼吸一滞，酸涩涌上眼睛，眼泪顷刻间流了下来。

牧子安葬那天，唐宋、江越都来了，朝他们点了点头，走到墓碑前献上花。

天空下起了滂沱大雨。

很难过吧，还没去过心心念念的江南呢，牧子估计在哭鼻子了。

李烟侧打着黑色的伞，抬眸望向阴沉的天空。

如果有下辈子，她不想当牧子的伴读老师，她想做他的同学、学姐，甚至同桌。

下辈子，我们的牧子一定要健健康康的。

中午，他们回到靳家，牧子房间还是老样子，床上躺着李烟送的那个卡通玩偶。

李烟缓缓坐到床边，拿起玩偶戳了戳它的脸，看着看着，眸子又热又疼。房门在此时被打开。

靳司郁穿着黑色西装。

李烟想说什么，放在腿上的玩偶被他拿走抱在怀里，随后侧身躺下，头枕到她的腿上。

就像曾经一样，这个男人压力大，抑或太累时，都会这样。

外界眼中沉默冷硬，甚至刚刚在墓地都面无表情的人，此刻如同无助的孩子，眼角泛出湿润，只有在她面前，情绪才会流露。

两人都没说话。

书桌上，照片、拼图都放在原位，好像牧子正坐在书桌前，因为积木倒了而独自生闷气，转头又扬起笑脸。

这一次，他口齿清晰，说：“哥哥，我们什么时候和嫂子去玩呀？”

一连几天阴云密布。

后来的那段时间，韩慧结束手里与电影相关的工作，渐渐隐退，听说她总在家里望着一个点发呆，李烟得空就去陪陪她。

初秋了，凉风习习。

李烟拿了条毯子给她，女人看上去似乎老了十岁。

她们相对无言。

看了眼手机，李烟快到上班时间了，道完别，她打算离开。

韩慧突然出声："注意安全。"

人在命运面前，能做的只有小心翼翼、如履薄冰。

李烟点头："您保重身体。"她能理解韩慧的心情，收紧指尖，轻声，"阿姨，这不是你的错。"

韩慧看向她，微肿的眼睛泪光闪烁，别开视线："你俩好好的就行。"

生活还在继续，只要活着，就得往前看。

重新回到工作岗位，靳宏身体不如以前了，靳司郁除了负责灿晟的工作，如今也接手靳氏集团。

生活忙忙碌碌，靳牧子这个名字，不会轻易再被提起，好像大家都淡忘了，又好像记得更深刻。

十二月末，那天是靳司郁生日，她想送个礼物，男人却拒绝了，说只要陪他吃顿饭就行。

牧子走了快半年，李烟知道他心里有道坎，其实大家心里都有道坎，只是谁都不说。

她加了会儿班，下楼看见靳司郁的车停在马路斜对面。

他一个小时前就到了。

她开门上车，男人递过来一个保温杯："肚子还疼？"

她今天来"姨妈"第一天，打开杯盖浓浓的红糖生姜味弥漫开来："不疼了。"她抿了口，差点辣到嗓子，合上盖子，悄悄地放到旁边。

"喝掉。"他单手握着方向盘，抬起另一只手，又将杯子拿起递给她，"明天肚子疼了，还得我哄。"

李烟接过了杯子："谁要你哄了。"

靳司郁嘴角扬了个弧度，看着后视镜，方向盘打了半圈转弯，随意道："今天谁闹着不起床来着，我不哄，谁哄？"

这话也对。她在他面前性子总是柔软的，皱着眉将红糖姜茶一饮而尽。

靳司郁订的餐厅在江边，吃完饭，两人散散步。

时间慢了下来，还有几天就跨年了，天空中升起几朵烟花。

满天星辰，不知多少可爱的人住在上面。

这里是市区繁华地段之一，不少奢侈品牌专卖店坐落于此。

路过一家装修偏民国风的商店时，李烟停下了脚步。

靳司郁知道她最喜欢这些小玩意：“人多，慢点走。”

他动作温柔，语气更温柔，李烟的掌心暖乎乎的：“我们一起进去。”

她有选择困难症，还是靳司郁帮她做了决定，挑了两个平安香囊，一大一小。

店主很热情，说这平安香囊是开过光的，李烟凑到靳司郁的耳边：“你觉得可信吗？”

靳司郁笑了，点了点她的鼻尖：“小点声，万一是真的。”说着，他将大的那个香囊放进她包里。

李烟不解：“女孩子选小巧一点的就好了，这个给你。”

靳司郁按着她的手，挑眉道：“你不懂，大的保平安效果更好。”

他的语气一本正经，低沉、好听，幼稚得可爱。

李烟忍着笑：“你真的信啦。”

男人牵着她离开，轻声：“信啊。”

无论出于什么目的，他总是想把好的东西给她，这样，她就能比他活得久一点。

人声鼎沸，李烟抬眼看他，把那个小香囊放到他的口袋：“靳司郁，生日快乐。”

——每一年都要平安。

天气转入深冬，靳司郁说想正式拜访她姑姑一家。

也是在那一刻，她才发现这人已经知道她没有父母的事。

本来都习惯了，她却忍不住眼眶温热，她感谢姑姑把她抚养长大，但心里总有遗憾和缺失。

靳司郁注意到姑娘的不对劲，靠着沙发把她拉过来抱到怀里，随意地开了句玩笑："已经开始怕了。"

李烟嘟囔道："怕什么，姑姑以前就说过要喊你来家里吃饭。"

靳司郁摩挲着她的无名指，侧头咬了下她的唇瓣："怕你哭。"他说，"烟烟，我不会再让你受委屈。"

命运这东西很无常，有时候让你难受，有时候让你绝望，有时候让你知足。

人终究会成为一堆骨灰，所以在这短短几十年的光阴里，他想和李烟在一起。

她的耳朵贴着他的胸口，有力的心跳声伴随说话声，发出轻微的震颤。

儿时伙伴的嘲笑，街坊邻居的闲言，她没有告诉任何人，为了不让他们看不起，她总是装作不在乎。

可她其实并没有那么坚强。这么多年平凡的流浪，身边突然站了个人，说不会让她受委屈，这让她心底不禁涌上一股暖流。

三十年河东，三十年河西，尘埃落定，归宿将至。

拜访李烟姑姑家当天，靳司郁穿了西装，见到她，靠着车身，也没着急开车门："怎么样？"

李烟抬手帮他理了理领带，看着这张脸，倒也理解为什么追这个人的女孩子那么多："靳老板帅啊。"

他啧了声："就这样被你勾走了，可惜了。"

李烟顺着他的话打趣："顶多算把你骗走了。"

靳司郁打开车门，手肘搭在车门上，俯身习惯性地揉了揉她的脑袋，低声："要是能骗到最后，也行。"

"……"

下午店里还没到营业时间，李春红客气地给他们开门："来了啊。"

就像见老朋友一样，姑父摆弄着茶具："都谈恋爱五年了，来家里做客怎么还带这么多东西。"

靳司郁在她离开那两年经常过来探望姑姑家，在姑父眼中，好像他们从未分开过。

靳司郁把东西放下，接过茶：“最近忙。上次送来的茶叶您喝得还行？”

“很好，我都舍不得喝。”姑父就喜欢品茶，柜子里摆满名茶酒水，有客人识货会问，他就讲这是侄女的男朋友送的。

李春红坐下来聊几句，忽然叹了口气——有些事她心里一直有所顾虑。

她望向靳司郁，道：“烟烟的爹妈走得早，她从小到大性子一直很安静。感觉你的圈子受到的诱惑也多，如今你们走在一起，凡事要多沟通沟通。”

司郁给她倒茶，语气认真：“您放心，我这辈子的女人只会是她。”

即使一生会路过无数庄园，他也只思念这一朵玫瑰。

他语气诚恳，李春红没说话，像是没料到他会如此坦荡。

靳司郁觉得不够——总要有些实质性的东西做保证比较好。于是他放下茶杯，抬眼：“姑姑，我以靳家的名义担保，不会做婚前个人财产公证。”

直到离开，李烟在回公司的路上才反应过来，扯了扯旁边人的衣袖：“怎么就说到财产公证了，还这么严肃。”

正好到GN的门口，靳司郁偏头看她，耐心地解释：“这是对你负责——往后我的钱和人都是你的。”

在他的认知里，钱和爱分不开，这不是势利，而是现实，也是安全感。

双目对视，波澜不惊。

她在后来才知道，靳司郁准备了份自己签好字的保证书寄到姑姑家。

这个人一直是靠谱、负责的，就算没有这个东西，她也相信他。

眼下，李烟愣怔一瞬，眸光悄无声息地流转，低下头：“谢谢。”

“怎么谢？”

她知道他是故意这么问的，于是吻了下他的嘴角：“够不够？”

靳司郁抿唇笑了，嗓音沉沉：“你要不要打个电话给姑姑？”

“东西落在那里了？”

“不是，告诉她你今晚住同事家。”

“……”

李烟想起前几天看到的消息，问：“听说音乐学院下个月校庆，邀请你了吗？”

他嗯了声，玩着姑娘的手：“没什么意思。”

“可我好久没看到你站在舞台上了。”

这一年的冬天过得缓慢，顾阮生了个七斤重的小姑娘。

那段时间，李烟太忙，匆匆去医院探望一会儿，又恰逢牧子出事，再想起来时，顾阮已经出了月子陪老公去法国了。

如今他们终于回来，孩子都五个月大了。

叫上云诗，她们几个聚了一下。顾阮到底是做妈妈的人了，一心只想着回家陪宝宝。

饭桌上只剩下李烟和云诗。

说实话，到现在李烟还是很羡慕云诗和周锦的感情。

“你俩婚期还没定？”

“明年初。”云诗笑了笑，“不知道怎么回事，听说你和靳司郁和好，我一点都不意外。”

只要两情相悦，就算分手陌路，到最后还是要在一起的。

李烟抿了口果汁，挑眉：“你也被他收买了？”

云诗摇头，目光狡黠：“不是我夸他啊，无论是在大学里，还是进入社会后，谁人不爱靳司郁。

“当然也不全是那种爱，也有只是多看两眼的那种欣赏。

“对了，我最近想单独出来开工作室，正好相中丽菱一家商铺，你帮我问问靳大股东能不能给个友情价。”

云诗说了一堆，原来在这里等着她呢。

李烟放下水杯，轻笑：“知道了，我帮你问问。”

她们又聊了许多学生时代的趣事，电话突然响起。

……

靳司郁挂断电话，将手机随意地往旁边一扔。

他靠着沙发，领带松散，身体的燥热在体内不断发酵。他抬手点了根烟。

烟雾吸入肺腑，压着涌出的躁意，他终于抬起眼皮，不动声色地打量面前的女孩，吐了口烟雾，嗓音低到嘶哑："多大了？"

背景灯红酒绿，女孩肤白腿长，语气含着一股娇羞："二十三岁了，刚来灿晟实习。"

靳司郁慢条斯理地收回视线，晃了晃酒杯："胆子倒不小。"

声音与音乐融合，性感、低沉。

女孩心一跳，扫了眼他只剩一半的酒，缓缓坐到他身边，轻轻蹭了下他的手臂："靳总，要不要我送你回家？"

陌生的香水味，浓郁、刺鼻，靳司郁皱眉拿开手臂，也不拐弯抹角，语气很轻，却压迫感十足："主动辞职还是我报警，自己选。"

李烟抵达的时候，看见男人在走廊上抽烟，肩膀微沉，火光忽明忽暗，黑色宽松衬衫自然地包裹着上半身。

对面忽然来了个女人搭讪，不知说了什么，男人偏头看到她，夹烟的手抬了抬。

随着走近，她听见他说："我女朋友来了。"

他坦然，直接，李烟看见男人眼中的坚定，以及急切。

接到靳司郁要她过来一趟的电话，她一路上心都悬着。

当手触及他掌心的温度，炙热灼人，李烟有了猜测，试探着问："要不要去医院？"

……

他们就近找了家酒店。

他洗了两遍冷水澡，只穿了条裤子，上半身没擦干，仰头灌两口冰水，水滴顺着下颌线滑落，途经喉结，属于男性的荷尔蒙气息格外浓重。

李烟腿有些麻，她趴在枕头上，动都不愿意动。

靳司郁把她抱坐起来，拿起吹风机将她半湿的头发吹干。

动作温柔，热风吹得脸颊发痒。吹风机的声音忽然停下，男人接了个电话。

距离很近，李烟顺势靠到他的怀里，听见电话里唐宋的声音，问他今晚怎么回事。

靳司郁随意地玩着她的长发，声音低沉：“坏心思用到我身上了。”

“怪不得连夜递辞呈呢。”

聊了几句，李烟大概了解了事情的经过。

趁他谈话，她起身去客厅。

半个小时前叫的意面已经冷了。

她想将就一下就这样吃，靳司郁此刻从房间里出来了。

“热一下再吃。”他端起餐盘去厨房。

李烟像条小尾巴一样，跟上去。

男人套了件白色 T 恤，弯腰调试加热的时间。

她安静地看着，明明是在商务酒店里，却觉得安心。

深夜，靳司郁侧身帮她揉了揉膝盖和腿，他弄疼她，又心疼她。

“很酸？”他问。

李烟点头：“明明可以去医院，偏要……”

她没说下去，靳司郁低声笑一瞬。

她的脸蛋清晰可见地红了。

初春，万物复苏。

音乐学院校庆演出那天是周五。

李烟临时改个画稿，耽误了一点时间。

她赶到学校，看到靳司郁穿了件黑色卫衣，还是那么帅。她不禁想起以前，明明过去这么久了，却好像只是昨天发生的事。

造型师在问要不要喷发胶，男人依然摇头说“不”。

但到了最后他还是低下头，让李烟帮他搞的发型。

唐宋临时有事来不了，身边站着几个一直在国外发展、今天特意赶回来的前乐队成员。

男生们笑着喊了声“嫂子”。

声音不大不小，惹来身边人侧目。

鼓手当年曾发生车祸，手臂断了，今天也到场了。

李烟："你的手没事吧。"

男生转了转手腕："没事，一场演出而已，能打。"他话锋突然一转，"我还单身啊，嫂子，到时候扔捧花能不能扔给我？"

怎么就谈到扔捧花了，李烟看了眼靳司郁，男人靠着门框笑了，附和一句："能不能啊，嫂子？"

李烟气得扑过去想揍他，可惜用力过头，直接一头栽到他怀里。

靳司郁伸手扶住她的腰，牵起嘴角，耳边传来一片看热闹不嫌事大的哄笑声。

为了有更好的拍照角度，她想去观众席。

离开前，靳司郁在走廊黏了她一会儿，吻了吻她。

这里时常有人路过，他没停留多久，松开她，轻声："别乱跑，我结束后去门口找你。"

"放心吧。"李烟帮他理了理衣帽。

靳司郁点头，抬手刮了下她的鼻尖："记得站在显眼的地方。"

大厅嘈杂，位子都被坐满，连走廊上都站满了学生。

李烟的座位在第三排正中，却已经被别人占了。

她过去沟通几次无果，对方说是人太多，大家都没按照自己的座位号坐。

随便吧，她待的时间并不长。

她尽可能地往前面站，可前面的男生个高，直接将她挡住。

她没想到在这里会遇见孙晴晴——她好几年不见的大学室友。

听说孙晴晴辞去了编制工作，正在创业。

女孩还是那般坦率，笑着抱住李烟的手臂："我最后悔的就是听我妈的话，考一个和自己专业完全不搭边的编制，还说轻松呢，钱没赚几个，头发都快被薅没了。我还这么年轻，不想一辈子都这样。

"现在嘛，开工作室、拍画画短视频，虽然也累，但真的好开心。"

网络时代高速发展，每个人的选择不一样，只要是做自己喜欢的事，即便再累，即便不是父母眼中稳定的工作，也是开心的。

她们都在各自的圈子里认真地活着。

李烟刚想说什么，一阵高昂的尖叫声突然响彻报告厅。

她踮起脚尖，看到了久违的白夜乐队。

主唱、贝斯手、鼓手、吉他手，立于舞台中央，很酷，也帅。

靳司郁单手搭在立麦上，意气风发，阔别七八年，他依然是舞台的光。

其他人介绍完，轮到靳司郁，男人抬起眼皮，声音在一片哗然中，清晰入耳。

“好久不见，我是靳司郁。”

话落，又翻起尖叫声。

男人肩宽腿长，沉声：“最近过得好吗？”

台下积极配合喊着“好”，还有胆大的女生直接道：“好想你！”

喧嚣过后是短暂的安静。

靳司郁目光扫过，像是在寻找什么：“不好意思，我女朋友跑不见了。”

声音是低沉的、轻松的，像是现场闲聊。

台下更是沸腾，无论男生还是女生，都尖叫着：“没跑！我在这里！”

他在鼎盛时期解散乐队，是多少人心中的意难平。

如今被特邀回归，靳司郁再一次“杀疯”了。

前面荧光棒晃眼，李烟叫得嗓子快冒烟了。

后来还是孙晴晴借来一把凳子，让李烟站上去，替她喊：“你老婆在这里！”

“……”

或许是太过释放自我，她喊破音了，一下子众人都朝这边看过来。

李烟站在高处，被这么多双眼睛看着，一瞬间就“社恐”了，尴尬地挥了挥手。

她看见靳司郁扬唇笑了，起哄声变得模糊，与他对视上。

鼓手开始敲鼓。

摇滚，跳动，将气氛推向高潮。

男人摘下麦克风，桀骜恣意，身上光芒更盛，声线沙哑又温柔。

这是他的成名曲《沉迷》。

举步对望，失火燎原。

人潮熙攘，沉迷月光。

李烟眼睛一眨不眨地盯着舞台，现场听这首歌会让人感觉如同独自开车在西部的高速公路上。

他像是一匹难驯服的野马，却对她奉上自己无上的忠诚。

她再也不怕太阳落下，闭上眼睛，也能看见月亮。

最后一个音符停息，耳边是热浪般的尖叫。

白夜乐队今天在校园彻彻底底地落下帷幕。

身边的孙晴晴红了眼睛，哭喊着："这是我的青春啊。"

门口有冷风吹来，李烟的眼圈有些热，手机弹出条消息，靳司郁说他要临时接受了个采访。

她乖巧地回了个"好"。

靳司郁收到消息，耐心地关掉手机——其实他心里快急死了。

他想好了唱完就去找李烟，面前突然架了台摄像机。

学生记者还有些紧张，目光躲闪："学长，请问您现在感觉最骄傲的事情是什么？"

"创立灿晟。"他玩着手机，淡声回道。

记者明显顿住了，这里是音乐学院，好歹说些关于音乐的"鸡汤"，眼下想圆场："除了工作呢？"

沉默片刻，靳司郁缓缓抬眼："李烟。"

过去这么久，大部分新生并不知道这人是谁。

"这位是？"

"美院民谣女神，我的。"

靳司郁来接李烟的时候，孙晴晴已经走了。

车内，李烟有些心不在焉，大抵真的被影响到了，叹了口气，喃咕一句：“我的青春结束了。”

男人一手扶着方向盘，另一只手牵起她的手：“人是你的不就行了。”

也对。

“但我还想听歌。”

“以后只给你唱。”

孙晴晴要是知道了，得羡慕哭——他好偏心，但李烟挺喜欢这种偏心的。

晚上，他们住在市区的别墅，墙壁挂着她制作的装饰画。

靳司郁洗完澡出来看见她盯着画愣神：“这画，我可费了不少力气。”

李烟笑道：“感觉颜色有点暗了，当时没注意。”

男人揽着她的肩，闻言，声线轻柔：“工作不认真啊，李组长。”

她不置可否，手指着中间一个用黑色记号笔加上去的小人：“这不会是设计师画的吧？”

靳司郁目光微滞，随后移开视线：“牧子弄的。”

“……”

安静下来，李烟缓慢地眨眼，悄无声息地转开话题。

靳司郁今夜没碰她，睡得也还安稳。

她浅眠，凌晨感觉到身边的人起来倒水，喝完躺到床上，也没立刻睡。

李烟揉了揉眼睛：“做梦了？”

靳司郁垂着眸，低低地嗯了声：“这么久了，你说牧子过得好吗？”

她的困意渐渐消散，指尖捏了捏他的腰：“他估计在江南玩得很开心吧。”

当时牧子离开，他们也没去成江南，总觉得有些不敢面对。

“现在去江南吗？”

“去吗？”

他们几乎同时出声。

目光相撞，李烟弯了嘴角：“去，就现在。”

凌晨两点，她简单收拾了几件衣服。

他们开车去往江南，带着无尽的思念和期待。

隐藏在内心的浪漫因子不断跳动，是的，浪漫的、热烈的、无畏的青春。

他们到达目的地时，刚好天边布满朝霞。

青瓦白墙，晨露沾衣，水岸人家，像是水墨画一般。

没过几分钟，天又亮了一些，湖面上已经有摇橹船经过。

靳司郁刚接完电话回来，脱下外套给她披上：“等会儿陪你吃个早茶。”

李烟点头，路边有刚开张的卖糖人小铺。

她走过去：“爷爷，你会画哈利·波特吗？”

老人明显没听说过，笑得爽朗，说：“有照片，我就能画。”

过了一会儿，李烟看着手里戴着一副标志性圆框眼镜的笑脸糖人，总感觉有哪里不对劲。

靳司郁站在远处抽烟，见她转身，忍笑道：“牧子看见得哭。”

李烟不搭理他，依然看着风景，余光一瞥看见桥下陆陆续续划过十几条船，船上装满了粉色玫瑰花，给水乡添了亮丽的一笔。

她纳闷地转头：“今天是什么节日吗？”

靳司郁灭掉烟，走到她身边：“不是。”

李烟咬了口糖人，眼睛一亮：“不会是谁要求婚吧。”说着，她拉过男人的衣袖，“我们去看看。”

靳司这次真的笑了：“我求婚，你在这里看就行。”

风声停了，甜味在舌尖蔓延，她问道：“什么？”

他侧头，指尖收紧一瞬，半晌才低声道：“烟烟，嫁给我吗？”

目光认真、虔诚。

他依然是少年模样。

他笑起来很坏，对她无赖又细心，但温柔，不轻易袒露感情，却比谁都有责任感。

在思念的人最想来的地方，他对她求婚了，定格成永恒。

李烟的眼睛蒙上水雾。

她以前不懂为什么短视频里女生被求婚会哭，觉得多少有点装。

现在她懂了，世界上不是每份爱都能水到渠成，有的爱就像开盲盒，中奖那一刻，除了想哭，没有其他想法。

她只听男人低声骂了句。

李烟眨眨眼，睫毛湿润："哪有求婚还骂人的，不嫁了！"

靳司郁有些慌乱，低下头，耳尖红红的："不是，戒指在你身上外套的口袋里。"

"……"

果然，她摸到了一个棱角分明的四方盒，泪从眼角落下，哽咽着："笨蛋。"

她将盒子缓缓打开，一枚钻戒躺在里面，晨光下闪着光泽。

姑娘在犹豫似的，靳司郁喉结微动，抿了抿唇："认真的，想和你有个家。"

李烟看着钻戒，脸上挂着泪，赌气般笑："等什么，我自己戴？"

她有点凶，他喜欢。

松了口气，靳司郁单膝跪下，将冰凉的指环套上她的手指，刺得她心头一跳。

动作引来路人驻足，纷纷笑着鼓掌。

靳司郁起身抱住她："'盖章'了，这次跑不掉了。"

李烟的眼泪断断续续，头埋在他的胸口。

没有人见过真心，不想被发现的真心。

如果有一天，你遇见了一个美好瞬间，不要躲避，不要忽视。

爱情缱绻翻涌，注定纠缠。

这一生，敲谁的钟，做谁的佛。

你慈悲，我便罪过。

等你度我。

（正文完）

# 番外一

靳司郁 & 李烟

求婚这事，李烟以为是顺其自然的。

刚好去江南，刚好景色很美，刚好他说了，刚好她答应了。

没想到一回去，唐宋就问靳司郁成功没。

答案显而易见，看她手上的钻戒就知道了。

她有种被骗的感觉。

双休日，李烟在办公室陪靳司郁。唐宋他老婆也有一只猫，被带来一起玩。

李烟本来挺开心的，看着看着有点不对劲了，唐宋家那只小公猫总是缠着谷雨，事情还朝着不可控的方向发展。

她气得把两只猫分开，这才发现谷雨还没做绝育。

靳司郁刚开完会，便被姑娘拉着带猫一同去宠物医院。

看着麻醉剂打入它的体内，李烟的心也跟着一缩，毕竟它要上手术台，她有种“老母亲”般的担心。

手术时间不长，也就半小时。

回到公司，谷雨麻醉的药劲还没完全过去，放下来走路都走不稳。

李烟笑着把谷雨抱到小窝里，叹息道：“谷雨生不了小孩了。”

靳司郁刚脱完外套，闻言，把姑娘抱到腿上，侧头，视线懒洋洋地在她眉眼和唇瓣间移动：“要不你给我生个宝宝好了。”

她聊不下去了。

李烟拿起抱枕砸他，被躲开，又拿另一个抱枕扔过去。

靳司郁下午没事，也愿意陪她闹，低声问：“我们是不是得先领个证？”

李烟终于抓到机会来治他了：“你刚刚表现不好，我申请延期。”

靳司郁皱眉，逼近了些：“戒指都戴了啊。”

李烟笑了起来。

晚上他们要参加朋友组的局。

下午她带谷雨去医院一趟，脸上的妆有些花了。

车内，李烟在包里翻来找去，最终求助身边的人：“靳司郁，帮我去买支口红吧。”

靳司郁扶着方向盘，下意识地看了眼她的唇：“就这态度？”

李烟瞪他，亲昵地戳了戳他放在一边的手：“求你了。”

靳司郁目视前方，显然不买账：“不诚恳。”

“学长？”

男人勾唇，依然摇头。

恰好红灯，李烟咬了咬唇，凑过去吻了下他的脸颊：“哥哥，求求你了。”

“……”

车在商场外停下。

刚进门，靳司郁碰见主管：“靳总，好久不见！我刚准备打电话给您，上次订的包明天到货了。”

靳司郁和她握完手，皱眉问了句：“‘烂番茄’在哪里买？”

“……”

李烟不过回个消息的工夫，靳司郁就回来了。

他将手里的热饮递给她：“路上喝。”

虽说不是寒冬腊月，但李烟捧着热饮，心里还是暖融融的。

因为了解靳司郁的德行，知道这人去商场抵挡不住推销，很有可能把全部色号都买了，离开前她特地叮嘱他只买一支。

总体来说，他还算听话，但也多买了一支：“这是额外送我的什么色号……”

靳司郁挑眉：“玫瑰。”

李烟被逗笑了，心想他这人真是幼稚又浪漫。

庆功宴，有合作商第一次见李烟，敬酒时盯着她瞧。

靳司郁若无其事地介绍：“我老婆。”

声音不大不小，语气温柔缱绻，虽然只有三个字。

桌下，俩人十指相扣。

全程，李烟压抑着上扬的嘴角，也多喝了几杯。

结束后，李烟才发现，和他们年纪相仿的男生都带了女伴过来，只有唐宋身边无人。

走廊上有朋友打趣：“唐总怎么没带家里那位出来？”

唐宋笑了笑：“她今晚有约了。”

李烟喝得确实有点多，走路都踉跄。靳司郁正在打电话，一边分心搂着她的腰，防止她摔倒。

他这样，倒是把一边的唐宋看得无语了：“我说你们俩……”

话没说完，他的眼睛盯着某一个点，目光冷下来。

不远处走廊拐角，一个一看就是喝醉了的女人正在调戏服务员。

唐宋缓缓皱眉，本来他打算送这俩人回去的，眼下直接把车钥匙扔给靳司郁：“叫个代驾。”

李烟还没搞清楚状况，问唐宋：“你有什么事吗？”

“家里‘着火’。”

他们到家已经是一个小时后。

李烟身上的酒味散了些，但也困了，累得不想动。

靳司郁洗完澡出来，就看见姑娘仰躺在床上。

他走过去拨开她额前的碎发。

李烟眼睛睁开一条缝。

“乘人之危……”她小声道。

靳司郁也没否认：“老婆，我错了。”

嗓音低沉，听得人耳根有点红：“谁是你老婆。”

他笑了，啄了下她的唇：“李烟。”

“……”

安静得只听到呼吸声，李烟转开脸，发丝挡住微红的脸颊。

靳司郁不再逗她：“乖，先去洗澡。”

她翻了个身，耍赖道：“等一会儿。”

“我抱你去？”

“好啊。”

……

收拾完，他揉了揉她的头顶：“宝宝，喝点水。”

靳司郁很喜欢督促她喝水，她在工作时也会收到他发的信息，问她今天喝了几杯水。

有时候她会想，到底什么是明确的爱？大概就是这样细水长流的日常。

她接过水杯抿了口。

靳司郁这才满意，关灯，周围暖意融融。

男人的下巴贴着她的后颈，气息洒在她的肌肤上，有些烫。

李烟翻了个身，头靠到他的胸口，感受着有规律的心跳和炙热的温度。

回想起独自在法国那些迷茫的时光，如今看来，她要的不过如此。

历经千帆，身边是他。

“睡不着？”

声音很轻。

李烟点头：“想听歌。”

他们静默下来，呼吸都变得缓慢。

靳司郁抱她入睡，伴着他沙哑的声音。

*总有些惊奇的际遇，比方说当我遇见你……*

一夜好梦。

这段时间，李烟说东，靳司郁不敢往西。

李烟面前多了杯热牛奶。

她撸猫的动作一顿，下意识地看他，等待他开口。

男人坐在她身边：“烟烟，今天天气很好。”

目光意味不明，李烟感觉有条狼尾巴在他身后晃啊晃。

“怎么了？”

“适合领证。”

“……”

李烟忘记自己是怎么点头的，好像只是一晃神的工夫，手里已经握着红本本了。

车内，李烟有些说不上来自己的心情，似乎有点紧张。

靳司郁却心情不错，拉着她的手，用指腹摩挲一下："怎么了？"

李烟摇头："我拿户口本出来时没告诉姑姑。"

"……"

虽说已经答应这门婚事，但因为李烟没告诉他们而私自领证，这责任全都在靳司郁的头上——很有可能是他指使的。

结果就是，靳司郁陪着姑父喝了好几杯酒。

李烟终于知道他的酒量有多大了。

好在靳司郁喝酒不闹，洗完澡就睡觉。

李烟把结婚证拿出来看了看，而后轻轻放好。

她点开手机，看到靳司郁发了条朋友圈——结婚证的照片，配文两个字——家属。

深夜，李烟躲在他怀里，点了点男人的鼻子："小醉鬼。"

靳司郁好像被她弄醒了一瞬，手臂微微用力抱紧了她。

朦胧间，她听见男人低声说道："烟烟，我很爱你。"

靳司郁结婚，在金融圈是不小的消息。

他们婚礼那天，认识的、不认识的商界名流大部分到场了。

韩慧和靳宏虽说离婚了，但为了面子，也难得和气地站在一起迎接客人。

靳司郁招待完客人，刚好看见这一幕。说实话，他到现在也不懂他妈到底接没接纳李烟。

但不管怎样，他都不在意。

"没准你们复婚？"他玩笑道。

韩慧瞥了他一眼："要复合早复合了。大喜的日子，你别说这些话。"

一旁的靳宏无所谓地耸了耸肩，刚好有朋友喊他，瞬间换上笑脸。

李烟应该也差不多换好礼服了，靳司郁抬脚要离开。

韩慧没反应过来，下意识地问："这么多人呢，去哪里？"

靳司郁挑眉："去找老婆啊。"

"……"

看着他离开的背影，想着他是要组成自己家庭的人了，韩慧眼神复杂。

牧子还在的话，估计比任何一个人都要开心。

没过多久，韩慧释然地笑了笑。

李烟之前试婚纱是朋友陪着一起去的，靳司郁要跟着，她没让。

刚整理好妆容，手机上收到祝福短信和转账——顾阮在法国赶不回来。

这样也好，要是顾阮和唐宋碰面也尴尬。

下一秒，化妆室的门被打开，旁人识相地离开。

李烟笑着站起来，妆容艳丽，收腰的婚纱勾勒得身体线条柔美："好看吗？"

男人的目光一刻都没离开她，他缓缓走近："美。"说完，他就要俯身。

李烟快速抬手挡住："刚涂的口红。"

靳司郁啧了声。他今天穿着黑色西装配黑色领结，更显矜贵："一下也不行？"

李烟想了下："那就一下。"

靳司郁露出得逞的笑，上前半步，直接把她扣在怀里深吻。

……

这人心思越来越坏，李烟发现自己都有点吃不消了，而且无论是她怎么挣扎，都不是他的对手。

她重新补了口红，才挽着他的臂弯出去见宾客。

明明先前彩排了两遍，李烟还是紧张了。

《婚礼进行曲》响起，姑姑擦了擦眼睛，这么多年过去，李烟已经相当于是他们的女儿，如今出嫁，她心里又欢喜又舍不得。

当靳司郁低沉的声音说着"我愿意"时，暖色的灯光下，李烟与他对视，看见男人泛红的眼眶，自己也跟着鼻头一酸。

云诗前些日子刚结完婚，周锦扶着她，笑看着她醉醺醺的模样。

他们敬酒间隙，云诗端着酒杯，摇摇晃晃地看向靳司郁：“我就把我们烟烟交给你了，你要对她……嗝……好……”

云诗打着酒嗝，大家都被逗笑了。靳司郁揽着李烟的肩，给面子地仰头将杯中酒一饮而尽，低声：“一定。”

婚礼持续到晚上十点。

婚房布置得喜庆、温馨，李烟没心思欣赏，洗完澡坐在床边，脚疼得直皱眉头。

靳司郁喝了不少酒，但也没到醉的程度，掌心握住她的脚腕看了会儿。

她长时间穿着高跟鞋站着，后脚跟磨得通红，还有点破皮。男人皱眉，拿出碘酒帮她消了下毒，贴上创可贴：“疼吗？”

李烟看着他，摇头：“现在不疼了。”

靳司郁放下心，抬起她的小腿心疼地揉了揉：“这辈子也就累这一次了。”

李烟听出他的言外之意，调笑道：“下辈子我一定不穿高跟鞋。”

靳司郁听后笑了，啄了一下她的唇：“那我也还娶你。”

他们相拥而眠，从今往后，她有自己的家了。

婚后，靳司郁提议李烟辞职，自己开个工作室。

考虑到需要投入大量成本、精力，李烟感觉自己还没具有能开工作室的实力，决定继续在GN锻炼。靳司郁对此也没说什么，只是每天准时接送她上下班。

生活好像什么都没变，李烟唯一感觉有点变化的是，自己越来越幼稚了。

雨季，那天刚好靳司郁喝了酒，司机把他送到别墅前。

屋内，酒气弥漫，靳司郁躺在床上，像是习惯性的提醒：“烟烟，记得喝药。”

李烟宫寒，她以前喝过中药调理，但没有坚持，后来去法国，更没在意过这个。

跟靳司郁在一起后，男人把这问题说得很严重，李烟也跟着紧张起来。

她刚进卧室，就听见靳司郁的提醒，又出去喝完药才再次进来。

她躺在床上，靳司郁伸手过来搂住她，哑声问：“喝过药了？”

李烟嗯了声，而后男人的呼吸也慢慢变得均匀起来。

她突然想起以前不知在哪里看见的“偏方”，说在老公喝醉时，把拖鞋放到床上，这样问他问题，回答的都是真心话。

李烟悄悄下床，准备好一切后回到床上，躺到他怀里，没多犹豫，直接问：“今晚酒桌上有女人故意靠近你吗？”

安静几秒，就在李烟以为得不到回应时，靳司郁开口：“我已婚，没人敢。”

李烟眨眨眼，问出了所有女人最喜欢问的问题：“你最爱的女人是谁？”

“乐颜妈妈。”

李烟鸡皮疙瘩起来了，说话都有些咬牙切齿：“乐颜妈妈是谁？”

靳司郁翻了个身，没说话。

李烟气得想把他叫醒，下一瞬，他猛地转回来，唇贴着她的耳郭，轻声：“你。”

她愣住，大脑反复品味“乐颜”这两个字——这个人居然把他们小孩的名字都起好了？

李烟的“大姨妈”依然来得不准时，那段时间靳司郁比较忙，她不想打扰他，独自去了中医馆，想再开些中药。

问诊过程中，老中医将手指搭在她的手腕上，时而皱眉，时而眉目舒展。

李烟看着他的表情：“医生，怎么了？”

“这脉象有点不对劲。”

“什么意思？”

老中医笑吟吟地放下手，卖着关子不答反问：“靳总呢？”

李烟有点急了：“他比较忙，请问……”

声音被打断：“是该赚奶粉钱了。”

“……”

当晚，靳司郁回来得算早，看见一桌子菜，细细回想自己是不是忘记了今天是什么日子。

女人还在厨房忙碌，他走过去帮忙盛菜：“今天是什么日子？”

李烟站在一旁，好不容易憋住笑意：“不是啊。”

保姆阿姨不在，所有菜都是李烟做的，发现了这个，靳司郁心里更没底了：“老婆，是不是我做错什么了？”

李烟这次终于没忍住，笑了，摇头：“是个好消息。”说着，她悄悄地将一个首饰盒递给他，“给你的礼物。”

她这又是做饭又是送礼物……靳司郁看着她打开盒子，目光一滞，抬眸对上李烟的笑眸，又低头缓缓抬手将测孕棒拿出来。

室内安静得只听得到呼吸声，靳司郁仔细看，是两条杠。

抱她时，他想用力，又不敢用力，像有什么东西堵住喉咙，想说话又说不出。

他要当爸爸了。

“烟烟，谢谢你。”

第二天靳司郁没去公司，带着她去医院检查一番——先前喝的中药是调经的，要确定下对胎儿没有影响才会放心。

他们离开前，医生提醒前三个月不要做剧烈运动，注意休息。

靳司郁脸上的笑意就没消失过，说：“肯定没问题。”

闻言，李烟害羞地拍了下他的肩。

都说怀孕后妊娠反应会很严重，但李烟几乎没有呕吐。

某次靳司郁帮她穿袜子，挑眉道出事实：“这孩子跟她爸一样，心疼你啊。”

因此，李烟还想继续工作。

这次靳司郁跟她较真了，还说要把 GN 给收购了——幼稚鬼。

韩慧也打电话来劝说，李烟考虑了几天，确实怀孕期间不能出现差错。

这一年，靳司郁几乎推掉了大半工作在家陪她，她渐渐显怀，小腿有时候酸胀到睡不着。

不管多晚，男人总会起身帮她揉捏。

李烟还没结婚时，总是看网上说婚后的生活会是一地鸡毛，婚姻有多可怕。

她其实也害怕过这种生活，到现在才发现，可怕的不是婚姻，而是如果你选错伴侣。

靳司郁，她没有选错。

怀孕六个月时，顾阮约李烟吃饭，靳司郁不放心地叮嘱好几遍，李烟都被他逗笑了。

“知道啦，吃完我就打电话给你。”

靳司郁帮她理好围巾：“寒性的东西不要吃。”

李烟连连点头，耽误了半个小时才出门。

顾阮早就在等了，吃饭期间听说靳司郁早就把孩子名字取好这件事，笑得后仰：“靳总想要一个小公主的意图也太明显了。”

确实，靳乐颜，一个文静的女孩名。

顾阮继续道：“乐颜，乐烟，暗中表白啊。”

被这样一提醒，李烟足足愣了好几秒，当时没怎么多想，如今一看，好像真是这么回事。

她一脸幸福的小女人样，低声说了一句“幼稚”。

……

肚子越来越大，李烟的食欲也越来越好，每天会有一个时间点特别喜欢吃酸的，还有冰激凌。

也因为爱吃冰激凌，他们闹过一次矛盾。大概是因为体内激素水平发生变化，她现在总会因为一些鸡毛蒜皮的小事闹脾气。

靳司郁大多时候会哄着她，但是对于她要吃冰激凌这件事，他不同意。

韩慧听闻，叫着靳宏一起过来。

他们结婚后，韩慧和靳宏很少来打扰他们，不过日常问候有，只是没有多亲近，也没有多疏远而已。

李烟没太在意，毕竟她是和靳司郁一起生活。

那天，韩慧抿了口茶，抬眸瞪了眼靳司郁，而后将视线落在李烟身上："今天你爸你妈都在这里，有什么委屈尽管说，我们来收拾他。"

韩慧语气温和，却十足护短，李烟或许理解了——韩慧也是个不懂怎么表达感情的人。

她过了很久没有父母的日子，如今从韩慧嘴里听到"你爸你妈"这四个字，有点想哭。

说明了不让她吃冰激凌的原因后，靳司郁无奈地笑了："妈，我真没有凶她。"

"你有！"

刚说完，靳宏的嘴角抖了一下，又板住脸骂靳司郁，然后说："烟烟，你先进房间。"

这下李烟不放心了，这架势不会是要揍靳司郁吧，她道："爸，别动手啊。"

靳司郁扬唇牵住她的手，可怜巴巴的："老婆，我怕。"

这个人年少时就叛逆，世界上就没他怕的人，一句话引来笑声，李烟也跟着笑。

一家人其乐融融。

吃完晚饭，韩慧又叮嘱了几句才离开。

深夜，李烟婚后很少熬夜了，闭上眼睛正酝酿睡意，靳司郁侧身抱住她："老婆，我错了。"

李烟翻了个身，后背贴着他的胸膛，依旧是亲密的姿势，静下心想想，自己也不该计较太多，毕竟他也是为她好。

耳边男人的声音继续："明天我去给你买冰激凌，但不能多吃，对你的身体不好。"

李烟开心了，直接翻身抱住他："谢谢。"

靳司郁刮了下她的鼻尖："不叫老公？"

李烟很少这样亲昵地叫他，现在心情好，头埋在他的怀里，不知为什么，她总闻到他身上有一股香味，很好闻。她闷声软糯地叫了声老公："你会不会觉得我太闹了？"

男人语气温柔，像是夕阳下的风："不是闹，而是可爱，我喜欢。"

李烟的鼻头有些泛酸："我们第一次遇见时，你对我是什么感觉？"

靳司郁想了想："你那天晚上穿的白裙子，挺吓人。"

她以为两人第一次相遇是在他的酒吧，但那天自己根本没穿裙子。思绪回转，她记起第一次在小巷看见靳司郁的那个夜晚，她穿的是白裙子。

原来这个男人对她有印象。

"你才吓人！"李烟反驳。

靳司郁吻了吻姑娘的额头："那时没想到你会是我老婆。"

李烟往他的怀里靠了靠，嘟囔："你运气真好。"

困意袭来，迷糊间她听到男人压低的声音："是啊，运气真好。"

开春了，她的小表弟陆临也结婚了。

他们从校服到婚纱，不知道为什么，李烟一听到主持人说他们八年爱情长跑，就红了眼睛。

不是每 段感情都能走到最后的，很难得。

靳司郁拿纸巾帮她擦眼泪，大概是理解她怀孕时的感性："不哭了，不然肚子里那位以为爸爸欺负妈妈了。"

李烟一时间又哭又笑的，这时候恰好她肚子饿了，感动的情绪才淡去。

因为她身怀六甲，所以他们离开得比较早，陆临和新婚妻子一起来送他们。

陆临一身西装，年轻帅气："姐，你预产期是什么时候？"

"还有一个多月。"

"那快了啊，姐夫好好照顾我姐。"

靳司郁点头，不等他说话，李烟抢话道："你们也要努力呀。"

一句话让两位新人都不好意思起来，陆临还傻呵呵地回应："一定、一定。"

"……"

回去的路上，李烟心情十分不错，看见烤冷面又馋了。

靳司郁也随便她了——总不能因为不让她吃东西搞得她眼泪汪汪的，只能盯着她少吃点。

香味弥漫在车厢，李烟吃得开心，靳司郁就这样看着她，笑了。

“你也想吃？”李烟停下动作。

他摇头，习惯性地揉姑娘的头顶，温柔又无奈：“你吃吧。”

李烟撇撇嘴，她还舍不得给他吃呢。

“为什么取名叫乐颜？”她知道原因，但还是想听他亲口说。

“喜欢你啊。”

李烟没想到他会这么直接，被他看得害羞了，嘴巴还塞得有点鼓。

不知道靳司郁是以为她没听清，还是故意逗她：“真喜欢你。”

“不要说了。”

“喜欢还不让说？”

“对。”

“那我爱你。”

因为胎儿偏大，李烟深刻体会到了生小孩的疼——比想象中的还要疼。

靳司郁全程陪产，握着她的手都微微颤抖。

那一刻，他几乎想把这份疼转移到他自己身上，而不是像这样站在一边，什么忙都帮不上。

他想，没有什么比一个女人为他忍受疼痛生孩子更值得感动的事。

他们是按照女孩准备的婴儿用品。

况且，靳司郁对自己也很有信心，直到怀里抱着个七斤八两的大胖小子，开心也开心，但总有些猝不及防，还有些紧张。

“乐颜”，一听就是女孩名，于是靳司郁换了个字，给孩子取名为靳乐衍。

李烟小心翼翼地摸了摸婴儿的脸蛋，心中有一种说不出来的欢喜，靳司郁坐在一边，怕她太累：“睡一会儿。”

李烟确实困了，察觉到男人情绪恹恹：“心情不好？”

靳司郁摇头，掖了掖她的被角："他让你太疼了。"

李烟笑了："不疼，这是我们的宝宝，我很开心。"

靳司郁握住她的手，眼角染上一抹红。他有很多话想说，但到嘴边只有一句："烟烟，谢谢你。"

那段时间，月子中心频繁爆出丑闻，靳司郁不放心送李烟去那里坐月子，于是请了三个负责任的月嫂照顾她，甚至还亲自下厨给她做月子餐。

李烟被照顾得很好，身体也恢复得快。有时候她仔细想想，发现靳司郁有了许多变化。

他依然很霸道，说话逗她有时候还很欠揍，但学生时代那个谁都不在乎、淡漠的靳司郁好像消失不见了。

他对她和孩子表现出十足的耐心和温柔。

乐衍快八个月的时候，他们将谷雨接回家一起生活。

大概猫天生对孩子温柔，谷雨很喜欢靠在乐衍的身边，而乐衍则靠着靳司郁。

早上起来，看见这一幕，李烟总能在平凡的生活中体会到浓浓的幸福感。

渐渐长大，靳乐衍小朋友的身上越发体现出靳司郁基因的强大。

他和靳司郁长得像就算了，性格也完全如出一辙——人前听话，背后尽是鬼点子。

他三岁时，李烟帮他报名编程启蒙班，开拓逻辑思维能力。一开始她还怕他不感兴趣，没想到小家伙脑瓜子很灵，上了一节课就喜欢上了。

一天，看着上蹿下跳的儿子，李烟鬼使神差地跟靳司郁说："我给你生个女儿吧。"

男人正在给她吹头发，似乎是没听清，关掉吹风机："什么？"

"我说，想给你生个女儿。"

靳司郁垂眸，喉结动了动："一个就够了。"

"可是……"

“烟烟，我舍不得你疼的。”

韩慧这几年事业发展平稳，于是将生活重心回归家庭，闲来没事会过来找李烟说说话以及看看孙子。

那天她拿出靳司郁小时候的照片给李烟看，一旁的乐衍眼睛一亮，手指着照片：“妈妈，这是我。”

乐衍和靳司郁小时候确实像是一个模子刻出来的。

“我年轻那会儿天天忙，回到家只会更关心牧子，除了对司郁的学业比较关心，其他也没教他什么。”

李烟摇摇头：“您把他教得很好。”

——性子里的温良，对待女性的尊重，以及对事业的执着，除了对待感情会慢半拍，李烟找不出那人身上的缺点。

韩慧叹道：“那他也是在和我对着干的过程中，自己悟出来的。”她笑了，“也算是有功劳。”

李烟抬手为婆婆倒茶。

有一段时间，靳乐衍时不时就会闹着要去儿童乐园玩，但上周才去玩过，李烟没同意。

三岁的靳乐衍已经有了自己的小逻辑，不开心道：“今天要学的，我都会了。而且爸爸也说想去呢。”

李烟揉了揉他的脑袋：“学会了你也要去上课，不能骄傲。”

房门被打开，靳司郁刚进来，腿就被孩子抱住，靳乐衍小嘴一撇：“妈妈伤了我们两个男人的心。”

“……”

靳司郁把他抱起来：“听话。”

靳乐衍委屈了，搂住靳司郁的脖子撒娇：“爸爸，我以后再听话好不好。”

“……”

李烟扯了扯靳司郁的衣袖，说出本来的安排：“我想我们去看电影的。”

靳司郁放下乐衍，意味不明地笑了。就在小家伙以为爸爸会答应去儿童乐园时，小脸蛋被掐了下，靳司郁扬眉：“听我老婆的。”

乐衍像是习惯了，独自气势汹汹地打开电视连看两集动画片，而后被无情地送去上课。

下午难得的二人世界，李烟为了去看电影，还化了个妆：“哪个颜色好看？”

靳司郁不知道口红的色号有什么区别：“你涂都好看。”

李烟知道问不出个所以然，自己选了一支。

靳司郁身上还穿着西装，手插兜斜斜地靠着墙壁看她擦口红。

视线落在她微张的唇瓣上。

李烟涂完又照了一会儿镜子，站起身打算去换衣服时，靳司郁走过来，抬起手臂把她捞了过去。

鼻间是熟悉的气息，李烟掌心撑在男人的胸口，仰头看他：“时间快来不及了。”

他俯身靠近：“这玩意有毒吗？”说完，他偏头含住她的唇。

……

电影没看成，妆也白化妆了，李烟越想越气，狠狠地咬了他一口才解气。

靳乐衍上完课，被司机接回家。

他独自在客厅玩了会儿玩具汽车，这时，桌上的手机响了。

电话是唐宋打来的，打算请这夫妻俩吃饭，发现是乐衍接的，他下意识地问：“你爸爸呢？”

靳乐衍握着手机噌噌地上楼，打开主卧的门，发现里面没人，床边有两双拖鞋，卫生间里有水流声，他对着手机乖巧道：“爸爸在洗澡。”

“那你妈妈呢？”

“妈妈也在洗澡。”电话那边没有回应，靳乐衍好奇地问，“唐叔叔，你怎么不说话呀？”

“没事……等你爸爸洗完，让他回个电话给我。”

后来这件事被唐宋提起，李烟快羞死了，嘴上还不承认。

反观靳司郁，他靠着椅背，也没说什么，只是最后把唐宋给喝趴下了。

站在餐馆门口，唐宋老婆来接，直接挽上他的手臂。

靳司郁现在私下很少和唐宋见面，唐宋接管了自己家的企业，很忙。

唐宋的老婆徐幼瑶今天因为要参加公司的饭局，没和他们一起吃，此刻脸上挂着笑，朝着李烟点点头，叫了声嫂子，而后视线落在靳司郁身上，语气有些激动："靳总，我闺密也是你粉丝，下次我们请你和嫂子一起吃饭可以吗？"

"……"

想不到白夜乐队已经解散这么多年了，还会有粉丝。

靳司郁："下次约时间。"

唐宋垂眸看身边的女人："以前怎么没发现你这么大方？"

徐幼瑶瞥他一眼："再阴阳怪气你就自己回去。"

"……"唐宋笑了下，不说话了。

那种笑，不是无奈，更多的是暖意。

即使婚姻是遵循父母之命，日子也这么过下来了。

李烟看着两人离开的背影，下意识地扬了扬唇。

靳乐衍终于上幼儿园了，班级里不少小朋友在哭着说不愿意上学，只有他安安静静地坐在那里。

同桌的小姑娘哭得最厉害，他害怕地看了一眼，悄悄地递给人家一张纸巾。

没想到小姑娘不接，哭得更凶，乐衍委屈了，眼圈也渐渐红了起来。

大家都是因为害怕而哭了，只有靳乐衍小朋友是因为被姑娘拒绝而红了眼眶。

靳司郁来接他放学，西装革履，身高腿长，气质更显成熟，往那里一站，足以引得旁人注意。他牵着儿子的手："乐衍，跟老师说再见。"

小家伙站在爸爸身边，甜甜地说"老师再见"。

而后他又乐呵呵地跟小朋友们告别，说："你们明天还会被送过来的，明天见！”

“……”

小孩们一听这话，全都放声大哭起来，整个幼儿园瞬间乱作一团。

靳乐衍笑着仰头：“爸爸，我没有哭哦，棒不棒？”

“……”

靳司郁心里叹气，抬手揉了揉后颈，充满歉意地朝周围的家长笑笑，直接把他抱上车。

小家伙这性子，挺会表现，也不知道遗传谁，反正不是他。

乐衍在长大，谷雨也老了，行动缓慢下来，总是趴在那里睡觉。

那天谷雨突然呕吐，李烟吓得赶忙带它去医院检查一番，还好只是消化不良。

但医生说，老猫的身体机能逐渐老化，生病的概率会加大，要多留心观察。

靳司郁赶到时，乐衍正在哭，毕竟谷雨是陪他很久的“哥哥”：“爸爸，谷雨会离开我们吗？”

男人抿唇，蹲下身帮他擦眼泪：“会的，其实爸爸妈妈也会离开的。”

世间终有离别，也不知小朋友听不听得懂。

“离开后会去哪里？”

靳司郁想了下：“变成天上的星星。”

靳乐衍止住眼泪，睁着湿润的眼睛：“我懂了，和小叔一样，住到星星上去了！”

牧子啊，走了好久。

靳司郁没说话，起身时，李烟抱住他的手臂，语气温柔：“乐衍不哭，我们明天去看看小叔好不好？”

乐衍点点头，一本正经地回道：“我不哭，爸爸妈妈，你们放心地住到星星上去，乐衍不会哭。”

靳司郁原本沉重的心情，被这一句话弄得哭笑不得。

次日，他们去了墓园。以前李烟跟乐衍说过，小叔也喜欢玩积木拼图。或许是因为血缘关系，虽从未见面，但他天生对这个小叔很有感情。

阳光明媚，李烟靠在靳司郁的肩头看着牧子的照片："如果有轮回，牧子是不是已经在新的世界生活了？"

靳司郁握着她的手，眼里看不清情绪，低声："平安就行。"

靳乐衍在上大班的时候，突然对赛车感兴趣了。

李烟很开心他能找到自己的爱好："为什么会喜欢赛车呢？"

"橙念的爸爸是赛车手，超帅的。"

橙念是他的女同桌，有次放学，李烟见过她，是个很有礼貌的小姑娘。

靳司郁正漫不经心地看着财经新闻，闻言，视线轻飘飘地扫过去。

乐衍直接冲过去搂住他，讨好道："我爸爸更帅！"

"……"

小马屁精。

靳司郁拍了拍他的后脑勺："当赛车手是需要有恒心的，你能坚持下去吗？"

有时候，李烟感觉，这两人说话更像两个男人之间的对话。

但乐衍说到底还只是小朋友。他嘟嘟嘴，又开始犹豫："那我再想想。"

下午送完孩子上学，李烟又想起孩子想学赛车的事。

靳司郁似乎看出她在苦恼什么："孩子的选择，只要不是坏事，我们能做的只有支持。"

确实，子女终会飞向更远的地方，身为父母，只能支持，还有一次又一次地看着他们的背影。

后来有一天放学，小家伙哭着回来，泪眼婆娑："橙念欺负我……"

一个"大男人"被一个小姑娘欺负哭了。

"为什么欺负你？"

“我说她爸爸没有我爸爸厉害。”

“……”

李烟皱眉，有些不知道该说什么，只能随便开导他两句。

但没想到次日放学时，在幼儿园门口，橙念的爸爸主动来找李烟了，这大概是李烟这辈子除了靳司郁，见到过的长得最帅的男人。

男人朝着她点了点头，垂眸：“念念，爸爸怎么教你的，跟同学道歉。”

跟在一旁低着头玩手指的小姑娘，一鼓作气道：“靳乐衍，对不起。”

靳乐衍明显害羞了，耳根红红地说了句“没关系”。

回来后，李烟连忙跟靳司郁说了这件事，末了，还补充一句：“真的帅。”

谷雨是在十二岁时被查出肾衰竭的，撑不了多长时间了。

最后时刻，谷雨艰难地伸出爪子碰了碰靳司郁的手指，撒娇似的。

男人敛下眼眸，如往常一样摸着谷雨的头顶，像是给它安慰。

那一天，也是靳乐衍第一次近距离感受到死亡，也终于明白“真正的离开”是什么意思，一直趴在谷雨那里哭。

李烟抚着他的肩膀，就算理解生命终有尽头，她的眼角还是渐渐湿润。

但也因为有死亡，活着才显得更有意义。

家里没有了一只白猫，突然感觉少了点什么。

他们都不太适应，往昔的记忆都压在心底，谁都没再提起。

乐衍依然很伤心。

暑假里，他们一家人去旅游。

雪山风景，一眼望下去一片洁白，站在高处，乐衍脸上终于有了一丝笑意。

靳司郁单手把他抱起来，另一直手揽过李烟到怀里。

“爸爸妈妈，谷雨是不是已经住到星星上面去了？”

“嗯，想它的话，抬头看，它也在看你。”

乐衍上了小学，身上的调皮和小叛逆显现出来了，虽然考试都考满分，但并不喜欢写作业。

那天放学，靳司郁接完孩子回公司有点事，靳乐衍就在他办公室写作业。

“我想喝水。”

“你刚喝过。”

“我想看会儿电视。”

“写完了再看。”

乐衍个头长高不少，五官也越显清俊，站起来皱眉道：“我好累，我不想写，爸爸——”

靳司郁放下文件，抬眸：“你不写，回去你妈连我一起骂。”

“……”

乐衍没招了，叹了口气，重新坐下，拿笔开始写。

靳司郁觉得好笑，把他的样子拍下来发给老婆，打字：你儿子写作业极其痛苦。

李烟回复消息：认真工作，还玩手机，今晚睡沙发。

靳司郁有点委屈，重新拿起文件开始看。

一大一小如出一辙。

又一年七夕，晚上吃完饭，他们窝在沙发上看电影。

大概是觉得无聊，乐衍找出吉他，闹着叫他爸弹唱。

李烟也好久没听靳司郁唱歌了，也跟个小孩子一样附和。

靳司郁耐心地调好音，试了几次，流畅轻快的音乐在屋内飘散开，低沉的声音滑过心间。

一家三口，乐衍靠在妈妈的怀里，随着节奏轻轻地晃脑袋。

过去和现在 都一个样 你说你也会这样

慢慢喜欢你 慢慢说爱你 慢慢地陪你老去

因为慢慢是个最好的原因

……

男人笑着唱，适时抬眸看着李烟，不管多久，李烟对他总有股吸引力，直到歌声停止，她的脸颊依然微微发烫。

乐衍很捧场地拍手欢呼：“爸爸喜欢妈妈！”

人们总说，最好的教育，就是言传身教。

现在看来，确实如此。

靳司郁放下吉他，调了部电影出来看，而后无情地将一直夸他的儿子挪开，自己抱着老婆。

乐衍早就习惯了，鼻子哼哼，也没有要去睡觉的意思。

靳司郁皱眉，终于忍不住了：“乐衍，你不困吗？”

靳乐衍摇摇头：“爸爸是不是想背着我亲妈妈？”

“……”

李烟没忍住笑出声，目光狡黠地看着靳司郁。

男人无奈地扶了扶额，直接拎起儿子送到房间里去。

他将孩子哄睡后出来，李烟正看电影感动得泪流满面。

靳司郁揽过她的肩，柔声哄着：“乖，那都是演的。”

李烟点点头，换了个姿势，头枕到靳司郁的腿上看电影。

男人伸手拉了条毯子过来给她盖上。夜深人静，直到电影放着片尾曲，她伸了个懒腰，起身顺势抱住他的脖子，在他的唇上亲了下：“睡觉吧。”

靳司郁笑了：“不看了？”

“嗯。”

靳司郁挑眉：“在这里睡。”

“在这里怎么睡？”

男人笑得很坏：“你说怎么睡。”

……

他们洗完澡，靳司郁才神神秘秘地把礼物拿出来，是枚戒指。

李烟有些惊喜，但也诧异：“为什么送这个？”

靳司郁帮她戴上，满意地看了看，懒洋洋道：“听说七夕送戒指，下辈子也会遇见。”

她的心头有一股电流淌过：“迷信……”

靳司郁没听到般，他认定的事就会坚持到底。

他吻着她的唇，嗓音缱绻：“老婆，七夕快乐。”

——此后的每一年，甚至是下辈子，下下辈子都想和你一起过七夕。

# 番外二

## 顾阮 & 唐宋

顾阮从来都是以旁观者的角度审视这个世界。

爱情有没有都行，她只争自己想要的。

大抵也是因为这样，她才会和那些富家子弟成为朋友。

她认识唐宋是在她老师组的饭局上。

就算没见过本人，她也听说过白夜乐队。

顾阮没忍住，多看他两眼，男人黑色衬衫敞开，里面是一件白色T恤。

似乎感觉到目光，他侧眸看过来，她都没来得及看他眼底的情绪，已经匆匆低下头。

她心里想的是，怪不得说是颜值乐队呢。

自己只是实习生，刚进入社会没多久，这顿饭吃得格外局促。

离开的时候，因她喝了点酒要独自回家，老师不放心，问谁可以顺路送一送她。

她就这样坐上了唐宋的车。

“怎么不找个离公司近点的房子。”他语气随意，就像是和朋友闲聊。

这是他今晚对她说的第一句话。

“那里的房子性价比高。”她坦诚地回道。

唐宋点头，发动引擎。

这人不高冷，会找话题。

顾阮一一应着，她也不是沉闷的人，话匣子也因此被打开。

不知怎么就聊到今晚的饭局，她才知道唐宋是她老师的侄子。

正好遇到红灯，唐宋停下车，轻笑道：“人老了就爱折腾。”

她老师身体不好，临近退休，突然想开间工作室，今天的饭局也是想邀她加入。

表面上顾阮说考虑，其实心里明白老师会把所有事情交给他们这些学生做，她也不好意思拒绝，工资也大概率会与付出的精力不对等。

到小区门口，顾阮收回思绪，开门，风吹过。

她冻得一缩。

男人眼眸漆黑，看她几秒，伸手将外套递给她："穿着。"

"不太好吧。"

"你有男朋友？"

"没有。"

……

车已经消失在马路拐弯处。

身上披着他的外套，脑海里不断浮现刚刚他离开时看自己的目光——也不是意味不明。

今晚的风，其实不冷。

顾阮有时候也挺鄙视自己。

她蓄意认识和自己不是一个阶层的人，她接近他的目的确实不单纯。

很快，她第二次见到唐宋。那天是朋友生日，她刚从卫生间出来，便撞见了他。

男人问："挺巧，聚餐？"

顾阮不打算撒谎，说是来给朋友过生日，又加了句："刚准备打车走，你要一起吗？"

唐宋瞥了眼时间，无所谓地点了点头。

车内，他接了几通电话，朋友问他是不是被姑娘拐跑了，这么长时间不回来。

顾阮靠着车窗，听见他笑了下，没回答，游刃有余地转移到其他话题。

她扭头，撞进他刚好看过来的眼里。

目光没有一点暧昧，却有一股道不明的情绪在心里流淌。

车依然停在她住的小区门口，顾阮看了眼路灯："外套什么时候还给你？"

"不用了。"

"可我不能白拿。"她说。

顾阮大概是心虚，感觉他很聪明，或许说见惯了自己这类人。

她索性也不装了，低下头：“你单身吗？”

唐宋打开车窗，点燃了一根烟，他的睫毛长，但不卷，不是俊美的长相，暗光下，反而更有男人味。

“不算单身，家里有安排。”他的语气随意，带着几分嘲讽。

她没料到会是这个答案，心里有点酸，还有失落。

后来想想，唐宋至少没骗她，也把选择权放在她手里。

她以为自己沉默了很长时间，其实只有一秒：“外套放在公司里了。”她顿了下，“明天还你可以吗？”

他们的相遇相知就像白开水一样，各自心知肚明。

第二天，她还完外套，唐宋要去聚餐，问她要一起去吗。

顾阮不知道自己是以什么身份，暧昧对象？女伴？朋友？

这些词在脑海掠过。

她好像更倾向于暧昧对象这个身份，会显得更亲密些。

“见你朋友？”

“怎么了？”

顾阮开玩笑道：“万一我看上你朋友，说不定要你牵线。”

唐宋扶着方向盘：“那估计是我帮我朋友牵线。”

“……”

顾阮当这人在夸她好看。

那天也是她第一次见到靳司郁。

她记得大学时自己只在演唱会的视频上见过他，如今在现实中见到，发现他看上去更冷一些。

他话不多，但脸上带着慵懒的笑，漫不经心地听着旁边人说话。

唐宋介绍了一下，靳司郁抬眸朝她的方向看，眼里没有任何情绪，礼貌地点了点头，而后继续和朋友谈笑。

顾阮很有自知之明，也会观察人的微表情，她感觉自己根本入不了这人的眼。

但她没在意，端着酒杯轻抿，乖乖地坐在唐宋身边。

唐宋对她很照顾，比如中途拿走她的酒杯，比如明明在和朋友说话，依然能察觉她的动作，先她一步抽出纸巾递给她。

直到尾声，顾阮心情都很不错，走廊上，她贴着他的肩膀走。

她不是故意，空气中暧昧的因子浮动，她想靠近他。

没注意台阶，她不小心绊了下，身子前倾的同时，手腕被人握住，微凉，却让她如过了电一般。

“喝醉了？”他问，声音在耳边轻飘飘地扫过。

顾阮摇头，发现他脚步停了下，不远处一男一女搂搂抱抱着离开。

她学着他的语气，大胆地开玩笑：“不会是你结婚对象和她男朋友吧？”

唐宋扬唇，平静地收回视线：“太聪明可不好。”

没想到，她真的猜对了，以前只是听别人说这个圈子里感情都不太真诚。

她目睹后，现实的荒唐让她心里发闷。

她抬眼看他，男人也垂眸。

她问：“那你怎么办？”

“什么？”

“守身如玉？”她笑。

唐宋也笑：“你觉得可以吗？”

对视。

顾阮呼吸微滞，或许是这里灯光正好，她踮脚吻了下他的唇，很轻很轻，后背染上热意：“我能决定吗？”

沉默。

几秒后。

唐宋看着她，黑眸里的笑意渐深：“试试也行。”

顾阮忘记自己说了什么，直到离开，她握上男人的手。

而唐宋也没有挣脱。

这段关系从未被刻意公开过，也没人问过。

毕竟圈子里，没人在意谁和谁在谈恋爱。

她想待在老师的工作室，又想在GN设计集团发展。

唐宋帮她协调好工作室的时间安排。

也因为他，老师带她去了许多绘画设计方面的交流会。

在这段感情里，顾阮以为自己会游刃有余，可后来具体是哪一刻心动的，她忘了。

她只记得那时候实习渐渐到了尾声。

考核的压力随之而来，晚上加班快到十二点，她才离开公司。

她裹着围巾进电梯。

黑夜将这座城市笼罩。

孤独的情绪，越是压抑，越是疯长。

门口停了辆车，男人就这样靠在车边。

她以为他早就走了。

“今天怎么这么晚？”他低声问。

顾阮没说话，低头遮挡眼中情绪，凭着直觉轻轻抱住他。

一个人走惯了，突然有另一个人会为她留盏灯，被安全感包围，她突然好想永远陪在他身边。

“干吗等我？”

他抬手扶了下她的腰，很轻，像是刻意不冒犯她：“刚好没事。”

喜欢，就是这样莫名其妙，甚至难以预料。

她像漂在水面上的浮萍，没有起点，也没有终点。

那一晚，唐宋没有走。

她很喜欢吻他，唇瓣微凉，呼吸却是烫的。

这场游戏，甚至不知道是从什么时候开始已经有人认真，如此便不再是闹剧。

转眼春回大地。

和唐宋在一起，顾阮大概过了她这辈子里最快乐、最轻松的时光。

她的婚姻观念不强，唐宋一开始就告诉她自己有结婚对象，她觉得无所谓。

其实唐宋后来说的那句“试试也行”，也表明了他对这段感情的看法。

你看，大家都无所谓的。

如今，她花了很长时间才懂得。

原来当你真正爱一个人，做不到与别人共享。

记得那天天气很好。

中午吃完饭，唐宋去停车场，她拿着他的手机在门口等，屏幕亮了一下。

她不想看的，但信息内容就显示在那里。

没有备注，只是一串陌生的号码。

“你好，我是徐幼瑶，麻烦你定个时间一起去买婚戒。”

很官方，像是第一次发短信，简单的一句话，背后的意思砸得顾阮心神恍惚。

她不知道自己该如何反应。

她本来想好了，等他结婚，他们就分手。

如今闹的话，她没立场，不闹，她又会从心底瞧不起自己。

她舍不得放下这段关系。

唐宋出来，没发现异样，在车内，点开手机，目光顿了下。

他没说话，面无表情地看着手机。

顾阮望向窗外，也是这时候开口，声音平静得听不出任何情绪：“我不想当第三者。”

她在试探，试探自己在他心里的位置。

可这不是拍电影，她也不是女主角。

有的人就是没办法在一起，不是没办法，而是做不到放弃利益和她在一起。

男人点燃了一根烟，音色很沉：“不会的。”

顾阮当然知道唐宋不会让她当小三。

就算圈子里大多数人婚后会各玩各的，但以她对唐宋的了解，他一旦结婚，是会对家庭认真负责的人，即使没有所谓的爱情。

顾阮生日是在圣诞节。

中午顾阮和同事一起吃的饭。

“欸，我听说唐家长子要结婚了？”

“唐家长子？唐宋？”

“对，和徐家那位千金，郎才女貌啊。”

“不是姓江吗，怎么突然变成徐家了？”

“你2G网络啊，江家那位前不久不是和别的男人未婚先孕了吗，唐家怎么可能还掺和？”

“……”

顾阮安静地听着，随意地调笑：“哪里听来的消息？”

她指的是联姻的事。

同事想了下：“我哥是记者，拍到两家人一起吃饭，但新闻被压下来了。”

饭桌上的八卦继续。

她和唐宋的事，没多少人知道，也庆幸没多少人知道。

此刻她垂着眼，也会跟着笑，只是再也没动筷。

手机收到消息，唐宋：礼物喜欢吗？

这段时间，他只字未提两家在一起吃饭的事。

顾阮不会凭借旁人一面之词去断定。

她也明白，唐宋夹在中间，有他的难处。

父母反对，他不会也不可能为了她而放弃家庭和事业。

晚上在DVIS，作为寿星，她依旧是什么都不在乎、置身事外的模样，脸上挂着明媚的笑意。

她和唐宋的互动很少，直到散场，酒吧门口只剩他们俩，她也没有先开口说话。

车里，唐宋才探究般问：“怎么了？”

顾阮喝了几杯酒，头靠着车窗，突然觉得这样下去没意思。

她不能像个无知少女一般往南墙上撞。

后来她跟李烟说过不在意结果，因为结果不重要。

可真的不重要吗？

只是因为得不到，才会说不在乎。

“快要结婚了吧？”她轻声问。

长久的静默，唐宋的手腕搭在方向盘上，声音很淡，像是叹息：“还在周旋。”

其他的话什么都没说，只四个字，他在给她希望。

顾阮笑了，这一刻，她突然感到无力——对这段关系的无力。

有时，她会想，他们真的喜欢彼此吗——是有点喜欢的吧，但完全没有喜欢到会为了对方不顾一切的程度。

他们甚至没为这段关系拼尽全力过。

相比爱别人，他们实则更爱自己。

“结束吧。”

唐宋最近情绪不好，明眼人都看得出来。

办公室的桌上堆满商业计划书。

靳司郁偏头点了根烟，靠向沙发，随意地把打火机扔给他：“谁惹你了？”

唐宋的指尖缓慢地转着一根没点燃的烟：“刚分手。”

靳司郁看他几秒，像是猜到了，笑了笑：“早就知道没结果的事，就别开始。”

“这话是对你自己说的吧。”唐宋扬眉，笑意不达眼底。

靳司郁抬手吸了口烟，视线投向别处，吊儿郎当地牵唇，没反驳，但也没承认。

唐宋失笑，他和靳司郁不一样，靳司郁还能赌一把，但他家老两口在他很小的时候就给他安排好了婚姻，他想反抗的话，除非和家人反目成仇。但毕竟他们是家人，他做不到。

快到凌晨，停车场，唐宋坐在车内，想打电话，最后又放下手机。

他还没搞清楚这些多余的情绪从何而来，关系已经结束了。

他无奈地闭了闭眼。

细雨落下，车内寂静无声。

三个月后，顾阮去了法国总部出差，工作的同时也当作散心。

刷社交软件时，她不小心看到娱乐新闻上关于唐家和徐家联姻的消息。

她心里其实没什么感觉，只是觉得空了一角，但总会修复的。

好不容易有半天清闲，她去了圣心大教堂，不是礼拜日，人流量小。

罗马风格的建筑像是饱经风霜的神秘美人。

顾阮没做攻略，胡乱逛一圈，随便找了个台阶坐下晒太阳。

只听咔嚓一声，有人给她拍了张照。

她转头，不远处的摄影师是典型的欧洲人长相，笑着朝自己走来。

蓝色眼睛看人时认真、温柔，顾阮没想到他会用中文和她搭讪，虽然普通话不算标准。

“抱歉，你介意的话，照片我可以删除。”

在国外，这样和陌生人攀谈很常见。

这人叫Kiron，在中国留过学，比自己大三岁。

顾阮没要求他删除，毕竟照片拍得不错。

一下午，她听着男人说着在中国尝过的美食，甚至还提到了臭豆腐。

她被逗笑了，正好缺个导游，直接让他带着又逛了一下。

时间稍纵即逝。

男人问她，在法国待几天。

“后天的飞机。”

Kiron皱了下眉，又舒展开来，吐字清晰，声音也好听：“明天一起吃饭吗？”

他又加了句：“忙的话，不来也没关系。”

顾阮看着他表达得如此官方，再一次被逗笑了，她不排斥接触异性，和他约了早餐，毕竟有工作在等着她。

她以为不过是再普通不过的邂逅。

回国后，他们便渐行渐远。

但Kiron情商很高，甚至以来中国旅游为借口找她。

顾阮有时候开玩笑告诉他：“你这种行为，在中国极易被认为是渣男。”

他听不懂，只知道是不好的词，拿了外套披在女人身上，笑得坦率："如果任何热烈的喜欢都被怀疑有意图，那世界上便没有真心了。"

就在这之后没多久，Kiron 申请调到中国来工作。刚听到这个消息时，她惊得不知道说什么。

她到底哪里值得一个男人放弃法国的事业。

"你疯了。"顾阮骂他。

Kiron手里抱了一束花，因为女人不接，显得有些委屈："渣男疯了，是不是就成为好人了？"

"……"

李烟生日那晚，顾阮也去了。即使知道唐宋会来，她也无所谓了。

因为她要结婚了，就是不被世人看好的闪婚。

她没有任何犹豫，只是遵从本性，跟着心走。

再不好的结果，她都认。

送走喝醉的姑娘，她站在路牙，唐宋指间夹了根烟，也没抽，任由烟燃烧着。大半年过去了，工作让他忙得不可开交，看得出来，他满心疲惫。

他侧头朝她扬了扬唇："还好吗？"

顾阮点头，从未想过说话会如此轻松："挺好的。"

过客，仅此而已。

那段时间听闻靳司郁和李烟分手的消息，顾阮的心绪没多大起伏。

毕竟他们是两个圈子里的人。

直到后来靳司郁找她问李烟的消息，她就明白了，这两人纠缠的日子还在后头。

李烟赌对了。

"在一起时不珍惜，现在你这样，人家姑娘就能回头？"顾阮忍不住讽刺一把。

当时男人还死不承认："只是看看她过得好不好。"说着，他递了个袋子给她，"寄给她，说你送的。"

顾阮打开一看，是条丑不拉几的围巾，他还真是煞费苦心啊："很丑，你确定？”

靳司郁啧了声：“麻烦你。”

“……”

一年后，顾阮怀孕了，坐在沙发上，张口接过身边老公剥的葡萄。

电视里直播着唐宋的婚礼现场，他最终娶的是父母安排的对象。

她没来得及看清楚，皱眉道：“好酸，不要吃了。我们晚上去吃火锅吗？”

Kiron 笑，两年过去，习惯健身，他看起来像个二十岁出头的欧美帅哥，笑着把她搂到怀里：“酸儿辣女，我有小女儿了。”

“待的时间不长，中文学得倒是快。”

“老婆教得好。”

“……”

后来她在医院撞见过唐宋一次。

那天 Kiron 陪她去产检，而唐宋身边也站着自己的妻子。

他们在走廊相遇，对视上。

她不记得他们多久没见了。

往事都隐匿在尘烟里。

两人都点了点头，算作打招呼。

擦肩而过后，Kiron 低声问：“认识的朋友？”

“嗯，不熟。”

# 后记

都知道的，我是个很宅的人，或者说是个摆烂的人。

我上学时，家人都挺忙，不太关注我的学业，日常也没有沟通。高中时，我不喜欢数学老师，厌恶数学，导致我严重偏科（大家不要跟我学）。

回过头想想，后悔吗，是有点，但不多，好像我本身就不是学数学的料，一看数学题就头疼。

我学文科，班级里会有许多小团体，彼此钩心斗角的，我就算不参与，也能从别人的嘴里听见别人的坏话。

是真的很幼稚，但确实是再也回不去的青春。

高考后，我和家里人吵了一架，志愿是我自己填的，但我选的专业，家人说不好就业。

我不禁开始自我怀疑，我好像被什么东西推着走，生下来，学习，工作，结婚。

我是谁？我活着是为了走这些流程的吗？

那会儿我翻到一本书——珍妮特·温特森的《橘子不是唯一的水果》。

书讲的是一段不被认可的关系。我没有资格去评价这本书，因为那是别人的人生。

我也明白，橘子不是唯一的水果，人生也不止一种选择。

是的，人生不止一种选择。

感谢阅读，从书中，我看到了我经历不到的很多。

我当时就想，我只要开心就行。

大学毕业后，一次偶然，我看到一篇很对胃口的小说，最后发现结局根本不是自己想要的。

这让我如鲠在喉，被气得睡不着。

于是我开始接触写作。

于是有了佩奇酱这个笔名。

于是有了《失火》。

这本书是我出版的第一本书，也是我在公众号连载期间拥有稳定阅读量最多的一部。

因为不想辜负大家的期待，我很在意大家的留言，有时候失眠就反复看评论，心中的热血就会被激起，又开始在手机备忘录写。

长达两个月的连载，说实话，我熬夜熬得差点“看见我太奶”。

但能得到读者的喜欢，我感觉一切都值了。

一开始，我很喜欢写短篇。记得写小说的第一年，某个编辑找到我，希望我把短篇扩写成长篇。

我想都没想就拒绝了，因为不自信，暗想一两万字都写得费劲，一二十万字我根本写不出来。

可短篇写多了，我发现篇幅有限，读者一看而过，根本记不住。

人总要突破，我突然想让大家记住我笔下人物的名字。

《失火》这本书的灵感来自蔡崇达老师的《命运》。

让我印象很深的一句话，大概意思是“尽管往前跑，命奈何不了你”。

我有些不同观点，就像本文中说的，命是不可抗的，即使人奋力摆脱枷锁，可谁又能知道，你以为的枷锁其实是你本身的劫，劫数过后，命才显现。

我甚至想，其实不存在什么命运。

我的所作所为成就了我的命运，成为我的人生。

这是一个破镜重圆的故事。

和大多数人一样，少女时期喜欢上一个人，想跟他有以后，李烟一腔孤勇，不食人间烟火，她要拥有美好未来的爱。

相反，靳司郁是理智的，他知道自己想要什么，心思都在事业上，原生家庭对他的影响很大，他认为利益大于爱情。

分开后，李烟走上职场，她懂得了人情世故，而靳司郁也意识到自己失去的到底是什么。

他们都不信命，但命运像是早已写好，他们注定纠缠。

以前，我很难做到和笔下的人物共情，结局都是我定的，但这本书我好像跟着角色在走，是“他”在想下一步该怎么做，我只是将他们的想法写出来。

这种感觉很怪，但我乐在其中。

其实，这本书还没有雏形时，我一个朋友分手，其实也不是分手，应该是和对象处于冷战期。他的女朋友发了条朋友圈，照片里出现一个男生的手。

我试想，这大概是女生想吸引他注意，打破冷战。

但我的朋友说，如果他去问照片里的这个男人是谁，恰恰他就输了。

很非主流的话，就这还研究生呢，我嘲笑他的同时，也意识到这是现在年轻人感情中很常见的问题——没有沟通，唯我独尊，把爱情当作博弈。

后来《失火》的大纲就这样出来了，书中的人物形象有好有坏。

靳司郁坦荡、善良，却又淡漠、散漫，这不是与生俱来的，而是教育产生的。他挣脱原生家庭，破碎再重塑。

而李烟的勇敢完全是因为爱情，即使后来事业有成，但在世人的眼里，也被定义为了“恋爱脑”。

我百思不得其解，“恋爱脑”这三个字叫人很不舒服。

不知道为什么，网络总是把一些东西区分为“绝对正确”和“绝对错误”。

在这个分裂的世界，不合群、不附和反而成为一种奢侈。

我想说，相信爱情并没有错，也不可耻。人啊，都是宇宙中的一粒尘埃，拼尽全力，都是活给自己看。

活为了自己活，爱也为了自己爱。

我作为一粒尘埃，孤陋寡闻，文思浅薄，写些没有意义的东西，但过程中总会找出些意义。

现在我把这个我认为还有一点点意义的故事送给你们。

祝平安，愿释然。

佩奇酱

2022 年 12 月